亲爱

燕窝 著

陕西新华出版
陕西旅游出版社

图书在版编目(CIP)数据

亲爱 / 燕窝著. 西安：陕西旅游出版社，
2016.1（2024.1重印）
　　ISBN 978-7-5418-3320-5

　　Ⅰ．①亲… Ⅱ．①燕… Ⅲ．①长篇小说－中国－当代
Ⅳ．①I247.5
中国版本图书馆CIP数据核字(2016)第009846号

亲爱	燕 窝 著

责任编辑：晋枫森
出版发行：陕西旅游出版社（西安市唐兴路6号　邮编：710075）
电　　话：029-85252285
经　　销：全国新华书店
印　　刷：盛大（天津）印刷有限公司
开　　本：787mm×1092mm　　1/16
印　　张：17
字　　数：343千字
版　　次：2016年1月　　第1版
印　　次：2024年1月　　第2次印刷
书　　号：ISBN 978-7-5418-3320-5
定　　价：68.00元

引 子

我是在两个男人的夺子大战中,被流产的。原本我是带着"把"的宝贝疙瘩,可是如今却成了医院手术室里一块红通通的肉疙瘩。

话说回来,变成肉疙瘩的不止我一个。妇产科那位操刀医生安慰我妈说:"别难过,这事我见多了,每天刮宫刮出来的肉疙瘩能提几桶。"可是,像我这样带"把"的、在母亲的子宫里孕育了快五个月的、男性生殖器已经成型的肉疙瘩,还是不多见吧?

我被剖出来后,有模有样。一个婴儿应该有的我都有:四肢、五官、毛发、屁股、生殖器……全副武装、只露出两只眼睛的高个子医生没有拍打我的屁股,也没有称体重,像对待一坨污物一样将我撇在旁边,便忙着处理我妈的伤口,任我孤苦伶仃地躺在冰冷的无菌托盘上。幸好,我妈提前清醒了,从麻醉状态回到了现实。医生便端起托盘,将我举到床头:

"要不要看一眼?"

我妈躺在产床上,头发散乱,脸色苍白,嘴唇干裂。她盯着托盘的底部,惶恐填满了眼睛。终于,她虚弱地摇了摇头。

护士推着托盘上的我,向门外走去。推车的轮子摩擦着地面,发出顺畅而又有节律的聒噪声,像吸尘器吸着地毯,又像在哼吟一首挽歌。快要走出门的时候,身后忽然响起一个声音:

"别,别!等一下!"

"要看吗?"

我妈点点头,眼光直直地盯着已经蒙上了一层无菌布的我。护士一只手轻巧地一拽,推车旋即一个180度的转弯,朝着床的方向,一步一步向回走。我是她身体里孕育的一坨肉,冥冥中感到自己正在靠近那股熟悉的、温热的气场。近了,近了,我妈轻轻举起了手,却迟迟没有落下。

许久许久,她半仰起来的身子,有气无力地躺了下去。

我深深恨着蒙在我身体上的那一层藻绿色的无菌布。

我将被送进医院的标本室。那位肤白如纸的护士推开一扇厚重的玻璃门后,我看到大大小小陈列着的广口瓶,大小不一的胎儿们浸泡在微微发黄的福尔马林溶液里,紧闭双目,身体蜷曲,好像正在羊水里睡觉的小魔鬼,怀抱着甜蜜的梦。梦中的他们肌肤暗淡,缺乏光泽和弹性,我猜他们硬得像塑料。

我想我马上也会变得像塑料。

一个白衣护士急急推门走了进来,指着推车上盖着无菌布、还没来得及进行医学处理的我说:"孕妇又不同意做标本了,要掩埋,先送太平间吧。"

真是母子连心呀,我真不愿意被泡在药液里,去做一个干瘪的祭品。

我满载着母亲和父亲以及更久远的遗传信息来到人间。然而,上天注定我的出生便是死亡。现在,作为一个肉疙瘩的我即将腐烂在厚实的大地里,了然无痕。

感谢大地接纳了我,深入它厚德载物的幽密里,我才发现,这里是生命的停尸床,也是爱情的葬身地。大地的腹腔里,深潜着委屈和眷恋的积液。

我如一个孤零零的偏旁,没有等到可以依傍的字根。但是,早夭只代表消逝,并不意味着我没有留下一丝痕迹,我孕育过一对精子和卵子独一无二的基因,我曾在子宫的暖巢里生长过。这就是我来这个世界的意义。

就像春天的意义不在于开花,而在于苏醒。

天上掉下个林弟弟。
　　那一天,一句石破天惊的话,让我妈平铺直叙的生活,变成了跌宕起伏的小说。

1

黄麦麦做梦也没有想到,一个与自己完全不相干的陌生人,居然是一颗隐形炸弹,把她平静的生活炸得落花流水。

那是一个晴朗的早晨,她打扫完办公室卫生,就赶紧去银行营业厅取款。母亲要过生日了,得提前买礼物。尽管还没想好买什么,但提前准备好money,心才踏实。

这家建行营业厅离麦麦的单位最近,只有200多米。早上的阳光像初绽的花,尽管还不盛,但热烈的势头还是很浓的。麦麦没有撑太阳伞,也没有挎包,上班时间办私事,当然得内敛一些,不能让这些随身物件出卖自己的去向。她只将活期存折装进兜里,一路沿楼房和树的阴凉处走着。

她喜欢走在阴影里,尤其是夏天。来自影子的遮蔽让她感觉惬意,至少可以舒缓地走路,让高跟鞋优雅地踩在地上,不会因为骄阳的暴晒乱了阵脚。

街上已经沸腾。马路像一条循环的运输带,驮着各色车轮运转:小轿车、大货车、自行车、三轮车……麦麦像这条运输带上一个自由的光标,抑或五线谱上一个婀娜的音符,轻盈弹跃。

她走进营业厅的时候,里面稀稀拉拉坐着几位早到的客户。正对着门的1号窗口已经有了顾客,隔着玻璃看过去,当班营业员不是她熟悉的鹰勾鼻女孩,而是一位理着毛寸发型的小伙子。他正埋着头,拿着一沓厚厚的钞票,放在点钞机上。麦麦的耳边立即响起熟悉的"哧啦哧啦"声,如果听习惯了这如暴风雨般急骤的点钞声,便会觉得浑厚悦耳。

麦麦走向2号窗口,把填好的单据和存折递进去。2号营业员的操作有些慢,数钱、输单、敲键盘、盖章,每一个动作都让麦麦看得着急。幸好,她站的位置刚好对着空调,沁凉沁凉的风抚着汗津津的后背,她感到浑身舒爽,干脆坐在高脚凳上,边乘凉边等待。

然而,屁股下的凳子仿佛带着电,刚坐下,一种怪怪的感觉就袭击了她。不对,不是袭击,应该是包裹。这种感觉从她一走进大厅,就莫名地袭来了。她不知道奇怪在哪里,反正和平日不同。她环顾四周:熟悉的布局,熟悉的座椅,熟悉的点钞声……那盆高大的发财树还在门口的柱子旁静静生长,墙上的利率牌还一如继往地闪烁着红色的数字……

奇怪的感觉来自哪里呢?

这样想着的时候,麦麦的目光遇到了另一束目光。这个目光碰到自己的目光后,立即弹了回去——是1号窗口那个毛寸头小伙子。麦麦的心一跳,那种奇怪的感觉,就来自于这一双偷窥的眼睛。

没错,自从刚刚进了营业厅的门,毛寸头小伙就不停地抬头看她,那双眼睛怯怯的,想看又不敢多看,然而目光却勇敢地穿过玻璃,投射在她的脸上:有一种探究,有一些欣赏,有一丝惊奇。麦麦看了看那张稚气的面孔,忽然觉得好笑。

当目光再一次相遇的时候,麦麦大大方方朝他点了点头,嘴唇微微上翘,一个白领的自信和素养全陷进酒窝里。小伙子有些发愣,反应过来后,忙慌头慌脑地点点头。

麦麦不知道这个小伙子的名字,以前没见过,看样子是建行新来的员工。取完款往外走的时候,营业厅门口有两个刚办完业务的中年妇女,一边取自行车,一边谈笑。不知是天生,还是后天练就,她们的声音和身体一样有力,穿过车来车往的喇叭声,穿过商贩的叫卖声,固执地飘进麦麦的耳朵。

"1号这小伙咋没见过?"

"听旁边那顾客说,娃刚从财经学院毕业,是实习生。"

"哟,打听得这么清楚,相女婿呀?"

"我娃早都有婆家咧,倒是你,得赶紧加把劲!"

……

声音随着车轮的转动,很快就飘远了。营业厅里那种奇怪的感觉渐渐消退,麦麦回头朝营业厅门口看了看,有两束目光似乎尾随而来,黏在身上。她暗暗挺直了背。

毛寸头的小伙子,像一片涟漪,在麦麦的心湖一圈一圈散开,渐渐风平浪静。

湖欲静而风不止。

今天中午,麦麦隐约看到办公室门口有个人影,一抬头,看见一个高高的背影,穿着白衬衫、蓝裤子,留着寸头,在门口晃了一下又不见了。从穿的工作装和发型上看,好像是建行营业厅那个新来的员工。他来计生局做什么?麦麦那天办业务的时候,已经从他桌前的工号牌看到,这个小伙子叫林子康。

林子康在办公室门口晃悠的时候,无疑早就看到了麦麦。这会儿只见他又探了探身,把脖子伸得更长一点,发现了正在电脑上打字的小陈,犹犹豫豫的,想进来又很迟疑。黄麦麦抬起头,刚想招呼他,那个高大的身影一闪,又不见了,随后,传来"踢踢踏踏"下楼的声音。

下午下班的时候,林子康又出现在办公室门口。这次,麦麦没有理他,继续盯着自己的电脑屏幕。他朝麦麦这边看了看,又向小陈那面看了看。小陈的椅子空着,电脑也关了,他下班从不磨蹭,说走就走。不像麦麦,又是整理桌面,又是找手机和包,有时还要补补唇彩。

林子康大大方方地走了进来。麦麦预感到,他是来找自己的。一缕夏日的夕阳透过窗棂,在他的脸上、肩上跃动。

麦麦停住了正在整理文件的手,茫然地看着这个高大的身影,在夕阳的余晖中一步步向自己走来。

林子康直接叫道:"麦麦姐!"

小伙子比自己小,叫了声姐,黄麦麦并没有感到别扭。

"你好,找我有事?"

"不是,是……就是……就是想问你件事。"

林子康有些犹疑,又恢复了当初怯怯的表情。

"问我?"

麦麦心里一沉,随即笑了笑,轻松地说:

"好啊,尽管问,来者不拒。"

说完,她半扬着头,故意用一种挑衅的眼神看着他。

"我是……我是来问一下,你是不是1978年出生的?"

麦麦疑惑地看了看他,感到奇怪,一个不相识的小伙子,居然一上来就问这个令她反感的私人的问题,一丝不快立马显现在脸上,回答的语气便有几分懒厌:

"是啊,怎么啦?"

林子康似乎并没觉察到这些,"那,你……你是6月6号过生日?"

"咦,你咋知道的?"

准确的年份和日期,让麦麦的懒厌情绪一扫而光。她放下手中的文件,从椅子上站了起来,走到饮水机前,拿出一只纸杯给林子康接水。

林子康一扫刚才的怯懦,眼神闪亮,那一对根根分明的剑眉因表情的夸张,几乎翘到了额角,语气也跟着兴奋起来:"好着呢,好着呢!年份和月份都好着呢!你果然是我姐,我一见你就知道!"

"啥?你说啥?"

麦麦木然地看着兀自喊叫的林子康,一脸疑惑,仿佛一头扎进一片无边无际的雾里。

看着麦麦傻愣的表情,林子康双眼放光,抑不住满腔兴奋,嘴里打出一连串机关枪:

"你和二姐长得太像了,我那天一看见你就很惊奇,向同事打听了你的名字和单位,回家后顺口给爸妈说了。爸妈很高兴,一直念叨着,昨天已经来看过你了。"

麦麦一下子怔住了,一股汹涌的潮水,忽地就冲向大脑,击散了那层飘渺的雾。身体也一下子被击成一个空壳,只有大脑汩汩作响。

此刻,她像被海浪拍到岸边的一条鱼,眼睛死死地瞪着林子康,忘记了转移视线。

林子康热切地看着她,眼睛里的兴奋还在燃烧。

"没错,你就是三姐!"

天上居然掉下一个林弟弟!麦麦挤不出喜悦的表情来回应林子康。她虚弱地瘫在椅子上,林子康的话像一架在跑道上滑行的飞机,在耳边轰鸣。过了好久,她才适应了这种声音,微弱地吐出一句话:

"把门关上。"

林子康轻轻地关上门,又返回来,兴奋的狂浪在血管里渐渐平息,他像个做错事的孩子,低着头,默默地站回原处——离麦麦一米之外。麦麦依旧瘫坐着,两个人都没有说话,室内陷入一片死寂。孩子们放学了,在大院的假山旁追跑嬉戏,自由自在地叫喊。职工食堂师傅沉闷有力的剁肉声、远处机器的轰鸣声清晰入耳。

时间在两人的沉默中流逝着,室内渐渐黑下来,林子康国字形的脸渐渐模糊,高大的身体也渐渐模糊成一幅剪影。

外面的灯光次第点亮。浅浅的夜幕里,一扇扇充盈着黄色光晕的窗,点亮了一家又一家。

麦麦终于意识到,不能再这样无声无息了。她缓缓站了起来,一步步走到门边,伸手按亮开关。随着"嘣噔"一声,黑暗瞬间遁去,办公室迅速和县城的万家灯火融为一体。她清了清嗓子,对子康说:"你先走吧,这事我知道了。"她感到,自己的声音还残余着一丝颤抖。

林子康张了张嘴,想说什么,看了麦麦一眼,粗大的喉结上下滚动了几下,硬生生地把滚到嘴边的话又咽了回去。他犹豫了一下,慢慢地退出去,轻轻地闭上门,默默地等在门外。

好一会儿,室内没有任何响动。见麦麦没有要离开的意思,林子康只好轻手轻脚地下楼,走到大门口,又回过头,朝麦麦办公室的窗口看了一眼,若有所思地离去。

麦麦虚弱地趴在桌上,什么都不想,就那样静静地趴着,这是她一贯的逃避方式。渐渐地,一团乱麻的脑子里,却又很清晰地想起了最近这些怪事。那一天在建行营业厅,林子康老盯着自己看,今天中午来到办公室,又没有进来。当时她还有些小得意,是不是这个小毛孩,喜欢上自己了呢?

书上说,20岁出头的毛头小伙子往往喜欢比自己大点的熟女。自己虽然不到25岁,但也算得上轻熟女了。

这几天,上街时老感觉有双眼睛在盯着自己,回头看看又什么都没有。她也没有多想,只是以为这两天穿了条最新潮的裙子,回头率又提升了呢。自从上班后,她有了钱买衣服,有了钱进美发店,有了钱参加舞蹈班,整个人就褪掉了土色的壳。褪壳后的她,五官虽不惊艳,但白瓷般的皮肤,黑潭般的眼睛,还有散发着的忧郁气质,让她的青春透出一种高贵,加之曲线玲珑,步态婀娜,衣裙别致,远远就能引来一身的眼珠子。

一次走在大街上,一位陌生男子远远停下车,打开窗玻璃欣赏款款而来的她。待毫不知情的她走近,冷不防打声口哨,来一句:"气质真好!"

她吓了一跳,待明白过来,脸红了,心里软酥酥的。

麦麦渐渐自信。尽管,这份早该绽放的美丽姗姗来迟,但并不妨碍美好的生活正在眼前蓄势待发。

想起昨天,一大早门卫就打电话到办公室,说有人找自己。匆匆下楼,大门口车来车往,却没有人影。等了一会儿,还是没有人朝自己走来,或者是喊自己的名字,便进去问刚打电话给她的门卫小张。小张有些委屈,边说边用手指着:"刚还在那边站着呢,一男一女,说找你,这会儿咋就不见了呢?"

想到这些场景,麦麦忽然明白了。原来这一切无关自己的魅力,是她们,是25年未见过面的父母,来看自己了!

终于来了!终于有了这么一天!可是,老天,这一天为什么到现在才来呀,为什么这么晚?为什么呀?

尽管她心里的追问响如惊雷,然而,四周寂静,整个人间仿佛正在向黑夜的寂静滑去。没有人知道,此刻,这个女孩身上,这个房间里,发生的故事。

麦麦不知道是该欣慰,还是该难过。一个人孤坐在办公室,将泪痕斑斑的脸深深地埋进臂弯,她想和电视剧里演的那样,放声哀嚎,泪雨滂沱,让多年的委屈和期盼,倾泻而出。

我妈像被窖藏的红薯,在暗无天日的地窖沉寂了无数个冬天,忽然被揭开了盖,见了光,就要进入温暖的烤炉。

这是红薯注定的命运。

可是窖藏了二十多年的红薯,还有当初的味道吗?

2

第二天,林子康打来电话:"三姐,爸妈想见你。"

语气郑重,话说得也小心翼翼。对于这个帅气又率真的弟弟,麦麦倒有几分喜欢。要不是他勇敢地走进自己的办公室,自己可能这辈子也不知道血脉所系何家何人。

麦麦淡淡地吐出三个字:"知道了。"

周六早上,子康又打来电话:

"三姐,咱爸明天生日,我在东街的子福酒店订了饭,大姐和大姐夫、二姐和二姐夫都在,你来吧,全家聚一聚,爸妈一直都念叨你,姐也想见你。"

林子康的声音很急切,语气抑扬着恳求。他对麦麦的称呼,从跟她说第一句话起,就直呼三姐,毫不顾忌。

电话里听不到背景音,但子康的声音听起来断断续续,麦麦听到话筒那边还有一些声音,压着嗓门,似乎正在跟子康耳语。

随后,子康的声音又清晰起来:

"三姐,记着12点来子福酒店啊,你不来,我们就一直等着!"

麦麦含含糊糊地应着:

"我明天还有事,到时再说,到时再说!"连忙挂了电话。

麦麦明白,爸爸生日,也许是真的,也许只是一个理由和借口,重要的是营造一个大团聚的氛围,让自己出现。

小时候,她无数次想象过和亲生父母见面抱头痛哭的情景,可是现在,这一时刻真的要来了,她却无法想象,和一群毫无交集的陌生人围坐一起,相互打量、觥筹交错的场景。

简直是暴殄亲情。

她更不能接受,几位陌生人站在自己面前,讪笑着告诉她:

"我是你爸。"

"我是你妈。"

"我是你姐。"

麦麦闭上眼睛,尽量不去想这样的场景,更不去想象父母的模样。连她自己也感到奇怪,自己的身体里,流着他们的血,此刻却一点也不热血沸腾。这样的麻木,竟然使她感到一丝快意。

见。

不见。

翻来覆去。

麦麦感觉自己像被窖藏的红薯,在暗无天日的地窖沉寂了无数个冬天,忽然被揭开了盖,见了光,要进入温暖的烤炉。虽然这是红薯注定的命运(也许是注定的幸福),可是,窖藏了二十多年的红薯,还有当初的味道吗?

当初,她是生长的,枝蔓在上,疼痛在下。那种疼,在这个纠结的夜晚,再次清晰袭来。

六七岁的时候,麦麦已经隐隐感到了自己的特殊。但不知特殊在哪,只感觉自己没有别的小孩子理直气壮。身边的一切都让她感到惊恐、惶惑和自卑。她在一片混混沌沌的世界里,紧紧绷着一根敏感的神经。

记忆最深的,是那次和村里的小伙伴们玩跳皮筋,小伙伴们轮番上阵,在上下翻飞的绳子里跳上跳下,嘴里还数着数,看谁跳得最多。麦麦冲向绳子的时候,由于紧张,一不小心撞上了站在旁边看热闹的一个小男孩,他打了个趔趄,居然摔倒了。

那个瘦得像猴子一样的小男孩立刻从地上弹起来,扯住绳子不放,非要麦麦也摔倒一次,才算扯平。麦麦不愿意,说:

"谁叫你不让开点?"

"明明是你故意撞我!"

两个孩子互不相让,其余的几个孩子也围了上来,跳绳游戏不得不暂停。

男孩伸腿踢过来,并且试图用脚勾麦麦的脚腕,把麦麦绊倒。麦麦先是一步步后退,后来便一边躲闪,一边伺机用手推他。男孩一时半会占不到上风,眼珠一转,站在原地,雄纠纠气昂昂地朝麦麦面前吐了一口唾沫,带着鄙夷的口气说:"我妈说了,你是野种!"

麦麦一下子愣住了,脸从脖子红到了耳根,眼泪一下子就涌出了眼眶。但她没有号啕大哭,也没有像别的孩子一样,跑回家里向爸爸妈妈哭诉自己的委屈。麦麦只是离开了那群喧嚷的伙伴,一个人躲起来悄悄地哭,心里很害怕。不知怎的,她相信那个男孩说的不是气话,而是真的。"野种"这两个字,如一把刀,深深地扎进一颗幼小的心灵里。

从那以后,麦麦总是低着头走路,不敢看人,并且尽量顺着墙角走,把自己浓缩成角落里的一团影子。

懵懵懂懂地上完小学,麦麦升入了初中,换到了一个离家远、离县城近的学校。学校是新的,老师是新的,同学也是新的。报到那天,麦麦站在一眼望不到边的操场上,感觉自己像沙漠里的一株小树,几多忐忑,几分期待。

从校门直通教学楼的那条小路很长,铺着青灰色的砖块,笔直得像一把灰色的尺子或一匹绸缎。路两边一盆盆一串红开得正火,映红了她的脸。眼前晃动着无数新鲜的面孔,友好地互相点着头。麦麦轻轻地舒了一口气。

校园里那一盆盆一串红凋谢的时候,学校举行了元旦越野赛。麦麦报名参加了3000米长跑。她从来没有参加过长跑项目,对运动会也不感兴趣。但不知怎的,体育老师偏偏选上了她。

比赛那天,班主任老师替她借来一双白色球鞋,拿着一块印着号码的白布,递给她,要她别在胸前。麦麦换上球鞋,慢腾腾地脱下棉衣,在母亲淘汰下来的一件墨绿色的旧毛衣上,郑重地别上白底红字的号码布:11号。

发令枪响后,她不再是她,而是11号,奔跑的11号。沿着操场的跑道,无休无止地跑,一圈,一圈,又一圈。第一次参加运动会,她不懂得保存体力的技巧,只是拼着一股劲,渐渐就感觉脚底下发软,身上的毛衣越绷越紧,越绷越紧,几乎箍得她喘不过气来。加油声一浪高过一浪。麦麦感到自己正在浪尖奔腾,身体仿佛漂在空中一样,双腿越来越脱离了自己的控制,只是机械地向前、向前……

终于看见终点那道红线了,红红的一道线正在向她招展,招展!耳边是响彻操场的声音:11号,加油!11号,加油!她拼尽最后一丝力气,迈开软绵绵的腿,一步跨了过去。红线在她胸前轻轻一弹,安然落向大地。而麦麦,也像那道长长的红线一样,软绵绵、轻飘飘地栽倒在地。

鼎沸的声音渐渐遁去。她感觉自己落在一片死寂里,身体晃晃悠悠地移动着,好像进入了一个昏黑的隧道。她想动、想喊,嘴巴和身体却压根不理自己。后来,晃悠停止了,她陷入无知无识的混沌中。

不知道昏睡了多长时间,麦麦迷迷糊糊中听到说话声:

"好多年比赛都没有晕过学生了,这次哪个学生晕了?"

"班上的学习委员,学习不错,就是性格不好,有些不合群。"

麦麦听出来了,说这句话的,是班主任。另一个女声,也有些熟,可能是哪个教副课的老师吧。

"她家是哪的,通知家长了吧?"

"家长还没到,听说是黄家村的,她妈姓白,叫白如菊。"

"哟,那还和我是邻村呢!听说这孩子是白如菊捡来的。"

……

听到"白如菊"三个字,麦麦迷糊混沌的大脑渐渐开了一道缝,而后面的五个字——捡来的孩子,像一股冷嗖嗖的风,一下子顺着那道缝汹涌直入,彻底刺醒了她。她没有立即睁开眼睛,继续把自己隐藏在黑洞洞的世界里,不想面对睁开眼睛后的第一道强光。白如菊是母亲的名字,"捡来的孩子"无疑就是自己了。这是麦麦第一次亲耳听到,敬爱的老师也说自己是一个弃婴。尽管以前那个小男孩说她是野种,尽管她隐隐约约有所感觉,但都是些含蓄的信息,或者仅仅是一种诽谤或猜测。

可这一次,是从老师的口中一字一句说出的,更是她真真切切听到的。这样的可信,却又这样的残酷,硬生生地击碎了她所有的侥幸。

最初,麦麦没有流泪的感觉,可是过了没有多久,眼泪惊醒了,决堤般涌出。麦麦咬着牙不出声,任它无声无息地流淌,一会儿就湿透了枕巾。

说话的女老师大概是口渴了,起身走到床头的方桌前,准备取杯子倒水喝。方桌和麦麦的床头紧挨着,医务室的简易床没有靠背,因此她一眼就瞥见了枕巾上的湿痕,急忙放下热水瓶问:"呀,你醒啦!感觉怎么样啊?"

班主任三步并作两步来到床边:"麦麦,还难受吗?"边问边伸出手,准备去摸麦麦的额头。麦麦不答,使劲把脸扭向墙边,把班主任即将落在她额头的手晾在半空。整个下午,她都用被子蒙着头,不说一句话。

越野赛以后,麦麦揣了一块深不可测的伤疤。不碰伤口的时候,她看上去低眉顺眼,胆小乖巧。谁要是不小心或是无意间碰到,麦麦就会立即翻脸,像一只咆哮的猛虎。

有一次,班里的劳动委员检查卫生时,发现麦麦打扫得不干净,要罚麦麦值日三天。麦麦不服,认为劳动委员不公平,两人发生争执。

"大家都这样,为什么就罚我?"

"你看看,黑板没有擦,墙角还留着一堆垃圾也没清理!"

"你接着清扫呀,劳动委员不能光检查啊!"

"真是不可理喻,跟母老虎一样!"男孩低声嘟囔一句,低头向座位上走。

"你说啥?再说一遍!"

麦麦瞪圆双眼,从背后一把抓住劳动委员的衣领,不顾一切地摇晃,勒得那个男孩几乎窒息。

类似这样的几次事件之后,班里的同学都有些怕麦麦,但还是会在背后议论她。麦麦似乎很心虚,只要远远看到两人咬着耳朵说话,就感觉是在议论她,脸蛋燥热,非得冲过去问清楚不可,活脱脱一个扎人的刺猬。

母亲白如菊是专门负责计划生育的干部,风风火火的女强人。她时时刻刻盯着村里那些年轻女人的肚子。日了久了,练就了一双妊娠眼,那目光中仿佛暗藏着 X 光线,能穿透皮肉,看到胚胎。

除了眼睛,她还有准确的观察力,能从少妇的脸色、走路的姿势,吃饭的胃口,判断其有没有"情况"。即使刚刚怀孕,都没有一个人能逃出她的手心。不到百人的村子,每年从她手中被抓去刮宫流产的妇女就有二三十人。因此,白如菊的名字远近闻名。

记忆中,麦麦感觉母亲从来就没有抱过自己。没时间抱她,也不想抱她。不知从几岁起,麦麦就不敢正视母亲冷冰冰的眼睛,常常躲着母亲,尽量不在她目光所及之处出现。麦麦亲近她的父亲,可父亲常年在县城开自行车修理铺,还要在庄稼地里劳作,直到晚上才拖着一身疲惫回家。因此,白天总是她和母亲两个人在一起。那是麦麦最难熬的时光,虽然年纪很小,但她已经懂得了察言观色、小心谨慎。

幸好,母亲还有工作,经常要去大队部开会,或者去附近的村子里挨家挨户查超生,这样的时候,麦麦虽然跟着母亲,但母亲的注意力不在她身上,这让她偷得一时的放松。

母亲天生嗓门大,说话的声音半条街都能听到,因此每到村落的一处,麦麦不用紧紧跟着母亲,只需远远跟随着她的声音,独自在附近的房前屋后玩儿。

常会有人指着她咬耳朵,有时声音还会随着风传过来:

"这是谁家娃,咋这瘦的?"

偶尔会有人答:"母夜叉捡来的,三个洋芋蛋凑成的脸,像个黄猫。"

麦麦就知道了,自己很丑很瘦,像一只小猫,没有人喜欢。因此,每天晚上睡觉时,麦麦就自觉地蜷缩在炕头的角落。有一段时间,母亲常常在夜里拧亮灯,悄悄揭开她的被子,把她的身体完全暴露在灯光下。麦麦能感觉到被子外面的风和灯光下几欲颤抖的眼睛,却不敢动,更不敢睁开眼睛。母亲不动她,但总是"嘿嘿"地发笑。她不明白母亲在看什么,更不明白笑什么。

那种窃笑,让麦麦脊背发凉,甚至隐隐约约有一种屈辱。她尽量保持呼吸的均匀,将眼睛闭在一团漆黑里,假装熟睡。她听到父亲委婉地制止母亲:"你做啥呢?别成精了些,叫娃好好睡。"

啥叫成精,麦麦不懂。

我妈很感激这个小眯眼女生和自己分享秘密,更暗暗羡慕这个女生,她和她妈居然能说悄悄话,而且还是关于这种话题的!

3

有一天睡觉前,麦麦感觉下体有些湿,大腿内侧还有点粘,好像沾着什么东西,便用手伸到大腿间随意摸了一把,举到眼前一看,两根手指上粘着一缕红褐色的、有些粘稠的液体,再仔细一瞧,居然是血。麦麦心里一惊,这是怎么了?怎么好端端地会流出血来?

她很害怕,赶紧跑到厕所,掰开大腿从上到下检查了一遍,并没有什么伤口,便返回房间拿了小镜子,蹲下身,看着镜子里的阴部,除过一缕血迹,并无异样。轻轻按一下,也不疼。她想,也许睡一觉,醒来就好了。

早上起来一看,裤裆上都染上了粘乎乎的血,分明是从"那个地方"流出来的,她这下是真的害怕了。这种害怕就像睡觉时脱下的衣服,空空荡荡,无依无傍。她拎起衣服,一件一件穿上身,就背着书包上学去。这一天,她一直心神不宁,无心听课,无心做作业,满脑子都想着如何才能止住这些血,从最私密的地方流出来的血。

血虽然时有时无,但没有一点要停止的迹象。她对同学和老师又羞于启口,只有死等,等它停止。裤裆里又湿又粘,她走路时只好尽量将两腿分开,好让大腿根和阴部能少挨一些粘湿,但走路姿势就有些怪,像螃蟹一样横着走,有点外八字。

这天晚上做作业时,麦麦在书包里无意翻到一个用完的作业本。灵机一动,撕了一沓用过的作业纸,折成条状塞进短裤里。眼下的燃眉之急解决了,可是这血不知什么时候才能止住,而且还越来越多,作业纸显然不够用。

第二天上学,麦麦照例收齐全班的作业,双手抱着去教务处,里面没有人,老师的办公桌上放着一叠厚厚的旧报纸。麦麦是课代表,经常来老师的办公室,每次都见办公桌上堆放着报纸。可这次,她一看见报纸,眼前一亮,急忙放下作业本,动作麻利地卷了几张报纸拿了出来。

躲在操场的小树林里,她把废报纸简单折成条状,夹在两腿中,好让它挡住血。报纸硬邦邦的,一点也不服贴,每走一步,都会响起"哧啦哧啦"的声音。这让麦麦提心吊胆,不敢在人多处走路,更怕它会突然顺着裤腿掉出来,一整天都坐在座位上,不出教室,更不能玩最喜欢的丢沙包。

最让她害怕的事情就是上厕所,课间休息时,上厕所的同学你来我往,走马灯似的,从没有间断的时候。她一直憋着尿,实在憋不住了,就选在马上要上课的时候,才往操场角落的厕所走。走到门口,目光先迅速朝里面扫一眼,如果还有人,就故意磨磨蹭蹭走到最里面,选一个最不引人注意的茅坑蹲下,尿完了也不敢起来,硬是蹲到两腿发麻,等到厕所的同学走光了,才作贼似的,迅速换下双腿间带血的纸。

这一次她发现,大腿两侧白嫩的肌肤被报纸棱角生生磨了两道红红的印子,干疼干疼的。

几天后,血终于止住了,麦麦既高兴又发愁,不知还会不会再来。看着那些扔在茅坑里的带血的卫生纸卷,她不明白,母亲才有的东西,怎么她也有了?

幸运的是,这个疑问和秘密,两个星期后便有人和她分享了。

一次上体育课,老师依旧让学生自由活动。麦麦和班上个子最高的女生对弈了一局跳棋后,一起上厕所。那天,好几个茅坑里都有带血的叠成长条状的卫生纸,麦麦假装厌恶,嘴里嘟囔着:"真脏,不吉利。"换来换去,要找一个没有血纸的茅坑。

女同学很神秘地告诉她:"不要嫌脏,我妈说这叫月经,每个月都要来的,咱们班上的女生很多都来了。"

麦麦这才意识到自己来的是月经,一下子涨红了脸。以前也经常在厕所里看到带血的卫生纸,她知道那是大人丢下的,但感觉这事很遥远,没想到这么快就到自己身上了。

女生看着麦麦又羞又傻的表情,似乎很有成就感,用一种小大人的语气告诉她:"没什么,我妈说,如果来月经了,就说大姨妈来看自己了,男生听不懂的。"麦麦很感激这个高个子同学很大方地告诉她这些,和她分享秘密,更暗暗羡慕这个女生和她妈的那种亲昵,她和她妈居然能说悄悄话,而且还是关于这种话题的!

麦麦对这个留级生的印象一下子好起来,感觉她很亲近,像个大姐姐,甚至连她那头天生的黄卷稀疏的头发、像是从锅边磕出来的小眯眼都不再难看了。

麦麦开始留意母亲的"大姨妈"。每周放假,她照例要把家里所有的脏衣服洗完,里面常常会有母亲白如菊的裤衩,档部总是有粘乎乎的污痕,可是没见过血迹。

有一天麦麦发烧,浑身没一点劲儿,眼皮又胀又沉,没写作业就进"窝"睡了。半睡半醒中,隐约听见母亲的窃笑声,这种熟悉的窃笑,一下就惊醒了她。紧接着,她听见母亲嘴里哼着小曲:"骑白马、骑白马,骑上白马跑得欢……"麦麦迷迷糊糊透过蚊帐向父母睡的大床上看过去,不由吃了一惊。

明亮的灯光下,母亲上身套着一件松垮垮的花背心,下身居然光着,两腿紧紧夹住阴部一沓叠成船形的卫生纸,两条白生生的腿和粗壮的腰肢一前一后跃动,正在做"骑马"奔走状。

父亲说:"赶快睡下,别受凉了。"接着又压低声音说了一句什么,母亲这才套上裤衩朝麦麦的小床扫了一眼,"蹦噔"一声拉灭了灯。一切顿时遁入漆黑。

麦麦在紧绷绷的黑暗里瞪大了眼睛,再也睡不着了。母亲表演骑白马的一幕一遍一遍在脑子里浮现。原来,母亲从来不提起"大姨妈",是因为她自己只骑"白马"。

母亲"骑白马"用的卫生纸,就在她卧室那个刷着枣红色油漆的衣柜里。有次母亲让麦麦帮她拿衣服,麦麦刚一拉开衣柜的手把,就看到那团柔柔的卫生纸卷儿,心想,那柔软的纸垫在裤档里,一定会很舒服,大腿再也不会磨疼。但她不敢跟母亲要,更不敢偷着用。她害怕被母亲厉声喝问,更怕那两道和刀子一样剜心的目光。

睡梦里,那两道刀子一样的光又一次向麦麦射来,瞬间刺进心房。她不由打了一个寒噤,睁开了眼睛。窗帘已兜满了阳光,时间显然不早了。她感觉头昏脑胀,心想反正是周末,懒得看表,索性又裹了裹被子,昏昏欲睡。

忽然,耳旁响起熟悉的手机铃声。主屏上,"林子康"两个字不住地闪烁着。麦麦彻底清醒了过来。

她没有接,却一眼不眨地盯着手机屏。

铃音声声紧逼,她的心也越来越烦乱,索性把手机捂进被子里。

子康却很执着,一遍遍地叩响她的手机。

"别打了,我有事,去不成了。"

"三姐,我们都在等你,你一定要来,别推托咧!"

"我真有事,你们一家人好好团聚吧!"

"啥事都没这事重要,咱妈咱爸说一定要等到你!"

"这会儿还等啥呢?当年你们想扔就扔,现在想见就见,全由你们指拨,我就这么贱么?"

"三姐,别生气,别生气,不是你想的那样,你来了就知道是咋回事了。"

"早都干啥去了?现在我毕业了、工作了,好不容易挣脱苦海了,你们却出现了。在我最需要亲情、需要爱的时候,你们在哪?"

"三姐,爸妈今天就是要给你解释这些,还给你准备了一件礼物,你如果不来,这顿饭就没啥意思了!"

"在高档酒楼吃团圆饭,一家子亲情融融,不错嘛!我没那福气,你们爱吃不吃,爱等就等去吧!"

麦麦摁断电话,胸脯还一起一伏的。

也许是被折磨得太久了,大发一通脾气后,她有种释放的快意,心里轻松多了。待平静下来,又有些后悔,自己真有些鲁莽和失态。没养过自己的父母,会像宽容养在身边的孩子一样宽容自己吗?陌生的姐弟,被浓浓的爱包裹着,恐怕更不会理解一个弃女的感受。

自己的发泄,是不是为时过早了?其实,自己何尝不想找回亲情呢?尤其是一个缺爱的孩子、一个从来没有在父母怀里撒过娇的孩子。这种缺失、这种渴望、这种羡慕,足足积累了二十多年,发酵了二十多年,直至变质,化为怨气。

其实,麦麦心里很清楚地意识到,发泄归发泄,真正让她拒绝子康的原因,是考虑到养父母的感受。在麦麦的记忆里,养父母这边,虽然口口声声说把她养大是多么不容易,是给社会尽义务,但从来没有就身世问题、亲生父母的下落,跟她提起半个字。

是他们本身就不知道,还是压根就不想告诉自己?

麦麦猜不出原因,也没有热情去和子康一起冲动,担心那样做被养父母知道,做出什么过激的举动,在她面前寻死觅活的。那样的话,一定会天下大乱。

她不想惹事,再也不想有任何的风吹草动,再也不想折腾,再也折腾不起了。

她只希望,能够平平静静地生活下去,没有猜疑和揣测,多些温暖和爱。

我妈反反复复看着这行字,从一撇一捺里,想象着那个叫父亲的男人写它们时的情景,他当时的表情和心情。
　　她将右手的四根手指头并在一起,轻轻抚摸着这行字,希望能感受到这一笔一画里的体温。

4

  这些天,麦麦内心翻江倒海,但表面看上去很平静。反倒是林子康,似乎被麦麦那天电话里机关枪般的追问吓住了,再没有打过电话,也没有来办公室找她。麦麦还去建行营业厅办了一次业务,林子康一直低头忙乎着,直到她离开,也没有抬头。

  大约半月后,一天上午,麦麦准备去打字室复印文件,刚打开办公室的门,迎面碰到一个人,这个人手臂扬在半空,正准备敲门。她不由地后退一步,定睛一看,心里顿时一喜,竟然是高三时的语文老师!虽然快六年没见了,但两人都一眼认出了对方。

  "咦,是郝老师呀,这么巧!"

  "你就在这个办公室?"

  "是呀,快进来,坐。"

  麦麦从最初的惊喜中缓过神来,热情地把郝老师领进办公室。对面的小陈正在电脑上做报表,冲着郝老师笑了笑,算是打招呼。郝老师看看小陈,犹豫了一下,环视一下办公室,看到套间的门,眼睛一亮,问道:"这间屋也是办公的?"

  "是档案室,里面没人。"

  "我嗓门大,影响别人,那咱进去坐吧。"

  于是,麦麦返回办公桌,从抽屉里找到钥匙,打开门,里面除了几排档案柜外,只有一桌一椅。麦麦从外面又搬了一把椅子进来,递给老师一杯茶。两人隔着桌子,面对面坐下。郝老师欣慰地说:

  "你们单位的大楼真气派,环境不错。"

  "还是当初您指导得好,我一直打心眼里感激。"

  "不管怎么说,还是你这娃好学,有福气。"

  寒暄后,郝老师话题一转:

"老师知道你最近心里有事,来帮你打开心结。"

麦麦的心突地一跳,心想难道老师会算卦吗?

"不瞒你说,老师和你生父穿开裆裤的时候就在一起玩,后来又一起上学,关系一直不错,所以很了解你爸你妈的为人,也知道你的事。"

麦麦有些疑惑,心想:"郝老师知道我的事?原来他们早就认识,今天是专门来劝我的吗?看来,这个没见过面的父亲还算关心我,连我的语文老师是谁都清楚。"

"当年,你父母也是无奈呀!"郝老师轻轻抿了一口茶,不紧不慢地说:"你这娃生不逢时,1978年的时候,国家计划生育正抓得紧,提倡一对夫妇只生一个,最多两个,而且还要间隔四年。上面已有两个姐,你是偷着怀的第三胎,你妈在亲戚家躲了好几个月,没想到生下来后,又是女娃,一家人的心凉了半截。当时你婆还活着,老人家盼孙心切,对着床上的你唉声叹气,不吃不喝,怕自己到死也见不上孙子,无脸见你爷和黄家先人。你妈也以泪洗面,恨自己不争气。实在没办法,你爸跑了很远的路,把你放在镇医院旁的大路边,一家人烧香拜佛,盼望能有好心人收养你。"

"扔了还不如当时就掐死!"麦麦冷不防冒出一句话。

郝老师停住话头,喝了一口茶水,顺手摘下眼镜,从口袋掏出一块手帕,开始擦他的镜片,半天没有抬头。过了好长时间,才继续说下去。

"你爸你妈也舍不得,可是没办法,就一直躲在麦草垛后面等着,最后看到一个骑着自行车的男人抱着你走了。想跟着看你到了哪里,无奈那人骑着自行车,你爸整整跑了一里地,可实在是追不上了。那个年代还没有手机,连电话都很少,信息不畅。尽管你父母一直在打听,但始终找不到你的下落。一晃二十几年,都没有任何线索。唉,可怜天下父母心呀!"

郝老师越讲越动情,眼里蒙上了一层雾水,似乎陷入了当年的情境中。

麦麦出奇地平静,既不惊讶,也不悲伤,像在听别人的故事。平静,压住了内心的翻江倒海。等这一天,已经很久了。她对自己的平静感到吃惊。

郝老师适时终止了忧伤的回忆,干咳两声,说:

"现在,你爸妈有了你的消息,很高兴,给你准备了一条金项链,就是没机会给,你看啥时候有时间,老师领你回去一次?"

麦麦抬起头,遇到郝老师那双熟悉的眼睛,这双眼睛正在认真地看着自己,和从前一样,眼神关切,但更多的是期盼。她躲开了郝老师的目光,她怕这双眼睛会融化自己,也怕自己对不起这双眼睛。

当年,就是在这样一双眼睛的鼓励下,自己才一点点进步,考上大学,有了今天稳定体面的工作。她永远记着郝老师的好,他说的事,自然不能一口拒绝,但又感觉这是件大事,认与不认,何去何从,还得慎重。

麦麦起身给郝老师的茶杯里续上水,说:"我知道你是为我好,从高考到现在,你一直都关心着我,没有你,我还不知道自己今天会在哪里呢。这事儿,有点太突然,得让我再想想。"

郝老师端起桌上的茶杯,连抿了两口,然后站起来道:"行,就这样。我不打扰你上班了,要是想好了,就给我打电话!"

走到门口,郝老师忽然想起了什么,急忙把手伸进西装口袋里,掏出一张折得方方正正的纸,郑重地递给麦麦说:"这是你爸给你的。"黄麦麦不动声色地接过来,一直把老师送到单位大门口。

郝老师高大的背影刚一消失,麦麦几乎是跑着回到办公室,径直走进档案室,轻轻拧上门锁,按了按"咚咚"跳动的心脏,急不可待地取出那张方方正正的纸,用手捏了捏,里面空空如也。她小心翼翼地顺着折痕拆开。

纸的正中有一行小字:1978年公历6月6日12时45分出生。字是用蓝色钢笔写的,孤立于纸中央,像一面孤帆,正漂浮在无边无际的海面上。

麦麦明白了,这是自己的出生时辰,也就是村里人常说的生辰八字。她隐隐感觉到,这对于一个人,是很重要的。找对象的时候,媒人一定会索要双方的生辰八字,看看合不合得来。村子里埋葬老人的时候,也是按生辰选墓地、定入殓时辰的。

麦麦反反复复看着这行字,从一撇一捺里,想象着那个叫做父亲的男人写它们时的情景,以及他当时的样子、心情。她将右手的四根手指头并在一起,轻轻抚摸着这行字,希望感受到这一笔一画带着的体温。

然而,只有指尖和纸张孤独地摩擦。这行字看得见,却摸不着。"父亲"真是惜墨如金,专门找人就送来一行字,最起码,应该写一封信呀,哪怕只有只言片语!

麦麦久久盯着手中的纸。16K 纸的上方,还有一行红色的字体,印着某某单位的名称,显然是随手扯下的一张办公用纸。很明显,这个生身父亲,只是把这件事当成一种任务来完成,只是给自己、给子女一个交待而已,也许在他心里,她只是一个存在,一个骨肉的存在而已,与疼和爱无关。

我妈爱荷,而荷,却给她酝酿了一场不小的灾难。

5

  疼和爱就如空气,对一个正常的孩子来说,应该无时无处不在,可麦麦感觉不到。弥漫在她周围的,是抓也抓不透的孤单和惶恐。

  她常常去村头的小池塘。那是一个宁静而热闹的世界。水不算干净,漂浮着水草、落叶,隐隐还可以看到小鱼、蝌蚪,以及浸泡在水底的枯木。池塘的边上,自由自在地舒展着一簇一簇的荷叶。

  男孩子常光着小屁股,"扑通"扎进水中,藏在一朵莲叶下面玩捉迷藏。不会水的站在岸上,捡起土疙瘩往水里扔。

  女孩子最喜欢的,是荷叶亭亭玉立的姿势,挨挨挤挤地簇在一起,有的青叶如盖,有的打着卷儿,像还没来得及展开的裙边。

  麦麦常常蹲在池边,盯着那圆盘子似的叶子看,有时候还故意摇晃着荷叶上的露珠,看着它自由自在地滚动,却怎么也摔不下去,感觉神秘极了。小伙伴们在阳光的暴晒下玩热了,就趁大人们午休的时候,偷偷摘下最大的荷叶,扣在头顶遮阳。厚实而宽阔的叶子,贴在头上滑凉滑凉的,既舒服又好看。在麦麦看来,这就是一把时髦的伞。

  没想到,这把时髦的伞早就被写进书里了。有一次,担任语文课代表的麦麦去教务处送作业本。老师不在,办公桌上放着一本书,摊开的那一页用直尺压着,她目光无意中一扫,看到一篇题目为《荷叶母亲》的文章,很是好奇,荷叶和母亲有什么联系?不由自主把书拿到手上,迫不及待地读下去。

  文章是自己喜欢的冰心老人写的,她的《小桔灯》,麦麦几乎都能背下来。而这篇文章,语言更美,情感更真挚,描写了疾风骤雨中荷叶呵护红莲的情景,有一处老师用红笔勾出的文字,更是深深打动了她的心——

  母亲啊,你是荷叶,我是红莲,心中的雨点来了,除了你,谁是我在无遮无拦天空下的荫蔽?

那一刻,麦麦深深记住了这个比喻:荷叶、红莲。冰心是多么幸福的一朵红莲呀。麦麦的心里深深印上了冰心文字里的画面。

不久,美术老师安排了一次期末考试,题目恰巧是要求画一种花。麦麦灵机一动,把小池塘的荷花和冰心的红莲组合在一起,在纸上描出田田荷叶、朵朵红莲和中通外直的枝茎,然后用蜡笔涂上颜色,沿着线条把画出的图案剪下来,再找来一张薄薄的纸板,把剪下的图案轻轻粘上去,荷花立即徐徐站起立,圆盘似的荷叶也活了,一个立体的荷塘就展现在纸板上。荷叶和红莲相依相偎,露珠似滚非滚。

麦麦对自己的作品很满意,老师也给了她全班最高分。

那天回到家,麦麦端端正正地将这幅作品摆在房间的窗台上,映着透明的无色玻璃,左看右看,爱不释手,暗暗为自己能够把荷塘移动到窗前感到自豪。不知怎地,她忽然想起了冰心的《荷叶 母亲》,灵感一闪,心想何不写上自己的心愿呢?于是,她有些兴奋地拿起笔,在贴画的纸板上写道:

母亲啊,我多么希望,你是我的荷叶啊!我多么渴望,你能为我遮风挡雨,给我温暖,给我慈爱的阳光,让我快快乐乐,像一朵红莲那样啊!

几天后,麦麦放学回家,刚一进门,就发现气氛异常,母亲坐在椅子上,吊着脸,似乎哭过,眼睛红红的。久不见面的舅舅坐在母亲的身边,父亲讨好地弯着腰,两人正左一句右一句对母亲说着什么。哥哥也没有像往常一样去写作业,而是傻愣愣地站在一旁。

麦麦一下子头皮发麻,不知道母亲的哭是不是与自己有关,她飞快地在脑子里搜寻,好像没有什么罪状。但是,凝重的空气里,分明有一场暴风雨即将降临,她的双腿开始习惯性地微微颤抖。

果然,随着她的出现,所有目光齐刷刷地投了过来。

舅舅大声说:"快过来!看看这是不是你写的?"说着,手一扬,扔过来一个快被撕成两半的纸板,"啪"的一声,落在麦麦的脚下,上面的荷花红莲已残枝断茎,面目全非。

正是自己的大作。纸板上,是她对母爱的呼唤。当时触景生情写下的话,过后就忘记了。没想到,这会儿变成了一个确凿的"罪证"。

"不……不是写的,是……是我在书上抄的……"麦麦的声音弱如蚊讷。

"在哪本书上抄的,拿过来!"

麦麦当然不知道在哪里找。她的手哆嗦着,在书包里一本一本慢慢翻找,心早已缩成一团:怎么办,怎么办呀?她感觉除过伤心的母亲,父亲、舅舅、哥哥的目光都紧紧盯着她的手。她翻书包的动作越来越慢,额头沁出了细细的汗珠,小脸憋得红通通的。空白的大脑里忽然亮光一闪,她想起有一堂习作课,老师让自由抄写自己喜欢的名篇名句,她抄写了冰心的《荷叶母亲》的原句,这会儿正好派上用场。终于她抽出作文本,哆哆嗦嗦地翻到那一页,双手怯生生地举着,向舅舅递过去。

"先给你妈看!"

麦麦又怯生生地走到母亲身边,伸长双臂,递到母亲面前。母亲看都没看,一把将麦麦呈上的本子打到地上:

"骗谁呢!你个白眼狼,良心叫狗吃咧?"

麦麦低头看着地面,不动也不敢动。

母亲一把鼻涕一把泪,满肚子的辛酸和委屈从口里滔滔流淌而出:

"一尺五寸把你养大,也没见你给我屙金尿银!养了个仇人!我就当积德,就当给社会白尽义务咧!这个屋有你没我,有我没你!

母亲说着,忽地站起来,就朝门外走。一家人赶紧跟上,拉的拉,劝的劝,硬把她拉回方才坐着的凳子上。"

麦麦听不懂"给社会白尽义务"是啥意思。此刻她最担心的就是真的被赶出门,她不知道,自己能去哪里。

"你怎么能乱抄作文?快给你妈认错!"

父亲厉声呵斥着,用眼神向麦麦示意。

"妈,我错了,以后再也不敢了!"

麦麦弯屈双膝,扑通一声,跪在母亲面前,声音带着哭腔。

"你个小妖精,我一把屎一把尿把你拉扯大,翅膀硬了,竟敢在作文里骂我,看我不把你的皮撕了!"

母亲咬着牙,瞪着眼睛,双手左右开弓,仿佛把所有的愤怒都集中在两只手上,随着"啪、啪"两声,麦麦向后连着打了两个趔趄,左右脸颊立即火辣辣地发烧,随后便如刀割般地疼起来。

母亲还不解气,喉咙重重地干咳了几下,随着"呸"的一声,一口含痰的唾沫从嘴里喷出,重重地击在麦麦的脸上。一股滑腻、湿热的液体,顺着麦麦的眉头,蚯蚓一样蠕动,一点一点,缓缓下流。

麦麦一动不动,任它盖过眼睛,滑过脸颊,到达下巴。这口痰似乎还要做一个告别,在下巴处扯成一竖长长的细丝,终于颓然垂到地下。

"看你,把你妈气成啥咧,先站一边去!"舅舅挽住母亲的胳膊,将她扶到椅子上,冲着外甥女说。

麦麦惊恐地看着舅舅,小小的胸脯一起一伏。几秒钟后,忽然一扭头,冲出家门,一口气穿过院子,跑到街道上。顺着路,一直向前跑,她不知道要跑向哪里,只是跑,没着没落地跑,只想把这一切的惊恐、绝望都甩在身后。

终于跑不动了,她才发现,村落早被甩在身后,自己站在漫无边际的田野里,脚下全是快要到膝盖的麦子。浑身无力的她,腿一软,倒在麦地里,大口大口地喘气。

过了好久,她才平静下来,开始四处观望。除了一望无际的麦地,还是一望无际的麦地。没有一丝灯光扯开天地间的黑幕,好在朦胧的月色稀释了眼前的黑。她顺着自己踩倒的麦子朝回走。前方隐隐有一堆堆小小的矮圆状的黑影,仔细一看,居然是阴森森的坟堆。麦麦头皮一紧,不由地跑起来。心似乎要跳出胸膛,浑身却轻飘飘的,怎么也跑不快。

麦麦感觉脊背凉嗖嗖的,似乎有一只冰凉的大手,即将揪住她的皮肤。她不敢回头,拼命向前跑。渐渐地,她看到了村头房屋的影子,看到了荷塘边那棵歪脖子柳树。

歪脖子柳树终止了麦麦的狂奔。她瘫坐在树下。蛙鸣一声紧似一声,像在给她表演,又像是在嘲笑她。白天充满乐趣的荷塘此刻突然翻了脸,壁垒森严地林立着,深不可测,似乎暗藏着秘密和凶险。风吹在身上凉嗖嗖的,把暑天温吞吞的、让人难受的热气都带走了。麦麦知道,这热,明天还会回来的。她抬起头,仰望着深邃的天幕、茫茫的星空,绝望地在心里泣喊:

"亲爸、亲妈,你们到底在哪里呢?来救救我吧!"

"为什么扔下我不管?为什么……"

星星眨着眼睛,忧伤地遥望着大地上的一切。

麦麦垂下头。一塘荷叶披着银光,密密地挺在眼前,默不作声。回答她的,只有蛙鸣,只有夜风。

不知过了多久,她感觉很累很累,累得大脑一片空白,"死"的想法如一道光,忽然就在夜幕里闪了一下,可是,怎么样才会死去,不受疼、不难看地死去?她不知道。不死的话,又该怎么办呢?她也不知道。

夜深了,蛙鸣声不知什么时候已经停止了,青蛙们唱累了,进入了甜蜜的梦乡。夜凉如水,麦麦身上穿着薄薄的短袖一次次在风里打颤。

原来以为,夏天都是酷热的,深夜也只是用来睡觉的,没想到,这个世界并不是想象的那样。她站了起来,踢了踢麻木的腿,双手抱肩,一步步向前走去。

不知走了多久,定睛一看,竟然回到了家门口。大门紧紧地关闭着,一副拒人千里的表情。她多么希望,会有一个身影,在门口默默地等她,为她着急呀!她知道这是一种奢望,可是这个美好的心愿,却清晰逼人。

院子静悄悄、空荡荡的。月光清朗朗地照在头顶,照着两扇刷着黑漆的木门,也照着麦麦的影子。她默默地在门前徘徊。抬头望着月亮,月亮好似也正在注视着她,好亮好亮,似乎在护佑着她。"月亮呀,你见证了人世间一个小女孩的悲痛,可是,你怎么不把我带到天上去啊?"

月亮无语。

深不可测、万籁俱寂的夜,还是让一个小小的身影无处逃遁。麦麦终于哆嗦着手,伸向冰冷的门环,犹豫一下,又停在半空中。她真不想叩动门环、扣开这扇门,面对门里的一切。

却又无可奈何。

母亲半靠在炕头,哼哼唧唧的,边呻吟边哭诉:"我活不成了,活不成了,我比窦娥还冤!"

舅舅大概是回去了,哥哥也睡下了。父亲守在母亲身旁,见她回来,把头一偏,手向房间指了指,示意她睡觉去。麦麦垂着头,轻轻走到母亲身前,继续弓着身子跪在炕前的地上,不言不语。她闭着眼睛,不知道自己会被怎么样,也不再想发生的这一切,只是呆呆地跪着,使劲抵抗着涌上眼皮的睡意。

"不行,把他舅、把村长都叫来,今天非把这理评评不可,要让村子人都知道,我养了个白眼狼!"

"消消气,他舅才刚回去,咱明儿再叫也不迟,这会儿都半夜了,有天大的事,咱得明天再说,你先歇着。"

父亲黄文翔殷勤地给白如菊掖掖被角,不时擦擦她眼角的泪。最后,看她闭着眼睛,不说话,也没有反对的表情,急忙扭过头,对跪在地上的女儿说:"先睡觉去,明天早点起来。"

麦麦双手扣着地,吃力地挪动双腿,想站起来。失去知觉的双腿先是不听指挥,紧接着一阵阵万箭穿骨的麻酥,从脚底直往上窜。她咬着牙,硬是不敢弄出任何声响。好不容易才挪到了自己的床前。她没脱衣服,把发麻的双腿挪腾到床上后,就一头靠在尚未铺开的被子上。

极度的恐惧和极度的疲困,已让她没有任何思维能力。无力地闭上沉重的眼皮,她对自己说:"睡吧,快睡吧,睡着了,就不会再有这一切了。"

此后很长一段时间,母亲一直不理麦麦,麦麦也不敢说话,小心翼翼地做饭、涮锅、洗衣。吃饭的时候,最先给母亲盛好递给她,母亲大半都黑着脸,不接。麦麦只好轻轻放在她面前,然后给自己碗里夹上一小筷头菜,默默地躲进房间吃,吃一口,趴在门缝里向外偷看一眼。开始几天,母亲从不动她递来的饭,总是拧身到案头拿只碗,到锅里重新舀饭。

一个星期过去了,两个星期过去了。终于,有一天晚上,麦麦从门缝里看见,母亲没有重新拿碗盛饭,而是直接端起碗,吃了她盛的饭。麦麦心里一下轻快了,甚至快乐地想唱歌。

我妈感觉自己的身体，像一条幽深而神秘的胡同。
她在胡同里摸索前行，一步一步，小心翼翼，无所傍依。

6

下雨了,绵延不绝的连阴雨像铺天盖地的珠帘儿,缀满密密麻麻的惆怅。

下午放学回家时,麦麦淋湿了。晚上脱衣服时,她的手无意中碰到了胸部,忽然发现自己的乳房不知道什么时候肿胀起来了,用手一摸,鼓起一团软软的肉,底部硬硬的,隐隐作痛。怪不得最近走路、干活时自己总想用胳膊抱住胸口,生怕被什么硬东西碰着、磕着,原来是这里变大了。

那一夜,惶恐、迷茫、娇羞,落满枕边。

第二天路过教学楼门口的大镜子时,麦麦无意中一抬头,看见自己的胸部隔着衣服也会顶出两个圆圆的形状,尤其是那两个乳头,死死顶着薄薄的短袖,像两只无助而又渴望的眼睛。麦麦赶紧从镜子旁闪开,尽量低着头、弯着腰走进教室。从那天以后她再也不敢当着男生的面跑步了。

不久,麦麦和班里一个胖女生共同值日,那个女生爱偷懒,教室才扫了一半,就弯下腰说肚子疼,要上厕所,撂下笤帚,一溜烟不见了。麦麦一个人扫完教室、倒完垃圾后,才看见胖女生磨磨蹭蹭从厕所方向往回走。

女生走到教室门口的时候,麦麦刚刚擦完黑板,从讲台向下迈。由于心里急,步子大了点,整个身子顺着台阶重重地颠了一下。

胖女生径直走近麦麦,指指她的胸说:"你还没有戴胸罩呀?"

麦麦一愣,脸"刷"地一下红了。

"没……没想过……"

"看我的吧。"女生说着,刻意在麦麦面前做了几下跳跃运动。

麦麦这才注意到,她的胸脯似乎有点鼓,但没有那两个雀跃的圆点,显然是已经被固定住了。

麦麦以替这位女生做一周作业的代价,躲进厕所里看了看她戴的胸罩。那胸罩是粉红色的,上面印着许多小圆点,把她的小乳房裹得严严实实。麦麦用手小心翼翼地摸了摸她的乳房,那乳房和自己一样,也已经肿胀起来,用手摸上去,滑滑的、软软的,像面团,有一种柔软的舒服。

这些天,麦麦满脑子都是小圆点胸罩,连睡觉都梦到了。周末放假,她洗完衣服后,在家里的一堆碎布片里,找出一片稍微宽一点、厚实一点的布条,围在身上比了比尺寸,把多出来的布剪掉,然后穿针引线,将长方型布片的两头缝在一起,做成宽筒状,套在身上试了试大小,又找出两根长一点的布条,一前一后分别缝在"筒"上面,成为两条肩带,一个简易的胸罩就完成了。

这所谓的"胸罩",针脚歪歪扭扭,因为是拼凑起来的布,颜色也不统一,更没有漂亮的小圆点,但毕竟是自己的第一个胸罩,自己秘制的"铠甲"呀!她有些兴奋,迫不及待地套到身上试穿。布没有弹性,且质地轻薄,她做得比例也不太准,一边肩带长,一边肩带稍短了一些,穿上去有点小,不舒服,但她还是陶醉在一种成就感的窃喜里。

有了这层保护,她的腰可以直起来了,也可以大大方方地走和跳了。

神秘而难堪的青春期,就像一条幽深而神秘的胡同,麦麦凭着身体本能的惯性向前。一步一步,小心翼翼,无所傍依。成长的快乐是别人的,青春的漂亮是别人的,她什么也没有。她越来越爱学习,优异的学习成绩便是她的安慰、她的快乐。

初二那年暑假,村里一个在城市上大学的大姐姐回来了。傍晚时分,麦麦从她家门口路过。她正在门口,穿着一条无袖的长纱裙,一直扎着的马尾巴现在正自由自在地披在肩上。正在麦麦打量的时候,听见大姐姐朝屋里喊着:"妈,来外面乘凉,顺便捎只凳子!"

才到大城市一年,她已经不把板凳叫板凳,而叫凳子,把下凉叫乘凉,听上去好美。

麦麦正痴痴地想着,村子里的广播开始播放起音乐,大姐姐不由自主地和着节拍,抖动双腿,后来又独自跳起了三步,挺胸收腹,裙裾飘飘,浑身散发的那种明媚、新鲜的气息,扑面而来。麦麦远远地站着,羡慕地看着。她似乎看见了走出农村后的大姐姐身后那丰富多采、梦幻一般的大学生活,看到了她灿烂幸福的未来。

麦麦多想和大姐姐交换一下呀,让我做她,让她做我。

那一刻,她深深明白,学习是自己唯一的出路,是摆脱这个家庭的唯一出路。她想拥有大姐姐那样的生活。

麦麦优异的学习成绩并没有得到家人的奖励和认可。母亲只关心哥哥的学习,哥哥晚上写作业,母亲常常到他房间里看,送水什么的。而对麦麦说,电费很贵,最好在学校写作业,别在家浪费电。麦麦尽量利用晚自习把作业写完,回到家就轻手轻脚地走进自己的房间,不开灯,在黑暗中回忆一下当天学习的内容,背背单词。清晨麦麦又第一个到校,大门常常还没开,但她可以就着大门外的路灯,预习当天的新课。

一年后,麦麦以全县第三名的成绩,考上了渭水县最好的高中,分到了当时师资力量最强、生源最好的重点班。在这里,她遇到了班主任郝老师,遇到了同学马尚、柳子茂……他们给了她帮助和温暖,是她发奋学习的动力。

三年后,她考上了政法大学。

大学时期是麦麦最快乐的时光,虽然常常只能吃白米饭,洗头发只能用洗衣粉,买衣服只能等待一学期一次的奖学金,但可以远离家,远离谨小慎微的压抑,远离如芒在背的刀子一样的目光。麦麦感觉天很蓝,呼吸很顺畅,青春哀伤而诗意。

学校虽然叫东竹市政法大学,但新迁了地址,远离城区,交通不便,周围是一片连着一片的庄稼。偏僻,给了麦麦天然的保护。她可以有理由不去城里逛街,可以有理由不回家,可以有理由不去校门口林立的饭店里吃饭。在她看来,这些都是奢侈的事。

她努力学习,用每学期的一等奖学金,去批发市场给自己添置几件必备的衣服。她从来没有主动向家里要过生活费,父母好像也没有主动寄过。学校所在的地方比较偏僻,她无法外出打工,每次开学时带来的那点生活费,她要筹划好,够花一学期。

学校的炒菜种类很丰富,但她吃不起,就在早上多打一份一元钱的小菜,攒到饭盒里,中午打点米饭端回宿舍,一个人躲起来吃咸菜拌米饭。一个学期还没完,她患上了便秘,最长的一次长达10天没有上厕所,蹲在厕所里,劲使得眼球几乎都爆出来了,也无济于事,只好抱着鼓鼓囊囊的肚子走向医务室。校医说:"你不缺运动,就是肠子里油水少,要多吃蔬菜和水果。"

此后,她随身带上了削铅笔的小刀。校园的亭子里、宿舍里、餐桌上,常常有同学吃剩的水果。看到剩得多的,她就趁无人的时候捡起来,削掉外面一层,照样能吃到新鲜的果肉。

和麦麦同住一间宿舍的女生没事就扳着指头数着回家的日期,盼着放假。每次放假归校,总是带一大堆好吃的,兴高采烈地围着桌子分吃。

她羡慕得想哭。寒暑假是别人的天堂,可是对她来说,却不亚于地狱。

每每一推开家里的大门,眼前的空气就厚了一层,似乎承托着沉重的故事,似乎孕育着丰富的变幻,呼吸到鼻子里,压抑、沉闷、飘渺的感觉,让人后背生风,心头一阵阵紧缩,仿佛掉进了一个深洞里。和学校的自由畅快相比,仿佛人间两重天。

她害怕那种感觉,她希望校园生活就一直这样下去,停留在此地、此刻,离家远远的,没有任何假期。

可是,自由的时光是如此的短暂,毕业很快就到来了。一切注定要结束。离别那天,天气阴沉沉的,麦麦的心仿佛被什么抽空了,整个人有些恍惚,总感觉自己只是出演一幕告别的镜头,一切还会回来的,还会回到学校,回到从前。

校园的广播里一遍又一遍地放着张学友的《祝福》:情难舍,人难留,今朝一别各西东,冷和热点点滴滴在心头。伤离别,离别虽然在眼前,说再见,再见不会太遥远……再见真的不会太遥远吗?麦麦真的不知道自己是为风云流散的别离难过,还是为失去人在他乡的生活难过。

一辆一辆的出租车、小车、大巴开进校园,她站在校园大门口,送完了一拨又一拨的同学,最后一个离开。她提着行李包,最后一次踩着宿舍的楼梯,穿过操场和水池,一步一步走向校门口。每一步,都不情愿。泪眼朦胧中,亲切的脸庞、熟悉的校园、无拘无束的生活远了,远了,永远留在了身后。

客车启动的时候,窗外已经没有同学了。麦麦对着空荡荡的校门,挥了挥手。她感到,车轮正一点一点地离开天堂,开往地狱。

路况不好,客车从下午3点出发,晚上6点多才到达渭水县城,麦麦一直埋着头,整整从起点哭到终点,脚下的地湿了又干,干了又湿。眼睛肿成水蜜桃,几乎看不见了。

安静的会议室里,我妈听见有人叫自己:"麦——麦,麦——麦!"声音很轻,很近,像双桨划过水波,清凌凌地荡进她的耳朵里。循声看去,竟是坐在对面的那个女子。

7

麦麦握着郝老师留下的纸条，不知怎地，满脑子却都是往事。不知过了多长时间，她回过神来，趴在档案室的办公桌上，努力想象这个写下纸条的人。

他长什么样？高还是矮，胖还是瘦？

就在各种轮廓在脑中拼凑的时候，外面的电话铃声大作。同事小陈的声音传来："麦麦，电话，找你的！"麦麦脑中刚刚浮现的五官和笑脸全部散去。她重新将纸折成方型，小心翼翼塞进钱包的夹层。

电话是档案局打来的。渭水县要争创档案工作先进县，每年七月份要对各单位的档案工作进行验收检查，要求各单位按照文件要求做好准备，按时将本年度档案送到指定地点。麦麦负责单位的档案工作，自然要按照检查内容逐条落实。

她坐到电脑前，熟练地把屏幕切换到政府网站页面，输入口令和密码，很快查找到县档案局检查通知的红头文件，打印了一份出来，拿在手里仔细研读。

这次验收检查依旧分组进行，和计生局分在一组的有 22 家单位。麦麦的眼睛习惯性地搜寻"县医院"三个字。县医院负责计生工作的人是她的高中同学兼闺蜜马尚。因为她，麦麦每次看到"县医院"三个字，都和看见马尚一样亲切。很庆幸，医院和计生局这两个姊妹单位今年依然在同一个小组，麦麦于是赶紧拨通马尚的电话。

"看到文件了吗，咱们今年还在一组呢！"

"早就看到了，还没来得及问你呢，准备得怎么样了？"

"基本上整理就绪，就是目录还没打印，还有照片档案搜集不全，这几天得抓紧时间搜集。另外有些卷宗整理得不够规范，需要再自查一下。"

"医院每年出台和接收 500 多份文件，量大得很，多亏前段时间领导让我专门抽出一个月时间整理,现在基本上整理完了,刚好跟上验收。"

马尚的声音温温软软,听上去很舒服。麦麦刚要接上话头,马尚忽然又想起了什么,语气一下子有了力气:

"麦儿,检查那天你早些去,把咱两家单位的桌牌换到一起。我有事,可能会迟一点到,一看见你,就不用满场找位子了。"

"没问题,好好办你的事,开完会咱们继续'并肩作战'!"

挂掉电话,麦麦的情绪一下子好多了。她也奇怪地发现,每次与马尚通电话,自己的心情就会变好。马尚是自己高中三年的同学,也是直到现在唯一还密切联系的好朋友,性格开朗阳光,外形时尚,思想新潮,每见一次都会给自己带来新鲜的气息。她比麦麦大一岁半,却好像大了四五岁,在北州市上医科大学时就脚踩两只船,用来"实习"恋爱,毕业后将两只"船"全抛了锚,瞅了一个白富帅修成了正果。

记得麦麦刚被分配到计生局上班后,马尚立即称她"计女"——计生局的美女。麦麦一听急得红了脸,"计女",怎么听上去就是"妓女"?马尚嘻嘻直笑,麦麦用拳头擂她,两人闹作一团。

不过,麦麦还真是计生局的美女,她被分到办公室后,机关的那些男士一夜之间都修炼出了绅士风度。和麦麦同在一间办公室的小陈,成了被羡慕的对象,被分配了重活有情绪时,每每会被调侃:"男女搭配,干活不累,你小子干活就是养眼,还有啥想不通的!"

终于到了集中检查汇报的那一天,麦麦早早赶到会场。依马尚的嘱咐,麦麦把"县医院"和"县计生局"两个相隔了很远的桌签并到一起,然后才安安稳稳地坐下。

对面坐着一个轻熟女,穿着一条枯黄色的碎花纱裙,梳着齐刘海,皮肤白净,正从奶白色的包里往外掏东西,看上去有些眼熟。麦麦扫了一眼桌签,是工商局的,心想也许在哪个会议上见过吧。这样想着,就没在意。麦麦打开桌上的文件袋,翻看报到时领到的会议资料。

一份文件还没看完,麦麦听见有人叫自己:"麦麦,麦——麦!"声音很轻、很近,在安静的会议室里,像双桨划过水波,清凌凌地荡进她的耳朵里。

循声看去,竟然是对面的那个女子。

女子迎着麦麦惊愕的目光,盈盈笑着说:"我是你二姐!"

她的声音低低的,但特意把"二姐"两个字咬得很重,字音也拖得很长。

二姐,哪个二姐?麦麦更加疑惑,大脑开始迅速运转,努力搜寻这个人。

"我是你多多姐!"

多多?呀!麦麦一下子明白了。林子康曾给她介绍家庭成员时说过,大姐叫林愉愉,二姐叫林多多,在工商局上班,和自己长得特别像。那么,现在这位坐在对面的,看上去十分眼熟的女子,无疑就是林多多!二姐林多多!

她的心一下子慌乱起来,"咚咚咚"地使劲跳着,像有鼓锤在擂打。

天哪,这是怎么啦,电视剧里的情节怎么又发生在我身上?一个林子康还不够,又冒出个林多多!

麦麦掩饰着心里的惊慌,微笑着冲二姐点点头,然后就不知道说什么了,只感觉身体一下子变得僵硬,思维也迟钝起来。陌生的亲人以这样的方式、在这样的场合突然出现,麦麦完全乱了方寸,根本找不到话题。

二姐倒是落落大方,指着身旁的空椅子,冲麦麦招招手:"来,坐到我这边。"麦麦慌乱地摇了摇头,指指自己面前的桌签说:"马上要开会了,不能离岗。"她也不知道自己为什么想都没想,就一口拒绝了。

尽管离二姐只有两米的距离,她却感觉远得无法靠近,说不清楚中间阻挡着什么。她不敢再看二姐,不知怎地,她很害怕两个人目光的相遇,只好装模作样地看着会议资料,其实连一个字也看不进去。

尽管各单位参会的人员都到了,但领导的席位依旧空着。她只好继续翻文件,盼望着会议早点开始。不敢看对面的二姐,却又很想看。"原来我们是亲姐妹,怪不得看着眼熟,不就有点像镜子里的自己吗?只不过发型、气质有别而已。自己今天应该打扮得再抢眼一些,让她看看我虽然在农村长大,现在却并不比她差。"不过确实是这样,麦麦脸蛋很漂亮,五官几乎无可挑剔,但整个人看上去,总感觉缺点什么。

为了掩饰自己这些乱纷纷的想法,抑或是想掩饰无言的尴尬,麦麦起身,走向门口的热水器去接纯净水。转身的时候,迅速用余光朝二姐座位的方向瞥了一眼,她希望二姐这会儿看着自己,并且羡慕自己高挑的身材。也许是因为心虚吧,麦麦虽然朝二姐瞥了一眼,但只恍惚看见一团桔黄色的影子,根本没有看清她的姿态。

返回座位,黄麦麦稍微平静了些,壮着胆子抬起头,大大方方地向对面看去,二姐刚巧也抬头看她,两人的目光再次相遇,又互相笑笑,依旧无话。

麦麦心里忽地就生出一丝悲凉,亲姐姐就在对面,却又如此生疏,那么与亲父母的相见,也不过如此吧?不过是套着一个亲情的空壳而已,哪有什么感情,甚至连亲密都谈不上。几十年的时光疏离,自己已经无法与他们融为一体了。

少年时麦麦每每受了委屈,总在心里无数次地默默呼唤爸妈,把他们想象成神通广大的天兵天将,在危急关头拯救自己,疼爱地为自己拭泪,把自己拥进温暖的怀抱。麦麦坚信,爹妈也一定在世界的某个角落看着自己。可是,这个童话里的故事,这个萦绕在心头的美梦,至今都没有实现。

那一刻,麦麦对双亲所有的念想和期盼,一下子变成一堵灰秃秃的墙。那上面粗糙、坚硬、寸草不生,阻断了所有绿色。

她忽然明白,自己的父母只是和天下所有的父母一样,赚钱养家,养儿防老,像老鹰一样宠爱着身边的孩子,并不是什么天兵天神。自己,只是他们偶尔想起的记忆,仅仅是一个记忆而已。麦麦有些庆幸那天没有去吃团圆饭。

她假装不在意,但还是忍不住偷偷看着对面的林多多。二姐修长白皙的手指上,分别套着一枚硕大的金戒和钻戒,在会议室的日光灯下灼灼闪光,刺着麦麦眼睛的,一会儿是灿灿的金黄,一会儿又是晃眼的璀璨。麦麦羡慕二姐,她拥有浓得化不开的亲情、优越的家境,还有甜蜜的爱情。可是自己,一无所有。

想到这里,她的心酸溜溜的,一股无名火隐隐升腾。

她牢牢记着走上社会的那一天:2001年8月15日,她23岁。麦麦通过招聘考试,被东竹市计生局录取。报到后,才得知自己不在东竹市上班,而是哪地方来的回到哪去,被分到渭水县计生局。在自己的家门口工作,是最坏的结局。可是没有其他出路和选择,她只有认命,老老实实去上班。

她是单位里唯一没有对象的大学生,很多同事热心张罗着给她介绍对象。可麦麦发现母亲似乎一点也不着急,也从来不问自己,对上门说媒的或者是麦麦谈起的人一律找理由回绝。

直到麦麦都快25岁了,她才张口,郑重地跟麦麦提了两个对象。这两个男人着实让她惊得张大了嘴巴:都是本村的,一个是在外地山沟里带着初中生的教书匠,一个是大队书记的儿子,带了一个建筑队做工程。

麦麦实在想不通,自己在政府部门上班,好歹也是响当当的铁饭碗,况且既不缺胳膊又不少腿的,可母亲为什么非要找这样一个女婿?麦麦心里泛起一丝丝绝望。人家父母都盼着女儿嫁得好,可她怎么感觉母亲似乎想将自己往火坑里推?

母亲常常说,女不能胜男。难道,她是怕自己嫁得好,怕自己过得比哥哥好,让黄家没面子?因为是捡来的女娃,就该嫁猪嫁狗嫁猫?

她无数次否定自己的想法,但这种怀疑就像家族病史,一直潜伏着。尽管,她压根儿就不知道自己的家族病史。

记得有一段时间麦麦常常头疼,而且发作很有规律,都是每天上午10点后。去看病,医生听完她描述的症状后,一边在病历上记录一边问道:"家族有什么遗传病史没有?"她摇了摇头,脱口而出:"不知道。"医生停住笔,抬起头,镜片后的眼睛愠怒地瞪着她,麦麦脸一红,急忙改口:"没有。"

"到底有没有?"医生很较真。

"我……我真的不知道,没见过亲生父母,不清楚情况。"

走出医院的时候,天空飘起了雨丝,很多人没带伞,行色匆匆。麦麦抬头看了看天空,灰蒙蒙的,边界模糊,混沌一片。上天并不是非蓝即白,世上的很多事情,大概都如此吧!她想起那位医生安慰自己的话:抱养的娃,往往都没有遗传病。

但愿如此吧!

为了躲避母亲继续给自己找那样的对象,麦麦很长一段时间没有回家。

后来,爆发了史无前例的非典,禁止人口流动,麦麦回家的次数越来越少,即使回了家,能少待一会就少待一会。她怕家里那种阴沉沉的、压抑的气氛,怕面对盘亘在母女之间的猜忌和疏离。

那些天,白如菊迟迟不见麦麦和自己介绍的两个男人交往,一肚子不痛快,非要当面问个究竟,却总是见不上麦麦人。气不打一处来,常常对着家里的鸡狗开骂:

"没良心的,尻门子的屎痂才干,就飞上天咧!我看你能躲到哪个窟窿里去?"黄文翔端过来一杯水,劝道:

"娃大了,有她的事情,你就别生闷气了,把身体气病了,多划不来。"

"我就不相信,跑了和尚还能跑了庙,不行,我非寻到她单位不可!"

第二天中午,白如菊满脸怒气地找上麦麦的单位,走到大门口,保安小张很礼貌地问道:

"大妈,您找人还是办事?"

"我找黄麦麦,我是她妈!"

"噢,上左边那栋楼,二楼第三间就是。"

门开着。一个小伙子坐在办公桌前,却不见黄麦麦。

"麦麦,你给我出来!"白如菊边往房间里瞅边喊。

小陈吓了一跳,看见一个60岁左右的女人气咻咻地站在门口,忙站起来说:

"阿姨好,黄麦麦不在,她去市里参加培训了。"

白如菊半信半疑,瞪着眼睛向门里瞅,果然没有女儿的影子。

"啥时回来?"

"还得半个月吧。"

她不甘心。在楼道上磨蹭了一会儿,看见楼梯口有扇门,上面写着"厕所"两字,就拐了进去。小陈没听见她下楼的声音,出来看了看,想她肯定上厕所了,也没在意,又走进办公室。

白如菊在便池里小解过后,起身系皮带的时候,忽然发现厕所的门上有一道缝子,正好可以看见楼道上上下下、来来往往的人。她心里一喜,心想干脆不出来了,在这里守株待兔。白如菊在厕所里埋伏到12点,直到人都下班走完了,也没见到麦麦,这才相信人是真的不在,只好又憋着那一肚子气回去了。

半个月后,麦麦刚一回来上班,就看到了办公桌上有一封信,信封上只写着"县计生局黄麦麦收",右下角寄件人处,一片空白。麦麦把信翻来覆去地看,没有发现寄信人的任何信息。仔细看了看邮戳,发现一行清晰的黑色小字:渭水县江泉镇邮电所,她心里一惊,一种不祥之感涌上心头,这是离她家最近的邮局,信一定是家里寄的。

麦麦顿时感到握在手里的信沉甸甸的,如一枚炸弹。她久久地盯着这封信,忽然一扬手,将它重重甩到桌面上。

整整一个上午,这封信都压在她的心头,干什么都难以专心。终于挨到中午下班,小陈去食堂吃饭去了。麦麦没去,她没胃口,她要趁一个人的时候,好好对付这封信。

麦麦清楚地明白,这封信绝对不是一个好兆头,但逃避总不是办法,躲过了初一躲不过十五,无论这里面是什么样的内容,都得拆开,去面对、去解决,而且,宜早不宜晚。

她咬咬牙,一点点慢慢撕开信口,里面只有一页纸。她一眼认出,是母亲的笔迹。纸上的话,半文半诗,却毫无诗意,每个字,都让麦麦触目惊心:

25年前,毒蛇躺路边,

世上好心人,救活一条命。

一尺五寸养成人,蛇不报恩,忘恩负义。

冤比窦娥,苦比黄莲,怎不肚肠寸断!

老天有眼,报应毒蛇,天打雷劈。

25年养育恩,何时回报?

……

养蛇人:白如菊、黄文翔

"毒蛇""养蛇人",这些阴森森的字眼儿,一下子让麦麦想起了那吐着细闪闪的红信子、滴溜着眼珠伺机伤人的蛇,浑身冷生生地打了几个哆嗦。农夫和蛇的故事,小时候就在课文里学过了,可是,她是蛇吗?麦麦感到全身的皮肤迅速起了一层鸡皮疙瘩,心仿佛也被深深地咬伤了。

　　"我是蛇,我居然是毒蛇!天下有这么说孩子的父母吗?还天打雷劈地诅咒自己的孩子!"

　　麦麦既想哭又想笑,更想放声呐喊几声,但她只是傻愣愣地坐着。窗外,骄阳炙烤着大地,几只知了在树枝间起劲地叫着——这正是它们撒欢的时节。室内,此时麦麦的心却寒得结冰。

　　她走到窗前,寻找那只知了,她羡慕它。

　　一连几天晚上,麦麦只要一闭上眼,脑中就浮现出昂着头、吐着细闪闪红信子的蛇。即使是睡着了,蛇也会跟进梦里,从一条、两条到无数条,黑乎乎、滑腻腻的身子不停地扭动着、纠缠着,向她爬来,冰凉瘆人的气息离她越来越近、越来越近,马上就要裹挟而至……麦麦猝然惊醒,大汗淋漓。

　　她心有余悸地下了床,径直走到镜子前,看着自己。疲惫的面容,惊恐的表情,然而,一双眼睛却亮闪闪的,发出异样的光,那光芒竟越来越诡异。麦麦转动了一下眼珠,镜子里的眼珠并没有随着自己而转动。

　　麦麦正暗自惶惶,忽然惊得张大了嘴巴,只见镜子里自己一头凌乱的披肩直发,变得卷曲而厚重,每一根头发丝上,都盘着一条小蛇,密密麻麻,悬在头顶……

　　一声狂喊打破了夜的寂静。

　　很长一段日子里,她看什么都像蛇。

　　马尚出现在会议室门口的时候,把整个会议室的人的目光都吸引了过去。

　　麦麦正沉浸在蛇的纠缠里,也许是身着红色短裙的马尚太靓,也许是有心灵感应,她不由自主地向门口瞥了一眼,五官立刻绽放成一朵花,赶紧招了招手,指指身旁的座位。马尚会意地点点头,低着头径直绕来,稳稳落座。

会议开始了,县档案局的副局长开始讲话,强调这次检查的目的、要求、意义什么的,这些文件上都有。麦麦心不在焉,虽然没有了蛇和养蛇人的梦魇,但对面的二姐让她无处安放自己的目光。

副局长终于讲完了,接下来是各单位轮流汇报一年来的工作。二姐的单位排在麦麦前面,她汇报的时候,一直低头看着桌上的打印稿,念得结结巴巴,声音懦弱,手也似乎有些抖。麦麦听不下去,忍不住用胳膊肘轻轻碰了碰马尚,把写在纸上的几个字递给她:对面正发言的那个女的,是我二姐。

马尚疑惑地看了她一眼,挥笔回过来几个字:亲姐?

麦麦在纸条上写了一个大大的英文单词:yes!

递过去后,马尚一下子张大了嘴巴,脸上的五官仿佛绽放成惊叹号。麦麦完全想象得到马尚的惊讶,就像自己在林子康面前的表现一样。马尚从小在县城长大,而自己一直在乡村,读高中时分到一个班后才认识,马尚只知道麦麦所在村镇的名字,以及在家排行老小,上面有哥哥,根本不知道她的这个秘密。

自己是抱养的孩子,这个秘密麦麦一直埋在心底,不曾对任何人说过。此刻,这个秘密像爆米花出锅,强烈的气流一下子就撑满她的胸口!她要向好朋友一股脑儿倒出来。这些天以来的纠结,沉重得无法独自承受,人常说当局者迷,旁观者清,也许马尚有好主意。

会议终于结束了。麦麦胡乱把文件往资料袋里一塞,急忙催促着马尚,跟着散会的人群一起快速下楼,逃也似地离开。她怕"二姐"叫住她,确切地说,她在躲"二姐"。因为她还没有准备好去面对这个姐姐。

马尚根本没来得及整理桌面上的东西,只好将文件、本子、资料什么的一股脑儿抱在怀里,边走边嚷:"急啥,急啥,又不是要去约会!"麦麦也不解释,只是拉着马尚向大门外走。

走出大门,麦麦轻轻吐出一口气,却不敢回头。她左右看了看,玉臂一挥,一辆红色出租立即调头,稳稳地停在她们身边。麦麦打开车门,先把马尚推向里面的座位,然后自己坐进去,对司机说:"师傅,去西街的红袖添香茶苑。"

"你想绑架我呀？也不问问本美女有没有时间。"马尚整理着怀里的文件资料，假装抱怨。

"不管你有没有时间，我今天一定要请大忙人喝茶，不许拒绝！"麦麦语气坚定。说完仿佛想起了什么，急忙扭过头，透过车后面的玻璃向外看，"二姐"推着一辆小巧的红色自行车，站在计生局大门口，正左顾右盼，桔黄色的连衣裙在阳光下如花朵般绽放。

茶苑很快就到了。两人从阳光灿烂的大街推门进去，感觉一脚迈进了海底，瞬间清凉扑面。室内光线朦胧，假树、假山影影绰绰，仿佛还有潺潺的水声。服务生领她们上了二楼，通间的落地窗，光线明亮无比，两人一下又从海底浮上海面。

马尚挑了一个临窗的位置坐下，饶有兴致地欣赏着室内的装潢。二楼的椅子全是藤条编织的秋千椅，秋千的绳子用紫色的玫瑰一直缠绕到顶端，平添了浪漫的情调。桌位和桌位之间，垂着一串串紫色的水晶珠帘和朦胧的纱幔，营造了一个个一帘幽梦般的雅间。

麦麦点了红酒、果盘和马尚最爱吃的爆米花。

《渔舟唱晚》的古筝曲低低回荡，悠扬地漫过心头。两个人面对面坐在秋千椅上，慢慢摇着，目光撞到一起的时候，彼此都听到对方轻轻地舒了一口气。

"这会儿，是不是该说说你的秘密啦？"马尚终于忍不住了，直奔主题。

"亲生父母、兄弟姐妹，一直毫无音讯，最近全都突然出现，你说，这不是一场地震么？"

麦麦心有余悸地咽下一大口酒，用黑葡萄一样的水汪汪的眼睛看着马尚，眼睛依然像弯弯的小船一样上翘，却载了一船的忧怨。

"一月不见，竟然有了这么大的喜事。既然都知道了，你打算咋办？"

"有心与亲爸妈相认，但是养父母如果知道了，指不定会咋样的寻死觅活呢！他们一直就对这事讳莫如深。唉！真不知该怎么办。"

"这事儿还真有些麻烦，不是一时半会儿可以解决的。你先冷处理一下，往后放一放。"

"我不知道怎么来面对这事,只是想逃避。都怪自己命不好,看上去比别人多了成倍的亲人,实际只是多了双倍的烦恼。"

"唉,真是时代造就命运呀!同样是计划生育,我们那个年代是啥样?可你看看现在,谁家不是优生优育,男孩女孩都是宝贝疙瘩,哪还重男轻女呢?"马尚发着感慨,手指轻轻捏碎了几粒爆米花。

"怪不得有人说,60后是饥饿的一代,70后是藏匿的一代,80后是金贵的一代,再往后,不用说了,全是金子。"

"目前最重要的,是找个人结婚,别让美女成了剩女!过自己的小日子,这些事自然就都变淡了。哎,老实交待,最近谁在追你?"

也许是怕麦麦伤心,马尚及时转了话题。

"好像没有。"

麦麦苦笑着摇了摇头,心里浮起母亲介绍的那几个身影,心里暗想:都是些人渣。

"我不信!凭你这身材和气质,能不迷倒一大片?高中的那几个男同学,不是都争着在你面前表现吗?尤其是柳子茂,还为你作过诗呢!"

"早都失去联系了,柳子茂呀,压根都不知道他在哪!只剩你离得最近,也最铁。"

麦麦举起高脚杯,独自喝了一大口,然后拿起酒瓶,给马尚和自己的杯子添上,重新举起杯子,"来,为我们不朽的友谊干杯!"

"还应该把爱情也捎带上,为我们友情,为各自的爱情,干杯!"

杯子"叮叮咛咛"地碰着,麦麦白皙的脸渐渐嫣红。她面若桃花地对马尚说:

"哎,把你找老公的秘诀给我传授一下,看武树对你多好!"

"羡慕了吧?那就找一个爱自己的男人,一辈子都被宠着,这叫'有爱无恐'。"

"咋样才能找到爱自己的男人呢?"

"那就看你是准备主动出击呢,还是被动等待?"

"你知道,我干啥都被动,主动出击恐怕这辈子都做不到,也许只能等缘份了。"

"你打算继续等?"

"听天由命吧。"

"也好,希望早日等到你的一帘幽梦!"

麦麦用手支着下额角,把头侧向窗外。她的目光,越过眼前一串串紫色的珠帘,越过落地窗,越过小商小贩,越过奔忙的汽车,越过一栋栋静默的房屋,飘向茫茫远处。

面对眼前的这个男人,我妈敏感地张开了全身的每一个毛孔,打开了每一个细胞。她相信女人的直觉和感觉。

8

自从和马尚聊过之后,麦麦决定以静制动,该干什么干什么,暂时放下这件事。好在林多多和林子康、郝老师都没有再出现过,母亲也没来找她,麦麦的生活恢复了平静。

平静很好。

麦麦是一个内心长满了孔雀羽毛的人,即使在有困扰的日子里,她也得让自己过得充实而有意义。她报了一个成人函授班,进修本科文凭。每周双休日上两天课,三年就可拿上本科文凭。麦麦倒不在乎这个文凭,关键是可以让生活丰富一些,让日子充实一些。很快,麦麦通过了入学考试,被录取成为中央党校法律专业本科班的学生。只待9月1日开学,就可重新过一过学校生活了。

第一次上课,麦麦居然迟到了。原因很简单,忘记调手机闹钟了。她的手机闹钟只在周内尽职,周末就成了哑巴。偏偏头天晚上马尚过生日,她老公武树开车把麦麦和其余几个朋友拉到一家最高档的歌厅唱歌,深夜才回宿舍。

当麦麦睁开眼睛的时候,阳光已经垂青了整个房间,窗帘也挡不住它的光芒。麦麦急忙从枕头旁边取出手机,已经8点半了。耳边仿佛已经响起了上课的铃声,她从床上一跃而起,匆匆洗漱化妆。

幸亏不用翻衣柜,衣服是昨天参加马尚生日 party 时精心搭配好的。桔红色的修身薄毛衣,棉麻质地的深色暗花长裙,黑色休闲短靴,裸露着雪白纤细的腿腕。不仅马尚说好看,连那个很少表扬人的武树看到麦麦的时候,眼睛都亮了一下。当麦麦的目光和武树相遇的那一瞬,他迅速转移了视线。

她用最快的速度收拾停当,匆匆出门,一路上无暇顾及行人落在她身上赞赏的目光,心里直埋怨自己忘记定闹钟。

远远看见学校大门,上面挂着"欢迎2003级新同学"的大红横幅。走进去,偌大的校园里居然不见一个人影,只有一栋栋教学楼和办公楼安静而严肃地注视着她。当她顺着指示牌七拐八拐找到位于三楼的教室的时候,里面已经传出了老师洪亮的讲课声。更要命的是,教室的大门正对着楼梯。

麦麦一步步踩着台阶,一点一点把自己暴露出来。当教室完全出现在眼前时,里面坐满了人,看过去黑压压一片。麦麦感觉到全班同学的目光都一下集中到门口,她不敢朝黑压压的人群看,她生平最怕众目睽睽。在门口停顿一下,恍惚瞥见后排还有一个空座,赶紧低着头,弯着腰,轻手轻脚地把自己"隐"到座位上,这才安下心来。

第一节课是市场经济学。讲课的是一位谢顶的中年男子,他精神抖擞,手里捏着一根粉笔,在讲台上来回走动,滔滔不绝,既高屋建瓴,又幽默风趣,而且兀自陶醉,完全不受同学们心不在焉的影响,事例信手拈来,数据如数家珍。麦麦暗自佩服,认真地在本子上做笔记。

课间休息的当儿,同桌说:"你记得真快,能让我看一下么?"

麦麦这才注意到这位一直沉默的同桌。抬头看去,一张浓眉阔眼、棱角分明的脸呈现在眼前。这张脸额头饱满,头发和眉毛一样浓密,只不过有些微微的弯曲,眉宇间散发的一股英气,居然有点像电视上的周恩来总理。此刻,那双闪着亮光的眼睛正专注地看着麦麦。

麦麦笔记很潦草,有些不好意思,但还是递给了他。

他认真地在本子上抄写,看不清的地方,就用胳膊轻轻地碰一下麦麦,好像两个人很熟悉。从简单的一问一答中,麦麦得知他叫司丁,在公安局下属的东城派出所工作。刚才讲课的老师是这班的班主任,姓何。司丁在抄写完麦麦的课堂笔记后,合上本子,又看了看封皮,忽然"嘿"的一声笑了起来。

麦麦急忙向封皮看去,没有什么特殊的,就是学籍号、专业、姓名之类,就是字写得不老到,一笔一画,像个认真地小学生。麦麦脸一红,伸手去夺本子。他却摁住,认真地指着封皮上的学籍号,连说:"真该咱今天做同桌,你看,连学籍和考号都一前一后挨着,我在前,你在后。"麦麦一愣,仔细一看,果然如此。

司丁半开玩笑半认真地对麦麦说:"你可要认真学习,我比你老,记性差,考试全靠你了。"

麦麦不再恼了,没说话,心想,还真是有点巧呢。

开学两三个月后,冬天的气息已经很浓重了。贫瘠而臃肿的季节里,空气收敛了一切的暧昧,铺天盖地都潜伏着干巴巴的冰冷。下班时,天已经黑沉沉的了。路上的人,都裹在黑夜欲来的阴郁里,急匆匆向家赶。

麦麦不急,她的宿舍就在计生局的隔壁,与单位办公楼在一个大院,中间只隔了一面镂空的墙。说是墙,其实就是钢筋焊成的花栅栏。有了这些花栅栏,办公楼和宿舍区就一分为二,各走各的门。她每天就在这两处大门之间,来来回回。

那天,麦麦下了班,从办公楼的大门走出去,马上就要跨进宿舍大门了,却迎面遇见了司丁。他穿着一件咖色的棉风衣,没系扣子,一条暗色方格的毛呢围巾随意地搭在胸前。他站在两道门的中间,笑着对麦麦说:"这么巧?在对面找人办事,刚走这就碰到你。"

"是很巧。"麦麦应和着,表情有点不自然,终于想起了什么,问:

"上周怎么没去上课?老师点名了,我替你请了假。"

"我同桌果然是雷锋心肠,做了好事不留名,走,请你吃饭!"

麦麦习惯性地在脑子里搜寻拒绝的理由,司丁却已经转过身,向路边走去,那儿刚好停着一辆出租,招手便来,停在了麦麦的面前。麦麦不好再说托辞,只好拉开车门坐了进去。

司丁坐在副驾上,对司机说:"去临花县的竹园路,同心圆火锅店。"然后侧过头对坐在后排的麦麦说:"女孩子都爱吃火锅,这家火锅店虽然远些,但很有特色。"

临花和渭水是相邻的两个县,坐车半个多小时就到了。司丁带麦麦来的是一家竹荪火锅店。麦麦跟着他穿过休息区绿色的竹林小径、小桥流水,蓦然看见宽敞气派的大理石楼梯,大有柳暗花明、曲径通幽的意味。楼上全是雅间,每间门口都嵌着一截圆柱状的原木,上面刻着雅间的名字:淡菊、腊梅、翠竹、兰香,几乎都与花有关。

一扇扇的门都神秘地关闭着,却关不住空气中袅袅的香气。

服务员把两人领到一间名叫腊梅的雅间。两人面对面坐下,司丁接过服务员递过来的菜单,对麦麦说:

"今天我点菜,你先尝尝,以后就把点菜的权利交给你。"

麦麦笑笑,没有说话。这是她上班以后,第一次以同学的名义和一个已婚男人单独吃饭。司丁刚才的话听上去很随意,但似乎话中有话,言下之意很明白:两个人单独吃饭,以后还要继续。

她管不了遥远的以后,面对眼前这个男人,她敏感地张开了全身的每个毛孔,打开了每一个细胞,她在感觉他的一切。她相信女人的直觉和感觉。这个男人,在自信、果断之余,似乎还有那么一点点的霸道。

但无论如何,他让她感到安全。

热气腾腾的火锅端上来了,雅间里顷刻间溢满诱人的香味。红绿白黑的下锅菜被做成精致的造型,一盘一盘放在麦麦的面前,汁鲜液润。起初麦麦以为主要特色是竹笋,目光把盘子扫了又扫,却没有见到嫩绿嫩绿的竹笋,心里纳闷,竹笋火锅怎么不点竹笋?

锅里的汤滚开了。司丁向锅里夹了很多白色的、类似丝瓜瓤的东西。煮了一会,然后用筷子夹起一根,小心翼翼地放在麦麦面前瓷白色的吃碟里。"丝瓜瓤"浸在锅里,充分吸收了汤料的醇香,嚼在嘴里有一种粗涩的质感,而且还脆生生的,麦麦不由问道:

"这是什么菜?"

"竹荪呀!"

"我还以为是竹笋呢。"

"怪我没说清楚,竹荪是菌类。这家的竹荪最正宗,是一家新开的店,一般人找不到这儿。"

司丁边说边给她夹菜,几乎把所有竹荪都夹给了麦麦,直到她面前的吃碟满得再也放不下。他自己则吃肥牛,喝白酒。他点的是半斤装的小瓶酒,一个人自斟自饮。麦麦没喝过酒,但看他喝得有滋有味,想陪上一杯,顺便也尝尝酒的滋味。她刚刚拿起面前的酒杯,司丁便一把夺过杯子说:"女孩子家,喝红酒吧!"

司丁起身掀开雅间的门,对服务员说:"送瓶最好的红酒。"很快,一位涂着浓重眼影、睫毛画得很夸张的服务员拿了酒和高脚杯进来,笑盈盈地举起手中椭圆型的酒瓶说:"这是法国原装进口的红酒,口感很好,要开吗?"司丁手一挥,连说两个字:"开,开!"问都不问价格。服务员动作熟练地开瓶、斟好酒后,轻轻地退了出去。

"来,干杯!"司丁举起酒杯。

麦麦轻轻地碰了碰他的酒杯,看着红玛瑙般的液体在杯中轻轻荡漾。司丁仰脖一饮而尽,很舒爽地吐出一口气,仿佛咽下去的是蜜汁。麦麦喝下一大口,迅即苦着脸,噙在嘴里,硬是分了几次才咽下去,心想这红酒实在没有看上去可爱。但她眼里的司丁,在火锅氤氲的蒸气中,越看越舒服,越看越帅气。

两个人一边吃,一边频频碰杯,夹菜的速度明显慢了下来。空气越来越醇厚,越来越柔软。司丁告诉麦麦,他是家里老小,今年37岁,上面有三个姐姐。父母亲都快70岁了,妻子身体不好,在家照顾女儿。他现在虽然是派出所的副所长,但还有进步的空间,正积极努力。

麦麦第一次听到一个成年男子向她说知心话,家庭、工作、生活都一股脑儿"坦白"了。这样毫无理由的信任,毫无保留的真诚和坦率,让麦麦有些惊讶,又有些温暖。

雅间的一面墙边,排满了暖气片,加上火锅的热气,使两人的这片天地特别温暖。麦麦平时都吹空调,那种轰鸣的热风生硬而干燥,还闹哄哄的,而水和蒸气循环的这种温暖润物细无声,令人舒服、沉迷。

这一顿饭,居然吃了两个半小时。从雅间起身向外走时,麦麦忽然有些头晕、恶心,慌乱中看见旁边正好是洗手间,赶紧冲进那扇镶着高跟鞋图案的门。麦麦胃里翻江倒海,双臂刚撑在洗面台上,还没来得及看一眼镜子,一股粘粘的汁液就从喉咙里涌上来,喷泄而出。肠子也不安分了,开始是向下扭坠,接着又一阵一阵地疼,她赶紧又蹲在马桶上。

过了好大一会儿,她才站了起来,感觉还是想吐、想泻,心脏在胸口"咚咚"狂跳,周围的声音似乎都消失了,耳朵里全是自己的心跳声。

她搞不清自己怎么了,想到是第一次和司丁吃饭,不能失面子,想硬撑着走出去。谁知蹲下还能忍受,一站起来就想吐,腿也软绵绵的,没一点劲,只得赶紧又蹲下。

一位女服务员进来了,关切地问她的情况,将她搀扶到大厅。司丁急切地问:"怎么啦?怎么啦?半天不见出来,急死我了,多亏服务员进去看。"

麦麦无力地冲他笑笑:"不要紧,一会就好。"

司丁旋风般地出去了,又旋风般地进来,一手揽住麦麦的背,一手揽住两腿,不由分说把她抱了起来,走出大厅,一辆出租车正在门口等着。他先将麦麦小心翼翼地放进后座,然后坐进来,把浑身软绵绵的麦麦抱在怀里。

麦麦一点也没有挣扎。她像孩子一样依偎在司丁的怀里,把脸贴在他胸前的毛呢围巾上,贪婪地感受着一个怀抱的温暖,心里很踏实很踏实。

麦麦被送进了临花县医院的急诊室。医生看了看她的症状,一番询问后很快就得出结论:急性肠胃炎!她有气无力地坐在椅子上,看着司丁焦急地奔前跑后,排队缴费、取药,他的目光一直向她坐着的方向张望。麦麦第一次感觉到,自己原来很重要。以前,她从没有这种感觉,感冒发烧都一直扛着,扛不住了就去药店买药,从记事起到现在,几乎没进过医院的门。

挂上了吊瓶后,司丁又变戏法似的,从护士办公室借来一个热水袋,放在输液管上,好让流进她身体里的药液,不那么冰冷。麦麦半躺在床上,迷迷瞪瞪的,一会儿就昏昏睡去,竟然没有做梦。

不知过了多久,她忽然醒来,看见司丁正趴在床边,握着自己没有扎针的那只手,爱怜地看着。见麦麦睁开眼睛,司丁忙凑上前,柔声问:"好些了吗?"

他的脸离得很近,麦麦清晰地感到他的气息,那富有磁性的声音一直流溢到麦麦的肺腑里。她感到耳根子发热、发软。

"今天平安夜,却让你不平安,对不起啊!"司丁一边低声道歉,一边替她拉了拉被角,又爱怜地摸了摸她的头。麦麦忽然感觉到,司丁的手仿佛带着电波,一波波袭来,把她的骨头击得麻酥酥的。

护士急匆匆走过来,替麦麦拔了针,说:"现在已经1点了,你们要不回家的话,就在这休息,再观察观察,有事到值班室找……"话还没说完,就有病人喊:"护士,快来,跑针了!"护士答应着,拎了麦麦的空瓶子,风一样朝值班室走,边走边嘟囔:"把人能忙死,都是平安夜害的!"

平安夜病人反而多?麦麦一时想不通护士的逻辑。她四顾看了看,尽管是凌晨了,但注射室并不空荡,天蓝色的座椅上,几乎每排都有人,配备的五张床上也躺着人。先前叫嚣的几个醉汉,这会儿都不再吱声,不知是睡着了,还是被家人送回去了。

她的目光停留在司丁脸上。

"不回去,你家里人着急不?"

司丁没有回答,兀自脱了鞋,抬腿坐上床头,将腰和背稳稳地靠在床头上,然后轻轻将麦麦的头抬起,靠在他胸口,双手再往胸口一合,就将她的大半个身子搂进怀里。麦麦本能地挣扎了一下,却发现自己渴望被搂着,居然贪恋被搂着的感觉。从记事起,她还不曾感觉到被搂着的滋味。

她的身体在司丁的怀里越来越柔,越来越软,麦麦心想,干脆就融化在这怀抱里吧!

司丁紧紧搂着麦麦,嘴唇贴在她的耳朵上,轻轻地说:"麦儿,记住这个平安夜。从今天起,让我来照顾你吧!"

平安夜,听起来多美好啊!麦麦在心里呢喃着"平、安、夜",这三个字,不就是一首诗么?

我妈知道,这样的爱情,无疑是飞蛾扑火,却又安慰自己:飞蛾如果不扑向爱火,就只能扑向烟火。
　　而她,宁愿选择前者。

9

节气还陷在冷涩的大寒。可在麦麦的眼里,已经没有阴晴雨雪,只有明媚和灿烂。

平安夜之后,司丁主动承包了麦麦的早餐。因为一场惊心动魄的非典疫情,渭水县开始大张旗鼓地创建卫生县城,把占道经营和流动的私人早餐点都撤离了。麦麦早上要化妆,来不及走很远去吃,就常常饿着肚子上班。

而现在,每天早上一下楼,麦麦就会看到钟表一样准时的司丁,他戴着红色的头盔,跨在黑白相间的摩托车上,专注地朝自己走出来的方向看。当她的身影一出现,他会向她招手:"嗨!"麦麦会立即向他的方向奔去,她感觉自己像电影里的女主角,正在与男主角上演重逢的镜头。在相约的地点,他在等她,她向他奔去。

在她一步一步走近的时候,他会退到大门侧面拐弯处,把热乎乎的早餐递到她手上。走时不是像孩子一样做个鬼脸,就是深深地看麦麦一眼。麦麦迎着他的目光,含羞一笑,美好的一天,就从早餐开始了。

早餐天天都换花样。即使是最普通的煎饼,里面也会裹上红的萝卜丝、白的土豆丝、酱黑的榨菜、金黄色的鸡蛋,再送上一大杯现磨的浓香豆浆。每每拎着手里热乎乎的早餐,麦麦的心房就荡漾着幸福的涟漪。她常常呆呆地看着司丁离去的背影,她怕终有一天,涟漪散尽,或者涟漪变成漩涡。

然而,眼前的幸福,无法抗拒。

司丁除了送早餐,每天都打电话,嘘寒问暖,再互相聊聊当天各自的事儿。每逢周六上完函授课,自然就一起吃饭。司丁每次都选择去周边的几个县,时间宽裕的话,就去省城东竹。只有在这些陌生的地方,他俩才会成为两条自由自在的鱼。吃完饭后尽可以手拉手,舒展地逛街,浪漫地散步,最后再恋恋不舍地分别。麦麦回宿舍,司丁回家。

为了解决俩人出行的交通问题,司丁经过考查,固定了一辆出租车,司机是个小伙子,说一口河南话,估计刚来渭水县不久,看上去诚实可靠。司丁便要了他的名片,小伙子随叫随到,从来不误事,路上也不说多余的话。

有一次,两人在东竹一家东北风味的餐馆吃饭,司丁全点了麦麦爱吃的菜,最后加了一盘招牌菜——酱香排骨。此时还不到12点,餐厅相对比较安静,两人刚聊了几句,酱香排骨就上桌了,服务员还赠了一沓一次性透明手套。麦麦一看,全是大块新鲜出炉的肉骨头,冒着诱人的热气。司丁先给麦麦戴上一次性手套,然后给自己也套上,说:"今天换个口味,让你尝尝我最喜欢的方式,大口吃肉,大口喝酒,豪气地活一回!"

麦麦犹豫着,拣了一块肉少的骨头,学着司丁的样子,咬了一小口,细细嚼着,舌尖、牙缝全是浓香,连呼出的气息都是香的。窈窕淑女,举着大骨头啃,司丁看着她滑稽的吃相,呵呵直笑。

后来,司丁不笑了,说话的声音却越来越高,话也越来越多。买单的时候,连钱带身份证一齐递给服务员,说要开间房休息休息。麦麦想阻止,但看到司丁难受的醉样,话到嘴边又忍住了。十分钟后,服务员办好手续,递给司丁一张房卡,说:"606房,左拐上楼。"

麦麦之所以能准确地记着房间号,是因为在那个房间,她成了一个真正的女人。

进门后,麦麦帮司丁脱掉皮鞋,扶他躺到床上,又接了一杯水放在床头。她不知道,自己应该留下来守着他,还是独自回家。她隐隐感觉到,会有事情发生。她有点儿希望它发生,又担心发生。

她仔仔细细地看着床上这个男人,浓眉、浓发、挺直的鼻梁、宽阔的胸、不胖不瘦的身体……麦麦承认,她依恋这个男人,却不敢走近,不仅仅是因为他属于另外一个女人,更重要的是,害怕失去他。

她拒绝一切美好,就是因为不相信永恒。

麦麦决定走开。走到门口,忽然听到司丁含糊不清地嘟囔着:"别,别走,不要留下我一个……"急忙回头,看见司丁翻了个身,正好背对着门。

在宾馆的停车场,麦麦没有找到那辆浅蓝色的出租。来时明明是停在这个位置的,记得宾馆指挥停车的保安还说,从右手侧门走进去,就是餐厅。现在,"餐厅"两个红彤彤的大字依然忠实地等待在那,却不见了车和人。

麦麦没有那个开出租车的小伙子的电话,只好身单影只地来到街上。这个城市的夜晚,没有月亮和星星,举目皆是闪烁的霓虹灯和人。尽管已经夜里10点多了,行人却依然不减。很多年轻的情侣,挽着手臂亲昵地走着。不远处有一个公交站台,稀稀拉拉站着几个等待的人。隔一会儿,就有公交驶过来,门一开,撒下一拨乘客,再拉上一拨乘客。那一辆辆公交,不知要开到哪里去,反正,绝对不会开到那个90公里外的渭水县。

离站台不远处,是一个很大的广告牌,没有通电,在闪烁的霓虹灯中静默着,看不清它在广而告之什么。一对大学生模样的男孩和女孩,站在广告牌前,旁若无人地抱在一起。来来往往的人,没有一个为他们的拥吻侧目或驻足。

麦麦久久地站着,像站在一条五彩斑斓的河边。一朵朵浪花从眼前欢跃地流过,流向车站,流向房间,流向一个个港湾。可是在这里,她没有熟人,也没有归宿。唯有楼上的一间房里,有一个可以让她信赖、让她有安全感的人。

她在等他,也在等天亮。

不知过了多久。突然麦麦的肩被人拍了一把,她浑身一震,回头惊望,司丁不知什么时候,已站在身后。他深情地看着麦麦,目光有内疚、有渴望、有爱怜。麦麦笑着,眼里却不由自主地溢出泪花:这是一种多么令人心醉的眼神,从小到大,还没有人这样看着自己,像看宝贝一样地看着自己。麦麦一下子扑进他怀里,嘤嘤地哭了。

走回宾馆大厅,司丁说刚才冷落了麦麦,为了赎罪,他要把麦麦抱到房间。说着就真的把手往麦麦臀部一搭,抱起她上楼。麦麦太高,尽管蜷着身子,但还是让司丁难以抬腿上楼。他又放下麦麦,弯下腰,拍拍自己的肩,说,往这来!麦麦犹豫了一下,趴上司丁的肩膀。胸膛一挨上去,她才知道,这是多么宽阔厚实的肩膀,泰山般沉稳。他的头发和衣领上残留着淡淡的酒味,还有隐约的汗液味。麦麦闭上眼,感受一种晕眩的幸福,以及男人的气息和力量。

司丁一步步上楼,渐渐气喘,却还不忘开玩笑:"猪八戒背媳妇啰,猪八戒背媳妇啰!"

房间门敞开着。司丁径直走到床边,然后转过身,放开手,径直把麦麦抛到温软的床上。麦麦还没来得及坐起来,司丁的身体一下子压了上来,狂热的吻,雨点般落下,从眼睛、嘴唇、脖子……晕眩,晕眩,无尽的晕眩。天地之间,只剩下彼此的呼吸、喘息。麦麦的防线在无尽的晕眩中节节瓦解,拒绝也绵软无力。胸罩被解开了,玫瑰色的内裤褪到了脚尖,美玉般光滑妩媚的身体在灯下妖娆无比。

司丁从狂吻中停下来,嘴里唤着:"麦儿,你是宝贝,宝贝!"边唤边用力将麦麦的双腿分开。潮水奔涌,司丁滑进了麦麦的身体。她在一阵阵颤栗中,闭上了眼睛。坚硬如铁,充满力量的爱啊,带着麦麦漂浮在蔚蓝色的大海上,波涛汹涌,潮涨潮落。

我妈一回头，一颗心几乎弹出胸口。她的眼前，全是火红的玫瑰，不，是玫瑰的海洋！它们拥挤着，静默着，咆哮着，像一团熊熊燃烧的火，仿佛要绽放尽一生的灿烂。

10

春节刚过,司丁被单位派到东竹参加全市干警理论学习。麦麦掐指算算,春节至今都半个月没见面了,他怎么能忍得住?

终于到了周五下午,司丁在电话里兴奋地对麦麦说:"明天周六,我们放一天假,你来东竹吧,我在车站等你。"麦麦没吭声,保持着矜持的沉默,只把呼吸声传给对方。电话那边急了:"来吧,我们在这过周末,我要给你一个惊喜。"

麦麦坐上了渭水县到东竹的客车。她答应的理由,表面上是因为司丁要给她一个惊喜,实际上是她想他了。一个半小时后,麦麦从车窗外看到了司丁的身影。他瘦了、黑了,此刻正面朝客车进站的方向焦急地张望,但麦麦却分明感到,他的眉毛、眼睛,甚至鼻孔里都藏着满满的喜悦。

看到司丁的一霎,麦麦的心,轻轻地狂跳了几下。但她故意拖到最后,等一车乘客都走到门口了,才慢吞吞站起来。司丁不知何时已走到了她的窗前,焦急地敲着她座位的窗子。她宛然一笑,朝门口走去。

司丁一把拉起她的手,迫不及待地说:"走,带你去一个好地方!"看他那么兴奋,麦麦便没有追问,有意延长一下他的兴奋和神秘。两人一边走一边互叙别情,步行十几分钟后,拐过一条街,麦麦迎面就看到眼前矗立的彩虹门,上面张贴着一行热烈缤纷的大字:"国际车城欢迎您!"两个悬挂着横幅的大红汽球,高高飘扬。

司丁说:"我这几天学习,晚上没事就来车市转悠,给咱们大概确定了三种车,最后的决定权,交给你!"

麦麦记得司丁以前说过,为了他们出去方便,他要买辆车。麦麦想他只是随便说说而已,一辆车多贵呀,便没有当真。而且司丁也只是淡淡地提了那一次,没想到,这并不是一个遥远的愿望。

车城一眼忘不到边际,展厅、4S店一个接着一个,各种品牌、各种款式和各种颜色的车,让麦麦眼花缭乱。导购员更是说得天花乱坠,仿佛拥有了这辆车,就拥有了整个世界。麦麦对车不怎么懂,听得云里雾里,司丁却看得津津有味,一辆一辆指着给麦麦介绍说,这辆是高配,那辆是标配,这个扭距多少度,那个是原装进口发动机……

最后,司丁将麦麦带进一家4S店,让她坐在大厅歇息一会儿。他把麦麦的一只手放在掌心握着,说:"对不起,只能给你买一辆最新款的国产车,虽然不是豪车,但外型不错,里面空间宽敞,最重要的是,车的线条和你一样玲珑、性感。去看看吧!"

在展厅的最左侧,麦麦远远就看到了司丁说的那辆车,只一眼,就喜欢上了。车子线条流畅,没有越野的霸气,也没有商务车那般严肃,时尚而大气,很适合旅行度假。麦麦透过玻璃,看见内饰是黑红两色搭配,而不是那些司空见惯的米色和土黄色,心里更欢喜了。

麦麦围着车转了一圈,脑子里渐渐浮现了一个画面:一望无际的原野上,一辆时尚的小汽车,在灿烂的阳光下静默着,在守候、等待它的主人。绿绿的草地上,铺着一张餐纸,上面摆满了野餐的食物,而两位主人,正共同扯一根线,仰望着高空中的风筝,在草地上奔跑着、欢呼着……

"女孩子开,两个色都好,但买红色的最多。"年轻男导购员的建议打断了麦麦的思绪。她定睛一看,展厅里的这款样车,红、白色各停放了一辆,红的热烈,像一团燃烧的火焰;白的纯净,像一朵洁白无暇的云朵。麦麦犹豫了一下,含情脉脉地对司丁说:"选白色吧。"然后回头看了一眼导购员,压低了声音,半嗔半娇地说:"白色,代表你就是我的白马王子!"

"试驾一下吧,感受一下这款车的速度。"导购员殷勤地建议。

司丁打开车门,很绅士地把麦麦请进车内,熟练地发动车后,绕着车城兜圈子。麦麦看着旁边握着方向盘的司丁,看着崭新的内饰,总感觉有些不真实,仿佛在做梦。司丁用一只手握了握麦麦的手,说:"宝贝,这是真的,我要尽全力给你幸福!"

培训班结束的时候,司丁开着这辆车回来了。他已经给车内装了GPS导航,下载了许多麦麦喜欢的歌,把车打造成流动的爱巢。他们在车内拥抱、接吻、听歌、说话,甚至彻夜不归,就躺在车里,看月亮、看星星、听虫吟,相拥到天明。

一天，麦麦和司丁躺在车里看月亮，她若有所思地问他：

"要是第一次上课时我没有迟到，那咱们还会不会相识、相爱？"

"没办法，上天送来的缘份，不想认识都不行！"司丁的语气有些小得意，却故意做出无奈的表情。

"你早就占好了后面的那张课桌，还留下了一个空位，是不是专门在等我呢？"麦麦撒娇地搂着司丁的脖子。

"你怎么不前也不后，偏偏坐到了我旁边的空座上？"

司丁满眼都含着笑意，反问麦麦。

麦麦捶打着司丁的背，嘴里嚷着："你坏，你坏，沾了光还不承认！"

捶着司丁的手被紧紧攥在他掌心里的时候，麦麦深深感受到，爱情竟如此美好。怪不得文学作品里有那么多的爱情名著，电视剧里有那么多的痴男怨女。

为了实现两个人的自驾游计划，司丁亲自当教练，抽空教麦麦学开车。他们把车开到一处环境优美的郊外，这是沿着河道新开辟出来的一条路，宽阔平坦，时不时会有弯道，有波光鳞鳞的水面，有尚在冬眠的枯柳，有一望无际的麦地，却没有人。也许这条路还鲜为人知，也许是被喧嚣生活里的人们冷落了。

麦麦已经在这天堂般的地方学车有一个多月了，还只是会向前开，不会向后倒，而且停车总停不到指定的位置上，起步时还经常熄火。司丁也不急，他有足够的耐心，安慰麦麦说："女孩子都这样，对机械类的东西反应慢。"

麦麦驾驭车辆的欲望并不强烈。因此她在蜗牛般的车速中偶尔会开小差，将注意力分散到别处，比如路两旁。

路两旁常常停放着一些车辆，不见主人。窗户上的太阳膜颜色都很深，即使有人刻意向里面窥探，也只能看到自己那张好奇的面庞。这些车通常一辆和一辆相距很远。透过后车厢的玻璃，能看清里面有人，衣服的色彩和体型轮廓隐约可见，几乎都是一男一女。也许，这些人开车来到这风景优美、无人干扰的偏僻之地，都是来寻找一方爱的私密天地，就像自己和司丁。

麦麦痴痴地猜想。

这个世界,每一天都在上演着这样的故事,每一个谈情说爱的角落都重复着相同的情节,只不过故事的主角不同而已。有多少已婚的、未婚的男男女女,隐匿在月亮的背后,啜饮着爱情的蜜汁呢?

现在的自己,不也是一个爱情剧的主角吗?这个爱情剧,会不会有落幕的一天?麦麦握着方向盘,忽然悲从心来,脚下便松了油门。

估计麦麦开累了,坐在副驾驶上的司丁推开门下了车,走到驾驶坐前,替麦麦拉开车门,"休息一下,到车后站会儿去。"麦麦以为是要去取什么东西,就站在车的后备箱前,一边伸着酸困的胳膊,一边向远处眺望着。

"砰"的一声,车后备箱盖张开了。随着这一声欢快的轻响,麦麦一回头,一颗心几乎弹出胸口,嘴巴也随之张大了。出现在她眼前的,全是火红的玫瑰,不,是玫瑰的海洋!它们拥挤着,静默着,咆哮着,像一团熊熊燃烧的火,为眼前的女人绽放,仿佛要绽放尽一生的灿烂。

麦麦呆呆地立在灿烂的花海前。

司丁走过来,轻轻拢住麦麦的腰,说:"宝贝,今天是咱俩认识以来第一个情人节,祝你节日快乐!"

麦麦潸然泪下。

那是麦麦一生中最难忘的情人节。即使后来,她和司丁互相伤害,互相折磨,直到彼此忘记,麦麦都记着这个把自己送上爱情云端的情人节。

药店里那个卷发女人眼皮一抬,意味深长地剜了我妈一眼,重重地向柜台扔来一盒药,一字一顿地对我妈说:"不成功,就成人。"

11

　　麦麦和司丁在一起的时候,常常想起另外一个女人。

　　那个未曾谋面的女人,越来越引起麦麦的兴趣。她无数次猜想她的模样,与司丁做爱也想,想那个女人在司丁怀里的表情,想象她的身材……有一次,麦麦和司丁亲热后,用光溜溜的身子缠绕住他,把嘴贴近他的耳根,装作不经意地问道:"我和你老婆,到底谁好呀?"她之所以选择在这个时机提这个问题,言下之意,是让司丁回答,和谁在床上的感觉好,谁更年轻漂亮。

　　最近,麦麦看了一本研究男人婚外情心理的书,并且对照司丁进行了认真地分析。书上有一句话她记得清清楚楚:对于男人来说,永远都是家花没有野花香,明吃不如偷吃。是呀,司丁和妻子结婚十多年了,老夫老妻,即使穿着羽绒服,都知道彼此的每个部位是什么样子吧。

　　而且,麦麦还听到一个特流行的段子:摸着老婆的手,就像左手摸右手,一点感觉也没有;摸着情人的手,就像回到了十八九。麦麦自信地想,她就是让司丁回到十八九的灵丹妙药。她是多么饱满的一朵花呀,而且,还是野花。

　　麦麦在问这话的时候,早已知道答案,但她还要问。从司丁嘴里说出的答案,会让她的心头漫过一种骄傲、一种满足。

　　这个问题结束后,她紧接着又问:"那你觉得我哪漂亮?"司丁说:"你的眼睛不但又大又亮,而且眼角上翘,像弯弯的船儿,船里荡漾着清澈的水波,让人想到山泉,想到月色……我第一次见你的时候,不就是被你的这双眼睛迷住了吗?"

　　司丁回答完,把嘴唇凑上来,吻麦麦的眼睛。

　　麦麦心满意足了,把头枕在司丁的臂弯里,两人半靠在床头看电视、说话。电视里全是广告,荧屏的画面、色彩迅即变换,让人眼花缭乱,有点破坏此刻亲密的氛围。司丁拿起遥控,换台。屏幕上出现了一个美食节目,正在介绍兰州拉面的做法。司丁喜欢吃面,就锁定了这个冒着袅袅香气的频道。

麦麦看着屏幕上香喷喷诱人的面条,忽然想起一个笑话,自己先"哧哧"地乐了起来。司丁轻轻拧了下麦麦的耳朵,说:"自个儿乐啥呢?说出来让我分享下!"麦麦不语,只是笑,司丁便挠她的腋窝,麦麦夹紧双臂,使劲抵挡,笑得花枝乱颤,眼泪都快出来了。

"说不说?不说就再挠。"

"说,说!"麦麦连连告饶。

司丁端起床头晾好的水,递到麦麦嘴边。麦麦抿了一口,清了清嗓子,拖腔拿调地讲起来——

一个已婚的男人让女同事怀孕了,怕妻子知道,便让她打胎,女同事坚决不干。无奈,男子安排她回西北老家生。女同事说:"娃生下来咋通知你?"男答:"生了就寄张明信片,写上'兰州拉面',男孩就注明'加香肠',我会按时寄生活费。"十个月后的一天晚上,妻递给男一张明信片,男不动声色接过,看后却当即晕倒。妻马上打120,医生问其妻:

"你丈夫心脏没问题为何突然发病?"

妻说不知道,他看完明信片就这样了。

麦麦讲到这,忽然不说了,司丁正在兴头上,见断了线,便扬起头,盯着麦麦的眼睛,正眼巴巴地等待答案。

麦麦就故意卖关子:"你猜。"

"你就痛痛快快地说吧,鬼才知道你们女人玩的什么花样!"

明信片上写着:兰州拉面四碗——两碗有香肠,两碗没有!

司丁笑了,随即掏出一根烟点上,猛吸几口,向空中徐徐吐着烟圈。半天过去,忽然说:"有意思,这样的好事,怎么没有发生在咱俩身上?"

麦麦一下子用手捂住了他的嘴,"你以为是下猪娃呢?"

司丁摁灭烟头,翻过身来,把麦麦压在身下,有些无赖地说:"我就等着你的香肠呢,四碗都不嫌多!"

"你今晚上都第几次了,不怕把腰闪断了,明天还怎么去玩呀!"

"不怕,为了香肠,腰断了也值。"

麦麦开始关注避孕药。她不得不注意"香肠"的问题。司丁的话好像是开玩笑,但还是提醒了她。麦麦忽然意识到,自己被和司丁在一起的美妙冲昏了头脑,压根没想到还有这个麻烦。要真的未婚先孕,而且是和一个有妇之夫,传出去会引起多大的地震呀!不要说自己的脸没处搁,极要面子的母亲,还不把自己生吞活剥了!司丁的妻子,自己尚未见过面,不晓得凶不凶,要是闹到单位来,自己还怎么做人呢?

最"可恶"的还数司丁,他是当了父亲的过来人,早就知道两人有怀孕的麻烦,为什么从来不提醒自己呢?越往后想,麦麦就越提心吊胆,忐忑的心一直向下沉,向下沉,穿透空落落的身体,也不知要沉到哪里去。

伊甸园里的亚当和夏娃,不就是因为偷吃了禁果,才被罚至苦难的人间吗?上帝真是莫名其妙,既然造了男人和女人,给了男人和女人天衣无缝的生殖器,给了它们相交相融的美好,又为什么不能让它们无所顾忌地享受呢?

怨没有用,还得采取行动。

周末,麦麦穿着一条长裙,带上一副宽边墨镜,走出宿舍大门,一直向东街走去。那儿有县城通往各个乡镇的班车。麦麦选了十公里外一个名叫至南的镇,下车后就在街上找药店,然后直奔妇科柜台。按照她的想法,在这个偏僻的药店买避孕药不会遇见熟人,而且也没有人认识她。

她走进一家店面比较气派的药店,里面很冷清。两个售货员一个在柜台后面看杂志,一个正在飞针走线地织毛衣,没有人搭理她。这也好,麦麦便可以自由浏览她要找的药。在妇科柜台仔仔细细看过了,没有找到任何避孕药,扭头一看,居然发现了一个"成人用品"专柜。

麦麦犹犹豫豫地走过去,柜台最醒目地地方,放着一沓玫瑰色的宣传单,上面醒目地印着一行红色的字:紧急避孕——选毓婷,有毓婷,放心爱!隔了一行,又用小一号的字体写着:72小时内服用有效。麦麦心想,自己未婚,不能天天吃避孕药,而这种事后可以补救的药,最好不过了。

麦麦扬了扬宣传单,对离柜台最近的那个织毛衣的售货员小声说:"买这药。"织毛衣的女人朝麦麦看了看,放下手中的活儿,慢吞吞地向这边走来,她四十五六岁的样子,顶着一头棕黄色的卷发,眼线隆黑,两颊上的斑斑点点很不安分地躲在厚厚的粉底下,若隐若现。她推开柜台玻璃,伸手从柜台里取出药,懒洋洋地朝麦麦面前一推,从厚厚的嘴唇里迸出两个字:"18块。"麦麦递出一张百元面钞说:"3盒。"在等售货员找钱的当儿,看了看手中粉红色的药品说明书,有点担心它不管用,厚着脸皮问了句:

"这药,成不成?"

卷发妇女眼皮一抬,意味深长地剜了麦麦一眼,一字一顿地说:

"不成功,就成人!"

五一节过后,不知公安系统内部有什么紧急情况,司丁值班的时间越来越多,把每周约会变成了两周,最长一次甚至达到了三周。认识司丁以前,麦麦虽然孤独,但从不感觉寂寞和空虚。可是现在,几天不见司丁,她就感觉心虚,惶惶不安,总在暗自想着他此刻在做什么,和谁在一起,想没想自己。而司丁,仿佛越来越淡定,越来越沉得住气。会不会是得到了,就不在乎了?

不会!麦麦立刻否定了这个想法,内心里她还是相信司丁的。

可她还是不安。

这种不安,只有独自承受,连好友马尚都暂不能说,更不敢让家里人知道。相亲风波过去大半年了,母亲还没消气,不理自己,仿佛根本就没有这个女儿。

一天晚上,麦麦翻来覆去睡不着,拿起一本杂志乱翻,却怎么也看不进去。扔了杂志,司丁又占据了大脑。据她的掌握,这会儿该是司丁值班的时间。她拿起手机毫不犹豫地拨打司丁单位值班室的号码。铃声只响了两下就接通了,话筒里却传来一个悦耳的女声:"您好,这里是东城派出所,我是值班民警童萌,有什么事需要帮助吗?"

麦麦心里一沉,一下语无伦次:"我,我……找一下司所长。"

"司所长"这三个字,很艰难地吐出了口,她感到自己心跳加速,声音僵硬。

"噢,司所长呀,他刚刚出去了,有事需要转告吗?"

"那,那就算了,我回头再跟他联系吧。"

挂了电话,麦麦猛得掀开被子,坐了起来。怎么会是一个女声,今晚不是该他值班吗,怎么变成了一个女的? 对了,那个悦耳的女声说她叫什么同……

同盟,对,同盟！不就跟"同谋"差一个字吗？麦麦深深记住了这个名字。

几天后,麦麦收到司丁短信:"宝贝,这两天事多,让你受苦了,晚上慰劳慰劳你,老地方见啊。"麦麦一遍遍看着那条短信,字字甜如蜜,却又字字撒着谎。麦麦无法拒绝这条短信散发的气息,她是一定会去的,但是以什么态度面对,她不知道。

在进门的一瞬间,司丁张开双臂,一下就抱紧了她,眼睛里喷着火,下巴一低,用嘴死死吸住了她。麦麦的嘴唇和舌头被严严实实地堵住,什么话都说不成,什么话都来不及问,就被他的火热融化了。

体内燃烧的火焰渐渐褪去,两个人依旧面贴面紧紧抱着。麦麦用嘴唇轻吻着司丁浓黑的剑眉、深邃的眼睛、挺直的鼻梁,软绵绵地说:"几天都不给我打一个电话,忙啥嘛,有啥事比我还重要？"

"宝贝,当然是你重要了,可很多事情身不由己。单位的事,不能跟你说,家里的事,能堆一河滩,总之一个字,忙！再加一个字,累！"

司丁说着,将麦麦晾在外面的雪白的臂膀轻轻放回被窝,侧过身,用双手搂着她的脖子,闭上眼睛,用嘴唇轻轻触着麦麦的嘴、脖子、发丝,轻怜蜜爱地温存着,心里时时刻刻紧绷的弦、悬着的心,在这个女子身边,才会有那么一刻的放松。自从当了派出所所长,今天丢鸡了,明天狗咬人了,后天有毒贩出动,大后天有聚众斗殴了……天天都有警情,月月都有专项行动,治安情况如果得不到好转,何时是个头呢？

麦麦陶醉在司丁的爱抚里,真想时光永远停留在此刻,一个女人最幸福的时刻。奇怪的是,这种幸福感越浓烈,她就越感不安,一种要失去司丁的不安。那天打他值班电话,却是一个女人接电话,那么晚了,他为何和那女人在一起？这个疑问冲到嘴边,又被麦麦硬生生地咽了下去。她将一只胳膊从他的怀里挣脱出来,边用手把玩他胸口的体毛,半开玩笑地问道:

"你们单位有没有美女,像我一样的？"

司丁翻身,摸出一支烟,没点燃,放在嘴里深深吸了一口,想了想,说:

"去年新分了一个女大学生,还不错。有一回脱了警服,穿着旗袍主持全县公安系统的元旦文艺表演,小细腰,两个胸鼓得像篮球,丰满极了！"

麦麦一直温柔地躺在司丁的怀里,眼睛却紧张地瞅着司丁的表情。他一般不这么露骨地表扬女人,包括对自己。但说起那个女大学生时,那带着美好回忆、无限向往的表情,使麦麦心里突地窜上一股妒忌之火。

她当然记得那个接值班电话的"同盟",有一个特具诱惑力的喉咙,发出的声音亮比银铃,却又像带着绵软小齿,勾人心魄。那声波荡漾到骨头里,麻酥麻酥的,悦耳又悦心。如果真像司丁说的那样,还揣着一对突出的乳房,那杀伤力可想而知,即使铜墙铁壁的男人,也会变成垂涎欲滴的狼。

麦麦知道自己面临的敌人很强大。

我妈把花一枝一枝扔到地上,用脚踩了又踩。那些妖娆的花枝,在她的脚下,骨碎筋裂,汁液横流。

12

最近,麦麦新添了一个习惯,每逢司丁值班的时候,晚上就打的来到他单位,她也要值班,为爱值班。她先是在院子找寻司丁的车,电话可以撒谎,车不会,车在人就在。车找着了,然后就盯着值班室的门和窗,看看有没有什么女人走进。尽管外面蚊虫叮咬,尽管深夜她还得打的回家,但她一直严防死守,否则,她心里不踏实。

有一次,麦麦没有找到司丁的车。空荡荡的院子里,只有几辆印着"警察"标识的车在路灯下休憩。麦麦找到二楼,在一个挂着"所长办公室"的牌子前,轻轻敲门,果然无人。返身下楼,一楼最外侧的一间大办公室里,坐着两个身穿警服的干警。一个年轻,一个年老。门开着,麦麦怯怯地掀起薄如纱翼的防蚊帘子,年纪轻的那位立即起身迎上来,问:"您找谁?"

"我是司所长的表妹,请问他在不在?"

"出警去了,要不,你在这儿等一下?"

"不打扰了,我就在院子里等,你们忙吧!"

麦麦又掀开纱帘,向大院走去。她决心等他回来,看见他,哪怕只是远远地看一眼,就安心了。

身后传来年轻警察的声音:"司所长的表妹真漂亮,和童萌有一拼。"

麦麦听到"童萌"两个字,立马停了步,耳朵竖起来,全神贯注地听着。

"咱们的警花,那可是见过大世面的,小表妹还嫩着呢,哪能比呀!"是另一个警察的声音。

童萌?警花?麦麦一下子又想起了那个声音,悦耳、妖媚、甜蜜……她的脑袋被这个声音灌得满满的,咬牙切齿地走到院子一个角落。她此刻想见到的,不仅仅有司丁,还有那个"同盟"。

东城镇夏日的黄昏显然没有县城炽热,外出散步的人并不多,麦麦感觉自己站在派出所门口太显眼,便走到路对面的一棵大柳树下,粗壮的树身可以半掩她的身体,却遮不住她的视线,这儿正好可以看见派出所的大门。她脱了高跟凉鞋,赤脚站在地上,背靠着树,尽量让等待的姿势舒服一些。

不一会儿,两辆车疾驰而来,前面一辆是警车,后面跟着的,是一辆白色的车。麦麦赶紧向派出所方向走去。车很快开进了院子,前面车下来的几个人全都穿着警服。后面的那辆,麦麦再熟悉不过了,那是她坐过、也开过无数次的,属于她和司丁的车。

果然,司丁从驾驶室出来了,却穿着一件暗花格子衬衣,还戴着大墨镜,样子很酷,但跟平时的酷有点不一样,似乎多了种匪气。麦麦轻轻舒一口气,掏出手机,准备给司丁发个问候短信。

副驾驶室的门打开了,露出一只穿着白色的高跟凉鞋的脚,还有与脚相连的一条美腿。一个年轻女子侧弯着身下了车,毫无保留地展现在麦麦眼前:高个,披着波浪长发,一条修身的鹅黄色纱裙,恰到好处地勾勒出玲珑的曲线。

眼前仿佛突然爆出一束电焊时火花飞溅的强光,麦麦不得不闭了一下眼睛,又迅速睁开,这次她清楚地看见,美女的手里还举着一大把灿烂的野菊花,是麦麦最喜欢的那种,在山野间兀自绽放的可人的花儿。

"童萌,刚好,有你电话!"值班室那位瘦高的年轻警官把头探出窗外,冲着停车的方向喊。鹅黄色的纱裙袅袅婷婷地朝窗口方向飘移,像一团淡淡的云彩,兀自飘来,又兀自散去。

司丁也朝窗口走去。他不知道,院子的角落正有一双眼睛在注视着他,是一双像弯弯的小船一样的眼睛。只是,船里不再是清澈的水,而是温热咸苦的泪。麦麦轻咬着嘴唇,默默地走到车边,透过玻璃朝里面窥探。副驾驶位置的玻璃前,还遗留着一大把黄的、紫的山花,兀自绽放着。

麦麦用钥匙打开车门,坐了进去。车里的空气有些怪异。熟悉的烟味,淡淡的香水味,和着野菊花的清香,在小小的空间纠缠,却毫不相融,无法渗透。要不是亲眼看到,麦麦怎么会知道,这辆载着他们爱情的车上,也载着别的女人,载着同样的花?

麦麦伸手轻轻捏起一枝野菊花,放在眼前狠狠地瞪着。无辜的花儿毫不知情,依旧妖娆地绽放着浅紫色的花瓣、黄绒绒的花蕊,似乎还绽放着一路的开心和愉悦。哼!载着美女出行,当然愉悦,要不怎么会在半路上停下车,兴致勃勃地去采山花?一定是去采鲜花献给美人,或者英雄救美了吧!

麦麦把花一枝一枝扔到地上,用脚踩了又踩。她踩得无声无息,看似漫不经心,却用尽了骨子里的力量。她似乎听到了花瓣疼痛的惨叫,那些妖娆的花枝,在她的脚下骨碎筋裂,汁液横流。

她又拾起它们,狠狠地瞪着,一遍遍想象着司丁为童萌采花、送花的情景,心中狂浪怒号。她汹涌着一腔的膨胀,大跨步上了楼,向司丁的办公室冲去。

司丁的眼前,出现了一头暴怒的狮子。

他没有说话,急步走过去关上门,这才把疑问的目光转向麦麦。她手里那些惨遭踩躏的花儿,一根一根落地。他似乎明白了。

"你误会了,她是我同事!一起开车去办案。"

麦麦的耳朵一片轰鸣,根本没听见司丁在说什么,只看见他的嘴一张一合。直到司丁递给她一张纸,说是内部通讯录,上面就有"童萌"的名字时,似乎才听真切了。

麦麦看也不看,夺过来就撕碎了,她一不做二不休,把司丁办公桌上的电话扔到地上摔碎了,嘴里喊着:"叫你打,叫你打电话!"

司丁坐在沙发上,拿出了封杀在茶几抽屉里的香烟,颤抖着送到嘴边,企图用烟雾镇定自己。本来为了麦麦的健康,他戒烟了,刚刚熬过了最难忍的前十天。

麦麦问不出所以然,气急之下,拿起屋角的拖把,向司丁抡过去。还没等她做出抡的动作,司丁一抬手就抓住她的胳膊,钳子一样的手,仿佛要捏到她的肉里去。拖把"啪"的一声坠地,僵在地上,变成了一条死蛇。

"为什么给她采花?为什么?你不是只爱我么?"

麦麦对着司丁问,仿佛也是向天问。想到童萌妖娆的样子,想到他把对自己的温存和爱分给了别的女人,感觉肺又一次炸开了,一股强烈的气流由肺冲上来,大脑顿时砖飞石滚。在一片轰隆隆的眩晕中,她不由自主伸出手,掴上了他的脸,仿佛面前的他就是那个女人。

她的手再一次被握住了。司丁看似用力很轻,可任她怎么甩也挣脱不了。仿佛大闹天宫的孙悟空,被魔法钉住了一样。她一急,另一只留着长指甲的手闪电般向司丁的脸上抠去。

当她感觉有一层皮肤嵌进指甲里的时候,他的手掌也落下来了。尽管不在脸上,只是顺着耳朵滑了下去,但一霎那间,她的耳朵里忽然没了声音。脑袋里却像有飞机驶过,嗡嗡作响,很多彩色的星星在眼前闪烁。

她惊恐地看着他,他也惊恐地看着她。

仿佛不认识了一般。

办公室里,烟扔了一地,纸张、手机壳子、电池碎了一地。

司丁的脸上,嵌上了一道长长的指甲印,起初是鲜红的,渐渐地,潮湿的鲜红又干枯成暗褐色。

第二天,太阳依然热烈地照耀着这个世界。麦麦的天,却灰暗无比。她向单位请了病假,把自己关在宿舍里。

耳朵早就恢复如初,但心里的伤还红肿着。麦麦承认,她情绪失控,歇斯底里,可她不认为是无理取闹。童萌明明坐在自己和司丁的车里,还有,那些野菊花,怎么解释?

没有答案。

日子真是太难熬了。

一天,三天,五天……随着日子的累加,麦麦越来越心神不宁,甚至有些神经质。她把手机二十四小时带在身上,不停地掏出来看,生怕错过了电话和短信。手机一响,她便浑身一颤,用最快的速度查看。可是,那个盼望的号码,始终没有出现。一次次失望,无尽的失望。

司丁始终无声无息。

刀剜般的伤和痛,渐渐地变质,竟成了一种惶恐,这惶恐像雾一样,毫无重量却重重叠叠,无处不在地包裹着她。麦麦已经习惯了每次吵架后,司丁不停地给她打电话,向她道歉,哄她开心。可是这一次,他怎么成了铁石心肠？难道，是自己做得太过分了么？麦麦心里堵得慌，坐卧不安。她深深意识到，司丁已经刻进了自己的生命，占满了自己的生活。这个世界除了自己，就是司丁了。

她想起了吵架时的一个细节：在司丁忍无可忍，举起了巴掌时，自己惊恐地看着他，旋即闭上了眼睛。他的手没有伸向她的脸，颓然缩了回去。他还是爱她的，舍不得。

第七天晚上，麦麦早早就上了床，照旧睡不着，胸口揣着一块大石头，焦躁不安，却又无可奈何。随手拿起床头上一本杂志，心不在焉地翻着，想打发自己睡着。可是，一行文字忽然勾住了她的目光，她全身不由一震：爱侣吵架之后，不能总端着架子，等待男人认错。女人要学会退一步，适时认错。让男人既敬你，又疼你。

麦麦久久盯着那行字，若有所思。她掏出手机，按了一串熟悉的阿拉伯数字——司丁的电话号码，手指却迟迟停留在发送键上，犹豫着要不要真的按下去。两个念头在她的心里激烈地吵架：

绝不能先给他打，第一次这样做了，以后就成了惯性，挺住！

女人要学会退一步，适时认错。让男人既敬你，又疼你。

反复几次，都没有勇气接通。太折磨人了！麦麦长叹一口气，她已经分不清，自己现在到底是爱、是恨、还是想他了。

胡思乱想中，麦麦想起了马尚说过的一句话：爱人吵架，不能讲理，要讲爱。这句话彻底助长了她的勇气，也给了她明媚的理由。麦麦躺在床上，字斟句酌地编了一条短信：原谅我的冲动，好吗？正在要摁发送键的节骨眼上，手机却响起按门铃的声音，"蹦噔、嘣噔"。有节奏的提示，使麦麦的心又是一跳，来短信了？急忙打开，映入眼帘的是几个温情脉脉的字：还在生气吗？想你！

麦麦一下子把手机高高地抛向空中，紧接着又从被子上捡起来，狂吻着手机上的字，喜极而泣。

只有相爱的人，才这般心有灵犀吧。

十分钟后，麦麦拨通了司丁的电话。电话通了，却没人开口，沉默中，彼此能听见对方的呼吸。

"还生我气?"麦麦先问。

"不生了。"

"想我了吗?"

"见了面再告诉你。"

"我现在就要见你!"

"下周吧,到时候我会带你去一个好地方。"

"不行,我现在就要见!你在哪?我过来。"

"别闹了,我在医院。"

"啊?一吵架你就受伤了,不会因为我吧。"

"怎么会呢,前几天配合特警队解救人质时,被罪犯刺伤了。不严重,放心。"

"真不严重?"

"当然,堂堂人民警察,还会说谎?下周就出院。"

"我去医院看你。"

"不方便的。这两天探视人特别多。看来,你最近没看电视,这事儿都上新闻了。当时情况很危险,本来要采取强攻,最后关头我把绑匪说服了。"

"你那张嘴皮子,能把死牛吹活来。"

"人命关天,怎么能吹牛?我是晓之以理,动之以情,很多人犯罪,只是一念之差。"

"我俩相爱,也是一念之差吗?"

"去,别瞎胡扯!"

"什么时候能见到你?"

"等我出院,带你去南戴河走一趟,电视上介绍说那儿打造了千亩荷塘,花开得正好,让你一次见个够!"

挂了电话,麦麦扳着指头算了算日子,司丁至少还得一周才能出院。四天,多漫长啊。她等不了。她要立即奔向医院,在他最需要她的时候,送上一个女人全部的温情脉脉,拉着他的手,陪伴他、给他安慰,就像他当初拉着她的手一样。

下了楼,才发现外面竟然下雨了,冰凉的雨丝落在发丝上,钻进脖子,她打了一个冷颤,头脑也渐渐冷静下来。现在,躺在病床上的司丁,不仅仅是她的司丁,而是公安干警学习的榜样,是公众眼里的英雄,他的病房里,有新闻媒体在、单位领导同事在,更重要的是他的妻子一定也在,而自己,却是一个见不得光的影子,光在,她就无法靠近。

这一刻,麦麦深深意识到,原来,司丁的生活很丰富,有一大群人围绕着,他也围绕着一大群人,而自己,只有他。想想这几天的日子,真像做梦一样。司丁不知有什么魔力,竟然完全左右了自己,使自己的心情一会儿掉到深谷,一会儿又冲上天堂。

她忽然害怕自己会闯下什么祸端,强迫自己掉头向回走,不再胡思乱想。一进宿舍的门,就开始翻箱倒柜,为南戴河之行做准备。南戴河,这三个字听起来就很浪漫,一定是一处人间天堂。她一边整理东西一边憧憬着。大到行李箱,小到防晒霜、指甲刀,都一一备齐。至于衣物,永远少一件。幸好还有时间,可去商业街碰碰运气,看看有没有心仪的。

为了充分享受二人世界的甜蜜,接下来的几天,麦麦铆足了劲精心准备出行衣物,按照天数,带了七套睡衣、七套衣裙,性感的、休闲的、淑女的……她要每天、每夜都展示给司丁一个不一样的自己。

机票、路线、食宿,麦麦都不用操心,司丁把一切都安排好了,而且早已经在电话里向麦麦一一做了汇报。麦麦暗想,跟这样的男人一起远行,除了浪漫,还有一种前所未有的安全感。

去南戴河旅游,是两人第一次一起去这么远的地方,预期一周或一旬。出发那天,麦麦穿着一件玫瑰红的短袖,白色的紧身七分裤,和短袖同色系的玫瑰色旅游鞋,戴着一副酷酷的太阳镜,背着双肩包,长发扎成高高的马尾,在明媚的阳光下,活力四射。司丁果然远远就看见了她,在出租车里调皮地做了个飞吻的手势。麦麦坐进出租,司丁开玩笑说:

"哪来的靓妹,坐错车了吧?"

"想得美!专门换了身马甲,准备艳死你!"

去机场的路上,麦麦仔细看了看司丁的脸,她留下的抓痕,隐约可见,伸手在他脸上摸了摸,不好意思地说:"有人问你了吗?"

"当然!一下子就成了焦点。逢人问,就得解释。"

"那你怎么解释呀?"

"这难不住警察,跟单位同事说老婆抠的;跟老婆解释说,逮罪犯时,被抓伤的。"

司丁乐呵呵地笑着,仿佛是在说别人的事,用一种并不在意的语气,冲淡麦麦的担忧和内疚。同时,他伸手摸了摸麦麦白瓷般的左脸,说:"只要这张脸蛋没事,我就没事。"

麦麦感到深深地愧疚。伤人不伤脸,这是任何一个人都忌讳的事,何况堂堂一个大男人,一个派出所所长。这一刻,她在心里发誓,一定好好爱这个人,再也不犯这样的错误了。

看到荷塘的那一刻,麦麦的五官立刻变大了:无数的莲叶簇拥在水面上,如茵茵草坪,在微风里轻轻飘荡。一朵朵粉色莲花,在碧波绿水间嫣然绽放。原来诗中描述的"接天莲叶无穷碧,映日荷花别样红"就是这样一幅景象啊!她感觉自己的心,像水面摇曳的水草一样柔软。

在荷塘徜徉,遇见一条"荷"流,两岸荷叶并肩,水面睡莲悠然。几艘小船闲闲停泊,穿着灰布短褂的船家戴着一顶芦苇编织的帽子。麦麦和司丁叫了一艘登上去,划着乌蓬船,追着蜻蜓,在浮萍中穿行。一缕缕荷香从水面向上氤氲,荷花、荷叶触手可及,船在荷中行,人在画中游。

麦麦弯腰抚摸着船下柔滑的水草,伸长胳膊够着岸边的芙蓉。盈盈脉脉间,一首首诗在心里荡漾。她想起了徐志摩的《再别康桥》:软泥上的青荇,油油的在水底招摇,在康桥的柔波里,我甘心做一条水草。还有那个卓尔不群的李清照,不是也沉醉不知归路,在兴尽晚回舟的时候,误入藕花深处了么?

麦麦也沉醉了,沉醉在诗情画意中,沉浸在自己的爱情中。她的心里梦幻般地浮现出村里的小荷塘和独坐小荷塘的那个想到死的小女孩,想起了冰心写的《荷叶母亲》⋯⋯眼前的这个男人,却把自己带进了如此美好的荷塘,他,不就是自己渴盼的那片为红莲遮风挡雨的荷叶么?

司丁的电话响了。《月亮代表我的心》的铃音,像草原里冲进来一头狼,理直气壮地冲进这美好的氛围里。是一个女声,语调时而高亢,时而阴柔,仿佛走调的钢琴曲。他只是极其简短地回答着:"嗯,我知道了,知道了,我好着呢,放心。"说这些的时候,脸上没有任何表情。麦麦感到,司丁手机的黑壳里,藏着一种鼻息相通的默契。

凭着女人的直觉,她认定电话那头是他妻子。以前,每逢司丁接这类疑似妻子、或者讨论案情的电话时,常常边打电话边踱步,很自然地与麦麦拉开距离,可是,现在是在船上,他便无法施展小伎俩。

麦麦在专心地看风景。通话结束后,她什么也没问,一把夺过司丁的手机,摁了关机键。

"不行不行,万一有急事,找不到我怎么办?"司丁着急了,要夺手机。麦麦一闪,"哧"的一声拉开包的拉链,将手机装进去,然后贴近他的脸,用嘴唇紧贴着他的耳垂,一字一句地说:"现在,这个世界只属于我们两个,谁也不许来打扰。"

麦麦嘴里吐出来的温软的气浪,久久萦绕在司丁耳边。

第二天晚上,两人兴致勃勃地去看荷塘月色。脚下一会儿是细软的沙,一会儿是湿润的草径,夜风不张扬也不低调,刚刚吹起麦麦的吊带纱裙。她索性脱了细高跟凉鞋,光脚踩地,司丁拎着她的鞋,两人一路欢呼着,穿过小桥流水,沿着竹林柳畔,向池塘奔去。

月亮一丝不挂,裸对大地,撒下一层白花花的银光。站在荷塘边,丝丝缕缕的暗香在脚下浮动,慢慢地蒸腾,不知不觉包裹了全身。叶,醉也亭亭;花,睡也袅袅。能听到花与叶的窃窃私语,能听到睡莲一起一伏的轻鼾。静谧中,世界只剩下麦麦和司丁。他们兴奋地像两个孩子一样,你追我赶,绕着荷塘跑跑停停,渐入藕花深处。

终于累了,便在池边的长椅坐下。麦麦依偎在司丁的怀里,闻着清心润脾的荷香,闻着司丁身上散发的汗香,慢慢闭上眼睛,脑海里闪出苏东坡的一首诗:

起舞弄清影,何似在人间?

原来,人间也有仙境,让天上宫阙羡慕的仙境!她陶醉地闭上了眼睛,心里默默祈祷:让这一刻永恒吧,永远不要回到原地去,回到那个满是俗务的世界里。就这样在一起,沉醉不要归路。拥有一份荷花般的美丽,一个荷叶般的爱人,一池荷塘般清雅和浪漫的生活,多好。

司丁低下头,轻轻吻了吻她的嘴唇,问:

"好么?"

"好!"

"知道为什么带你来这吗?"

"为什么?"

"因为,你是水里的芙蓉,我只有做荷叶啰,永远立在旁边,像伞一样呵护你、宠你呀!"

麦麦的大脑忽然电光一闪,开了一道缝,村里的小荷塘忽然出现在脑海,还有那个夜半无人时独自跑到那儿哭泣的小女孩。那时候,只有蛙鸣陪着她、月亮看着她……麦麦紧紧抱住司丁,越抱越紧,泪,无声滑落。

这个粗犷的大男人,不仅爱她,更懂她。为她,他学会了浪漫,而且在这荷风仙韵中,竟然也说出了诗一样的情话。杨玉环与唐玄宗在长生殿夜半无人私语时,也许就是这样的吧。

麦麦忽然很想发泄一下巨大的幸福。她狂吻着司丁的嘴唇、耳朵、脖子,体内有一股火烧火燎的热流,正在汩汩外溢。司丁的呼吸也一下粗重起来,他猛地将麦麦抱起,平放在长椅上,撩起她的裙子,迫不及待地将宽阔的身体压了上去。顶着月亮,闻着荷香,吹着醉人的风,两个人的身体沸腾如潮,又飘飘欲仙。

千朵万朵的荷,见证了他们的爱情。

司丁在激情喷泻之后,才想起没带卫生纸,麦麦肚皮上、大腿间全是滑湿粘稠的精液,沿着腿向下流。他一边按着麦麦的肚皮说"别动,别动,等一下",一边四处张望。情急中,转身在池塘边采来一片荷叶,撕成几片,用绿滑的那一面小心地擦拭,麦麦一动不动,任荷叶磨蹭自己的肌肤。待司丁擦完后,她摸摸粘潮的肚皮和大腿根,嘻笑道:"我这里会不会也变绿了呀?"

"你那里绿了不要紧,只要我头顶不绿就行!"

"去!狗嘴里吐不出象牙!"麦麦在司丁背上轻轻擂了一拳。

他抓住麦麦的胳膊,俯身贴着她的耳朵,说:"你那里是嫩红的,就像花心。"

多情的月亮还在与云缠绵。月光时而清朗时而朦胧。远处,不知谁放飞了几盏孔明灯,正在冉冉升起。麦麦的目光,遥遥地追随着那束温暖的光。那束光,飘飘悠悠,是要游到天上去吗?

司丁忽然扳过麦麦的头,用额头顶着麦麦的额头,带着甜蜜的气息对她说:"宝贝,听说对着孔明灯许愿,就会被带到天上去,很灵验的。咱俩许个愿吧。"

两个人站成一排,双脚并拢,双手合十,对着朦胧的月、朦胧的荷、朦胧的孔明灯,虔诚地诉说着心语。

司丁没有问麦麦许的什么愿,麦麦也没有问司丁。

夜深了,也不知深到了几时。他们手挽手,顺着来时的路走回去。蛐蛐一路起劲地弹唱着,为他们送行。温情的月光,勾勒出一对绰绰的剪影。

躺在床上,两人都有些累了,却并无睡意。关了灯,敞开窗帘,让月色淌进来。然而,窗外已不见月光,那一串椭圆的灯笼在黑夜里更红了,整个世界,只剩下红与黑了。司丁用一只胳膊支着头,在窗外透进来的红彤彤的光晕里,久久看着麦麦,说:"宝贝,把你这双好看的眼睛复制一下,给咱生个小宝宝吧。"

"想得美!"

"跟美人在一起,当然要想美事呀!"

"你老婆也美,让她生去!"

"老婆怀过四个了,全是女孩,得换一块地下种。"

"生男生女都一样呀,最近我们正在宣传'关爱女孩',先给你这老封建上上课。"麦麦半嗔半真地用手指点了一下司丁的额头。

"道理是对的,可司家祖宗的根,还得有男孩继承呀!男娃是'金',永远都是真理。"

"那,我重要还是男孩重要?"

"都重要啊,要能生个男娃,我天天把你驾在头顶!"

麦麦不语,突然翻过身去,背对司丁。

司丁立马侧过身,从后面抱住她,胸脯贴着麦麦的后背,一只手摸着麦麦的乳头,大腿搭在麦麦腰和胯之间的S型曲线里,微微抬起头,嘴贴在麦麦耳朵上,说:"宝贝,你这么爱吃香肠,一定会生个带香肠的。"

热浪冲击着麦麦的耳膜。

我妈在这一刻深深明白,爱上有妇之夫的结局,大约都逃不出这三种:
一种是把爱情修成正果,结婚,生子,在柴米油盐里寿终正寝;
一种是两不相见,让爱情灰飞烟灭;
一种是同居,让爱情长久漂泊,最后发酵、变馊,滋生毒素。

13

南戴河回来后,麦麦时时刻刻都想和司丁待在一起,他不在身边,总感觉空荡荡的,做什么都没意思。有时竟天真地想:这个世界上要是没有上班这件事,两人可以天天在一起,多好。

她无法控制自己,开始违背两人的约定,在工作时间给司丁打电话。最近,她常常听到的,不是司丁富有磁性的男低音,而是一个陌生的毫无感情的女声:您拨打的电话正在通话中,请稍后再拨。随着这个声音,麦麦的心悬起又落下,落下又悬起,就一遍一遍打。

司丁的电话占线最短五分钟,最长一次占线近一个小时。在那一个小时中,麦麦分分秒秒都坐卧不安。他在和谁通话呢?妻子?朋友?上级?同事?是谁,能让他如此有耐心,一讲就是半个小时甚至一个小时?她陡然想起了童萌,那个将高贵与甜美气质融为一体的女人。这个女人的音色里有许多看不见的小爪子,能勾到人的骨头缝里。

想到这,麦麦没有丝毫犹豫,立即拨了童萌的电话。吵架事件爆发的那天,麦麦虽然撕碎了东城派出所的内部联系电话,但还是深深地记住了童萌名字后面的那一串阿拉伯数字。

这个女人的电话果然也占线,麦麦听着话筒里那一声紧似一声的"嘟嘟嘟"的声音,肺都快爆炸了。她恨不得立即飞到东城派出所去,揪出这两个正在用电话传情的男女。

那一刻,麦麦心里狂澜翻涌。她顾不上向单位请假,就跑下楼去拦出租车。在等出租车的间隙,麦麦还没忘记拨打电话。车还没等来,司丁的电话竟然通了,她气咻咻地质问:

"和谁通话,居然讲了一个小时?"

"跟同事谈案情。"

"哪个同事?"

"说了你也不认识。"

"我真的不认识?"

"当然咧!"

"心虚了,说不出口?是不肯供出'同盟'吧!"

"不要这样咄咄逼人,好不?我说你的毛病怎么又犯了?"

"是你犯病还是我?和别的女人卿卿我我,你好意思?"

"咋就不相信人!你吃哪门子的醋?"

"你脚踏两只船,叫我怎么相信你?"

"我说了我没有,我的好姑奶奶,别闹了,我还要工作呢!"

"骗你老婆去吧,我亲眼看见的事,还想抵赖!"

"你看见的,只是为了抓罪犯假扮情侣!得了,越解释越黑,你爱怎么想就怎么想去!"

司丁撂下一句话,居然挂了电话。

话筒里只剩下"嘟——嘟——嘟"的短音。

麦麦的心如呲呲燃烧的火焰,忽然失去了风力,只好自个儿烧,留下一胸焦黑的烧伤。

吵架的频次,越来越多。见面吵,打电话也吵。为一句赌气的话,为一个莫须有的第三者,甚至一个莫名的理由,都会吵得天翻地覆。一次,两人去东竹过周末,高高兴兴去,高高兴兴过了周末。可回来的路上,不知话题怎么又引到童萌,麦麦心里的醋意一下直冲脑门,又质问司丁经常和谁通电话。两人开始吵了起来。司丁握着方向盘的手抬起来,激动地指手画脚,麦麦气愤地揪住车里的香水瓶要往车外摔。车在路上摇头晃脑,歪来斜去,过往车辆唯恐避之不及,远远躲开。

有一个胆大的司机从车旁超上来,摇下玻璃,伸出头看了看车内的情形,压下冲到嘴边的粗话,撂下一句:"伙计,好好开车,咱的命要紧!"

那一刻,麦麦有一种和司丁同归于尽的绝望。司丁瞪圆双眼,用大脑里尚未爆破的理智,摇摇晃晃地将车停在路边。麦麦赌气摔门下车,司丁不阻拦也不追赶,一踩油门,独自开车走了。车速由快到慢,又由慢到快。麦麦站在路边,五官张扬着即将爆炸的愤怒,她赌气不朝司丁离去的方向看。那辆白马王子的影子越来越小,越来越小,待麦麦终于忍不住回头看的时候,早已无影无踪。

天渐渐暗下来,路上的车一辆辆打开了车灯。灯光把夜撕成一丝一缕的薄黑。麦麦所有的靓丽都一点点被薄黑吞噬,渐渐变成一团移动的影子。她越想越伤心,眼泪不争气地流着,孤零零地在路边徘徊。班车一辆辆经过,向着路边的她按喇叭,麦麦不坐,她坚信司丁不会把她丢在半路上不管,一定会掉头回来接她的。

两个小时过去了,司丁还没有来。麦麦由哭到盼,由盼到气,由气到恨,无力地瘫坐在路边的桥墩上。一辆辆白色的车、一束束车灯刺激着她那双望眼欲穿的眼睛,可是,那个驾着白车的白马王子却没有回头。

麦麦迷失在黑沉沉的夜里。

原来的爱,是温情,是炽火;现在,为什么成了炸药,成了泪水?

麦麦问天、问地,最后还得问自己:

爱司丁吗?

爱。

司丁爱自己吗?

应该爱。

可是,当爱走到深处,就不仅仅是爱了。除了爱,还有占有,完全的占有。

原来,爱到痛处,比无爱更痛。

伤心欲绝的麦麦坐上东竹开往渭水县的最后一趟班车,回到了县城。刚走出车站,一眼就看见司丁的那辆白马王子等在门口。麦麦转身想绕行,不想他迅速打开车门,一把抓住了她的手腕,她甩了两下,却甩不掉。他很轻巧地就把她拽到了后排车座上,自己坐上驾驶座,启动了车。

麦麦一声不吭。司丁也不说话。

车徐徐向前,终于停在一个蛙鸣的地方。

在高低起伏的蛙鸣曲中,司丁拉开后座车门,坐到麦麦身边。麦麦把脸扭向窗外,远处有几棵树,茂密的叶子正随着夜风哗哗起舞。司丁扳过她的身体,双手捧着她的脸,一字一句地说:"你既然不相信我,咱就结婚、生娃。要不,你凭啥管我,我凭啥管你?"

司丁斩钉截铁地说出结婚的话,麦麦忽然就愣住了。她茫然地看着他在月光下闪闪发亮的眼睛,没有说话。凭司丁的眼光和条件,他的妻子一定差不了,而且司丁的事业正顺风顺水,却主动愿意离婚,他付出这么大的代价,除了爱我的青春,也许更爱我的子宫,把我当成了生育工具吧?

呵,生孩子,那是多么遥远的事,麦麦从来就没有想过。她不能想象,如何一把屎一把尿地拉扯着一个哭闹的婴儿。更何况生育过的女人,会变老变丑,松弛邋遢,她还想再美丽很多年,让司丁永远爱她宠她呵护她,只恋爱不结婚,在风花雪月里,好好享受爱,把所有缺失的爱,都补回来。

爱情的归宿,一定是婚姻吗?

想了几日,麦麦决定欲擒故纵。

周末,她主动约了司丁,地点在他教她学习开车的地方。那里有河滩、有杨柳岸,却没有人,有助于释放真实的情绪。他们把车停放路边,然后沿着杨柳岸向下走,一直到沙河滩。河水在夕阳下泛着波光鳞鳞、无边无际的心事。虽然没有大海般风涌的波浪,他们也没有赤着脚,但麦麦想,只要两颗心赤裸相见,就够了。她把一个牛皮信封交给司丁。司丁有些意外,但还是伸手接过去。麦麦说:"你就在这看,我去那边走走。"

麦麦远远坐在河滩,看着鳞鳞水面,一波一波的光芒欢快地跃动、闪烁。看着河滩上的几根芭茅在风中摇头私语。脚下,匍匐着不知名的草,绽放着不知名的花,它们并没能因为无人欣赏就不生长,不开花,而是各活各的。麦麦的内心闪烁过一千道、一万道鳞光之后,反倒平静了。

那封信,她是前天晚上写的,可以说情真意切,发自肺腑:

司丁,我爱你,更感谢你给予我这么多的爱。

长这么大,你是第一个让我享受爱的人,你也让我感到,我是世界上最幸福的女人!遇见你,是我这一生最大的幸运。和你在一起,我被幸福淹没了,但却很怕会被淹死。有句话叫:有爱无恐,可是,我却有无数对未知的恐慌。坦白地说,我舍不得离开你,这些天来,我都无法想象没有你的日子,会是怎样黑暗。一想到没有了你,才知道什么是揪心蚀骨的痛。但对结婚,对未来,我真是有诸多的担忧。

我怕我没有你妻子好,变着花样给你做可口的饭菜,一心一意操持家务,给你烫衣服擦皮鞋;我也怕和你女儿纱纱相处不好,当不好后妈,更担心的是,不能如你所愿生个男孩。我怕我让你失望,不能给你幸福,也让我无路可退。而且,你知道我的那个家庭,也是一个不能忽视的阻碍……

请你理解一个女孩子对婚姻、对未来的恐惧,原谅我的自私。

我永远爱你!

麦儿

写完这封信后,她反复看了很多遍,才装进信封,还往信封里塞了一把钥匙,是他们车的钥匙。她把它还给他,决意已经很明确了。

许久,司丁踏着浪花,披着夕阳的余辉,从远处一步一步走来。麦麦没有迎上去,而是迎着风,远远地看着他。看着他迈着坚定的步子,一步一步靠近自己。站定后,司丁将双手郑重地搭在麦麦的肩上,直视着她的眼睛,无比真诚地说:"你的担心是多余的,我会安排好妻子的,给她一套房。然后把纱纱送到东竹市上中学,住校,全托,家里是咱俩的小天地。至于你家,不管多难,我也有信心搞定,哪怕砸锅卖铁,下跪乞求,我都能做到!"

麦麦没有回答,眼眶里,很快漫出一层水雾。

司丁叹了一口气,目光移向远处,有些低沉地说:"我不否认,我爱你的年轻、漂亮,为了你,我不怕人指指戳戳。你要是爱我,咱们就生孩子,要是不想生,我就早做打算,抱养一个带把的。"

"不要,不要!"麦麦一下子推开司丁,尖声喊着,头摇得像拨浪鼓,刚才的温顺一扫而光。

司丁退后一步,定定地看着她。

但很快,他就走上前,重新把她拥进怀里,腾出一只手轻拍着她的肩膀,说:"不抱不抱,咱只要自己的宝贝,自己的。"

麦麦任自己陷在司丁的怀抱里,宽阔、厚实、温暖。

"非要生男孩吗?"

"当然,老爹都70多了,还没抱上孙子,闭不下眼哟。人常说不孝有三,无后为大,不能到我这断了祖宗的香火!每天看着老爹晃着一头白发进进出出,望眼欲穿的眼睛,当儿子的,心里愧疚呀!"

麦麦从司丁怀里仰起头,视线刚好落在他的喉结上。那迷人的喉结,正在上下滑动、颤抖。

司丁低下头,轻吻麦麦的眼睛:"咱们一起努力,尽尽孝,好不好?"

好不好？麦麦也在问自己。

回家的路上，司丁把车开得很慢。两旁的垂柳已经成了一团团暗影，无声无息地向后退去。车里放着他新买的碟片，刘若英的《后来》。麦麦之所以关注这个明星，是在看了一部名叫《好想好想谈恋爱》的电视剧后喜欢上她的。刘若英在里面扮演"结婚狂"，搞笑幽默地表现自己对婚姻的渴望，对男人的爱慕，不矫情，不伪装，简单直率。此刻，她略带忧伤的声音在车内低低回荡，如泣如诉：

"后来，我总算学会了如何去爱，可惜你早已远去，消失在人海。

后来，终于在眼泪中明白，有些人一旦错过就不再。"

我会错过他么？他会消失么？麦麦默默地问自己。她把车窗开到最大，让自己完全沐浴在夜风中。远处，一栋栋家属楼里，家家户户都用灯光点亮了自己的家，空气中偶尔有炒菜的味道漫过来。不知谁家的婴儿，忽然响亮地啼哭，一声接一声仿佛在示威，和着大人嘤嘤嗡嗡的哄慰。

这，也是爱情吗？身边的这个人，也在这样爱着？想让我也这样爱着？一股凉气从麦麦的脊背直向上窜。

麦麦将窗户关小了些，但保留着一道缝。她还要从这道缝里向外张望，张望那些屋子里"锅碗瓢盆的爱情。"

如果不把爱情放进婚姻的洞房，所有的美好、绚烂、陶醉都在外风吹雨晒，时间长了会不会褪色、变旧？可是，结了呢？她能抵住破坏别人家庭的闲言碎语么？有足够的耐心，当好后妈的角色吗？能一定生个儿子吗？如果像他妻子一样，一次又一次，也是女孩呢？

麦麦在这一刻深深明白，爱上有妇之夫的结局，大约只有两种选择：一种是把爱情修成正果，结婚，生子，在柴米油盐里寿终正寝；一种只有分手，让爱情灰飞烟灭。而不结婚也不分手，爱情漂泊太久，最后只能发酵、变馊。

哪一种，都是麦麦不想要的。然而，爱情到了这一步，麦麦必须做出选择。

如果就这样走回去,我妈还是那个有爱无恐的幸福女子。可是,上帝不耐烦了,他掌管的人间男女太多,一不小心,就出了纰漏。

14

  如何选择,麦麦不知道。也许是刻意断掉那根选择的神经,好让自己逃避。她多么希望有一个智者,一语提醒梦中人。

  第一个在麦麦脑子里浮现的,又是马尚。这个闺蜜,是她唯一可以诉说心事的对象。只是这些日子全身心投入到要死要活的爱恋中,居然疏远了她,真有些重色轻友。

  等不到周末了,麦麦快下班时就给马尚打电话,约她出来喝茶。马尚说已经回家,洗了脸,不想再上妆了,让麦麦去她家。她家就在县医院的家属楼,步行二十分钟就可以到。麦麦立即出发,在街上买了水果提上去。

  开门的是武树。穿着短袖长裤,一只脚穿着皮鞋,一只脚穿着拖鞋,正在换鞋,一副要出门的样子。他一见是麦麦,呵呵笑着:"大美女驾到,快进,快进!"在麦麦进门的当儿,他迅速把脚上的皮鞋蹬掉,重新换上拖鞋,说:"马尚正洗澡,只有我招呼你啦!"

  麦麦笑笑,换上马尚的拖鞋,在沙发上坐下。武树端来两个心型的玻璃盘子,里面有瓜子、开心果、大杏仁,又削了一只苹果递给麦麦。忙完这些,他坐在麦麦身旁的单人沙发上,用遥控打开电视,两人边看电视边聊天。

  电视里正插播广告。一位穿着红色吊带裙、曲线玲珑的长腿美女,正款款走向一台变频空调。

  武树的目光从电视机屏幕上移下来,投到麦麦脸上,说:"麦儿,我感觉这明星像你,走路特有美感。"

  是吗?麦麦有些惊讶,不由地看了武树一眼,他正全神贯注地看着自己,眼睛罩在变幻闪烁的屏幕光影中。敞开的短袖里,露出强健的胸肌,肚脐处还蓬松着一团微卷的体毛。麦麦迅速把目光重新移回电视,心想:这个武树看着很野性,嘴却很甜,怪不得能让马尚死心踏地。

  收回目光后,麦麦岔开了话,说:"马尚怎么还不出来?"

  见她有点着急,武树这才拧过头,冲着洗手间喊:"老婆,麦儿来了!"他叫麦麦名字的时候,将麦儿的"儿"字故意拖长,叫得滑顺婉转,张扬着一种滑腻腻的亲昵,和马尚一模一样的语调。

马尚"哎"了一声,哗哗的水声似乎停了。

马尚穿了件粉色的蕾丝睡衣,用一条玫红色的毛巾包着湿漉漉的头发,素面朝天地从卫生间出来了,一边走一边抱怨:"今天不知咋回事,水特别小,洗得不过瘾。"看到她那副慵懒、随意的家居模样,麦麦有点陌生,又有些羡慕。

三个人先在沙发上看电视、聊天。聊到跳舞,聊到高中同学,聊到同事,信马由缰中,电视的画面褪去,只剩下闪烁的屏幕。

麦麦上洗手间时,马尚才想起什么,催促武树:"先睡觉去,我和麦麦说说话。"待他回卧室后,又走过去轻轻关上门。

麦麦回到沙发上,马尚开口就问:

"你是无事不登三宝殿,老实交待,什么事一直瞒着我?"

"还能有什么事,当然是'情事'了。"

"我猜也是。"

麦麦开始还有些不好意思,这毕竟是她第一次倒出自己的秘密,可是说着说着,她感觉浑身似乎变轻了,这种轻松的感觉让她很舒服,索性一吐为快,详细述说了她和司丁从认识、相恋到谈婚论嫁的过程。

马尚居然没有惊讶,像在听陌生人的故事,自始至终都保持着平静,只是顺着麦麦的情绪,不时拍拍她的肩膀。

倒是麦麦有些惊讶,旋即又觉得欣慰。

这一刻,她发自内心地感激眼前的这个闺蜜,可以让她坦诚地说出她一大堆的担忧:

"他现在能跟我好,以后就有可能跟别人好,我心里没谱。再说,我不想面对继母、前妻这些复杂的矛盾和关系。我没有信心也没有耐心去经营。而且,他妻子还会一直生活在我们县城,他是个极负责任的人,一定觉得愧对前妻,不但会照顾她,也许还会留恋她。听说那女人饭做得特别好,他经常放弃吃工作餐,中午赶回家吃饭呢。"

马尚蹙着眉头说:"是呀,恋爱是一回事,过日子是另一回事,尤其是和一个要离了老婆,反过来娶你的男人,你的担忧不无道理。"

"而且,他一定要保证生男孩,我现在都有思想负担了。"

"别生,女人一生娃,这辈子就没戏了。你想想,怀孕十月,生出来得围着孩子转,根本没有自己的时间,等孩子送到幼儿园又得两三年,小学再六年,这几年忙下来,女人即使不老,也半枯了。男人还会一直爱你如初?那是小说里哄小女孩的。"

"那会一直不生么?"

"我就不打算生。"

马尚向卧室那边瞅了瞅,压低声音说:"现在不是流行丁克吗?永远保持两人的世界,武树才会一直把我当孩子宠。再说,现在小孩太难教育了,网吧、暴力、色情,到处都是未成年人犯罪的事例,弄不好会培养个杀人犯。"

"你净瞎想,有点偏激啊。"

"即使往好处想,孩子从小学起就无休无止地报各类补习班、考名校拼才艺、争破头就业,无休无止的竞争、攀比,娃能幸福不?"

"可是,司丁的看法完全不一样,多子多福……唉,他到底爱我,还是爱我的子宫?"

"怕是两者都有吧,谁让你遇上不该爱的人呢?不过,这也不怪你,爱情要来了,谁也抵不住。"

"可是,我既不想跟他结婚生孩子,也不想跟他分开,他对我的好,已经让我中毒了,我戒不了!"

"看来还是书上总结的对,恋爱中的女人,智商为零。都以为自己的爱情惊天地、泣鬼神,其实,别人也一样。"

"我现在怎么办?"

"爱自己,再去爱男人。话说白了,男人还不都是只用下半身思考?而对我们女人来说,男人的好处,就是上床和买单。"

一股飓风刮进了麦麦的心。她虽然和马尚亲密无间,但还是第一次听她说出这样的理论,她忽然觉得,自己和马尚不是一个时代的人。她怎么啥都懂,怎么有那么多真知灼见,而自己,还是傻乎乎的。自己和她差的,何止是一个婚姻!难道从小缺爱的人,人生就要差这么多吗?

看来,对爱要无所谓一点。

麦麦不再着急做决定,从马尚家回来后,她又开始了自己的日常生活。

上班、吃饭、睡觉、看书,试着找回从前那个平静、孤独、自闭的自己。

暂时逃离司丁爱的包围,她才能理性地找出答案。也许,她已经无法走出这个男人温暖的气场。

树欲静而风不止。

一天上午,麦麦正在上班,马尚打来电话,语气急促,声音却压得很低:"麦麦,你快过来一下,到我们医院!"麦麦一惊,第一感觉是马尚会不会出什么事了。正要问,马尚又补了一句:"我没事,你来了就知道了。"

麦麦匆匆赶到县医院,找到马尚所在的办公楼,却扑了个空。正站在办公室门口发愣,一个戴眼镜的女医生从楼道经过,告诉她说,办公室的人都去门诊楼帮扶了。麦麦又赶去门诊楼,按照指示牌径直找上三楼妇科护士室。里面有一群穿着粉色护士服、戴着护士帽的女子来回穿梭,有的端着托盘,有的推着工具车,一个个戴着口罩,脸上只剩下一双眼睛,难以分辨。

她正暗自在着急,对面一间医生办公室的门开了,穿着一身白大褂的马尚恰巧走了出来,一眼看见门口的麦麦,急步走了过来,把麦麦拉到楼道的角落,神秘地说:"司丁的妻子怀孕了,做 B 超是女孩,来我们医院流产。"

"真的? 你没搞错吧?"

"我们医院正在开展机关下基层活动,要求机关帮扶诊室,恰巧这周安排我来妇科诊室帮扶,就遇见了这事。"

"你确定是司丁吗?"

"没错,他在手术同意书上签的名字,一清二楚。我还特意问他在哪工作,他说在东城派出所,而且长相、年龄,都和你说的差不多。"

"那……那,现在是什么情况?"

"人还在医院呢,从门诊转到了住院部。唉,三十七八的女人了,还频繁怀孕、频繁流产,哪吃得消呀! 术后出血多、血压低,真够折腾的!"

麦麦忽然明白了司丁为何一周都没给自己打电话,原来是在照顾他老婆! 她还天真地以为他不打扰自己,是在耐心地等待答案呢! 这个让自己死去活来的人,一边跟自己做爱,一边也没停止和妻子的造人计划,原来一脚踩两船哪!

"你想不想看一眼那女人?"马尚问。

麦麦点了点头,马尚给她指了病房和床号。麦麦向那个病房走去,此时正是中午下班时间,楼道静悄悄的。她像做贼似的,低着头,轻手轻脚向前走去,她只想假装路过,然后不经意地往那个床位扫一眼,看一眼那个神秘的女人,不,是亲密的女人,就够了。直到现在,她都不知道自己是同情她,还是妒忌她。

病床却是空的。

麦麦不敢逗留,也不敢问同屋的人,只好绕着墙根向外走。

如果就这样走回去,那麦麦还是那个有爱无恐、尽情享受男欢女爱的幸福女子。可是,上帝不耐烦了,他掌管的人间男女太多了,一不小心,就出了纰漏。

走出住院部,楼前是新建的小喷泉和绿化带。草坪上有三三两两散步的病人,也有急匆匆走过的家属和医生。麦麦茫然地看着这些来来往往的人,心里拿不定主意:是继续等呢,还是走?等她,还有意义吗?

正在犹豫,眼睛的余光忽然瞥见草地上有一个身影很熟悉,急忙回头,定睛一看,高高的个子、硬挺挺的寸发,尤其是雪白的旅游鞋,使整个人特别醒目,这不是林子康么!目光向旁边一移,竟然看见了司丁。此刻,他们正扶着一个穿着蓝白竖道病号服、趿着拖鞋的女子,在草坪上散步。子康走在女子右边,手里提着一个白色食品袋。

麦麦起初的惊奇,很快就被一种可怕的猜想替代。她感到心一阵阵狂跳,神经一根一根抽搐,因为她忽然异常清晰地想起来,子康原来介绍家里情况的时候说过,大姐夫是派出所的所长。当时,她感觉子康口中那些所谓的大姐、大姐夫都与自己毫无关系,所以只当是耳旁风刮过,没细问,也没往心里去。

可是,可是,从眼前的事实来看,司丁,不,应该是司所长,很可能就是子康说过的姐夫,那么,这个流产的女人,只能是司丁的妻子。

司丁、子康,子康、司丁,飓风般在大脑里回旋。

难道,她,眼前的这个女人,是……是自己的大姐?

天哪,世上哪有这么巧合的事呀!这些巧合,又怎么全冲着我来呀?

麦麦像一只无助的船儿,一下子被裹进惊涛骇浪中。漩涡、漩涡!急流,急流!

船儿剧烈颠簸着,看不见岸,也没有岸。

麦麦不知道是怎么从医院逃回来的。进门以后就瘫软在床上,脑子里像一锅糨糊,混混沌沌,没有了任何思维。她紧紧抱着被子,不去想刚才发生的一切。然而,草坪上看到的那一幕,像电影的特写镜头,一遍遍在眼前闪现,她多么希望是自己看错了呀!

仓促之中,或者说巨大的惊骇之中,麦麦甚至没有细看那个流产的女人长什么样。她怎么就是我的姐姐,她为什么就是我的姐姐!怪不得司丁第一次看见我,就有好感呢,也许只是和她媳妇流着一样的血,气息相像罢了。原来我是他的小姨子,他是我的姐夫!姐夫和小姨子错爱,不,应该是误爱,这样的三角恋,居然活生生地发生在自己身上!

原本以为,这一生最美的遇见,就是司丁,然而却是一场孽缘。上天呀,为什么,为什么这样对我?这是天意,还是我的宿命?告诉我,告诉我……

分手,成了唯一的选择。这是麦麦不吃不喝、神情恍惚了几天之后,终于明白过来的。做这个决定的时候,不知怎地,她忽然想起初中时学过的两句成语:壮士断腕、刮骨疗毒。

血淋淋的疼痛,将会以排山倒海之势,吞没自己。

麦麦用手机写了一条短信:"谢谢你的爱,我会永远珍藏它。你是我一生最美的遇见!可是,上帝让我遇见你,又逼我离开你,别怨我。"

她将这段话仔细看了几遍,包括每一个标点符号。然后,熟练地输了司丁的手机号。

手机屏幕上显示:确定?取消?

麦麦轻轻地按了确定键。很快又有一行字显现:发送成功!

她轻轻舒了一口气,打开手机后盖,取出这张伴随着她感知了无数爱和泪的手机卡,放在眼前看了看,一扬手,扔进了垃圾箱。

以前,生米煮成熟饭,女的就是煮饭者的人了,现在谁还这么傻,就是把生米煮成爆米花都不管用了!
　　马尚的这一席话,让我妈放下包袱,开始了与柳子茂的交往。

15

　　爱上一个人,最痛苦的莫过于徘徊在放与不放之间的那一段。真正决心放弃了,反而,会有一种释然的感觉。

　　可是,麦麦一点也释然不了。她清楚地知道,选择放手,不是因为不在乎、不爱,而是因为自己清楚地知道,太爱,而他不属于你。

　　没有司丁的日子,太难熬了。宿舍里满是司丁送的礼物,床上那一只毛绒绒的哈巴狗,是去南戴河旅游时司丁买的,身上还残留着司丁的气息。衣柜那件绣着荷叶边的粉红色睡衣,是司丁三八节时送给自己的。类似很多这样的物件,在曾经的惊喜落尽之后,忽然又再度浮现出来。

　　更不争气的是,说好不想他、忘记他,大脑却反其道而行之。洗脸的时候,水里是司丁的样子;走路的时候,身边是司丁的影子;吃饭的时候,菜里全是司丁爱吃的美味;看电视的时候,仿佛司丁依旧在爱抚着她的头发……两年时间,七百多天,点点滴滴聚起爱的海洋,哪能让它干涸?

　　麦麦想把自己塞得满满的,看书、加班、找朋友 K 歌,想把司丁挤出去。然而,他无孔不入,在每一个凝神的瞬间,在每一个睡前的黑夜。她常常一动不动,任蚀骨的痛楚从心头溢出,漫过胸腔,漫过双腿,漫过脚尖,把自己痛成一具尸体。

　　这是上帝的一个恶作剧。可恨的是,为什么女主角偏偏是自己,不是别人?可是,恨谁呀?恨司丁,恨自己,恨命运,恨上帝?都该恨!似乎,又都是无辜的。

　　有一句歌唱得好:心的沙漠,爱的荒原。如果是那样,该多好,心里光秃秃的,就不会有这蚀骨的爱恨,去过一种平平静静的生活。

　　可是,回不到过去了。心田里撒播了爱的种子,长了树,开了花,郁郁葱葱,早已不再是沙漠和荒原。

　　和司丁分手快一个月的时候,马尚打电话约麦麦吃饭,说是高中同学聚会。她是联络人,无论如何,一定要麦麦参加。麦麦本无兴致,懒得见人,但她忽然生出一种逃离的情绪,哪怕只有片刻,哪怕只是离开这间宿舍、这栋楼,她就可以暂时挣脱司丁的包围。

这样一想,麦麦就答应了。到了聚会那天,她打起精神,仔细地化好淡妆,穿上那件最喜爱的淡紫色长裙,整个人立刻恢复了清水芙蓉般的娟秀与高雅,只是神情里,透出一种令人怜爱的忧伤。

说是聚会,其实不到二十人。毕业八年多了,大家都天各一方,哪有那么容易聚齐呢?就这十几号人,马尚打了无数次电话,嗓子都喊干了。聚会订的是一个名叫"浪漫时光"的大雅间。麦麦赶到的时候,门半开着,里面人声鼎沸,空调的凉气和气氛的热烈同时从门里溢出来,冲击着她。麦麦从包里掏出小镜子,理了理被风吹乱的刘海,走了进去。

屋里很快响起欢呼声、掌声。她笑着和大家打声招呼,就随意坐在靠近门的一张桌子上。

已经来了16个人,六女十男。女生和女生凑在一起,叽叽喳喳,男生和男生围坐一桌,嘻嘻哈哈。八年光阴,风云流散,这些红男绿女并没有什么大的改变,还是熟悉的笑声,熟悉的眼神。这是人生最美的八年,哪能那么快就老去了呢?不见的时候也没怎么想念,各忙各的,可是一见面,仿佛有什么开关,一拧,过去的生活又回来了。

最后一位男生终于到来后,马尚敲着桌子说:"肃静肃静,班长没能来,我今天就给咱客串一把主持。我建议大家互找同桌坐,同桌未到的,自由组合,但必须男女搭配!"

女生窃笑,男生叫好、鼓掌。有好几个人就起了身,寻找属于自己的座位,雅间里桌响椅动,好不热闹。麦麦想起了,她高三的同桌是柳子茂。不知来没?正在寻找的时候,就与一双熟悉的眼睛相遇——正是柳子茂。如果不是他正在冲着自己微笑,麦麦几乎认不出来了,他今天西装革履,头发很整齐地三七分开,看上去成熟了许多。麦麦记不起他以前的发型,但记着他爱打篮球,以前总穿一身带着两道白条的深色运动服。

麦麦清楚地记着,在高中那些紧张而单纯的日子里,柳子茂给了她很多帮助。自己一直没有零用钱,他就在买资料的时候,帮她带一份,或者把自己的参考书借她;麦麦着凉了,上课不停地吸鼻子,他就从家里带来感冒药;麦麦因突降大雨,中午放学后回不了家,他就到学校对面的商店去给麦麦买来面包和麻花。

　　印象最深的,是那次学校举行的歌咏比赛。班主任要求统一着装,每个人都必须穿白衬衣、深色短裙和丝袜。麦麦只有件白衬衣,不敢奢望向家里要钱买短裙和丝袜,她也从来没有穿过这两样东西。眼看离比赛的日子越来越近,同学们都兴高采烈地商讨去哪买衣服,麦麦只有埋头做作业。为这事,她早就愁得几天睡不着了。

　　最后,她想到了一个招数:请病假。晚自习的时候,麦麦写了三张请假条,却又一张张撕去。要不是在教室,她肯定要大哭一场。

　　第二天,柳子茂来得比往常早,手里提着一个白色的塑料袋,远远冲着麦麦笑。麦麦以为他提着书什么的,也没在意。坐定后,他碰了一下麦麦的胳膊说:"同桌,我做了错事,要请求你的原谅!"

　　麦麦奇怪地看了他一眼,那张熟悉的脸上,丝毫没有做错事的歉疚,相反却洋溢着神秘的兴奋。

　　"我偷了我妈的丝袜和裙子,可能有点大,凑合着穿吧,后天比赛,我希望我的同桌依旧在我身边。"

　　柳子茂一边说,一边把纸袋塞到麦麦桌斗里。

　　至今,麦麦都不知道柳子茂如何晓得她的难处,猜透了她的心思。

　　高中毕业的时候,同学们都互相留言、送纪念礼物。柳子茂给麦麦送了一个精致的音乐贺卡,上面除了印刷上去的浪漫图案外,没有"前程似锦"之类祝福的话,也没有诉说离情别意的伤心,而是用黑色的笔,一笔一画写了六个字:我心中,你最重。

　　麦麦曾一遍又一遍地看,最后把它压在枕头底下。这六个字伴着她,度过了昏天黑地的高三。只是,高中毕业后大家匆匆忙忙告别,奔向新的前程,后来便风云流散。她只记得柳子茂考上了柳州省电子科技大学,没来得及互留地址。大学生活的新鲜,一天天淹没了这个人和那些事。后来,这张贺卡便没了踪影,就像柳子茂一样。

　　凉菜上齐了,酒也添上了。马尚站起来,举着杯子说:"今天是咱们毕业后第一次聚会,能喝的不能喝的,今天都要共同为我们的青春,为我们的情谊,更为我们美好的未来,干杯!"

杯子"叮叮呼呼"地碰着,气氛热烈,大家情绪激昂。

雅间里的轻音乐,不知什么时候变成了《同桌的你》。

你从前总是很小心,问我借半块橡皮
你也曾无意中说起,喜欢和我在一起……
你总说毕业遥遥无期,转眼就各奔东西
谁遇到多愁善感的你,谁安慰爱哭的你……

深情委婉、如泣如诉的音乐勾起了每个人的记忆,那些奋斗的时光,那些懵懂的情感,再也不会回来了。大家觥筹交错,聊天劝酒,互问工作、婚姻,发出深深浅浅的感慨。

马尚端着酒杯,挨个儿敬了一圈。她今天穿着一条玫红色的紧身连衣裙,性感而端庄,还是原来那个不等式的发型,但将短的那边的头发夹在了耳后,露出一个和裙子同色系的大耳环。整个人看上去摇曳多姿,很有主持人的风范。

她敬完酒后,高声说:"现在咱们活跃一下气氛,为了让这次难得的聚会更有意义、更难忘,大家举手选举,评出咱们班的'最青春女生''最青春男生''最成功同学''最幸福同学'。"

气氛变得更加热烈。大家你指我,我指你,都喊着别人的名字,笑作一团。

少数服从多数,最终达成一致:马尚被大家评为最幸福同学,麦麦被评为最青春同学,柳子茂被评为最成功同学。麦麦这才知道,柳子茂大学毕业后留在东竹市,在一家做电子设备的外企上班。由于专业对口,人又厚道,加之勤奋努力,已经从普通员工晋升为部门经理。

聚会还在热烈进行。大概是酒精的作用,马尚今天展示出了极强的组织能力,让一个小小的聚会高潮迭起,待气氛正浓、大家酒劲正兴的时候,她清了清嗓子,站起来说:"咱们八年没见面了,要抓紧机会,一次聊个够。我建议,大家都忆一忆趣事,晒一晒'情'事,蓄意隐瞒的,视情节轻重,罚酒三到五杯!"

所有人都看着她,不知她葫芦里卖的什么药,如何"亮"大家的情事。

马尚看时机成熟，笑声更朗了："请结婚的同志举手！"

现场一半人举了手。另有一半人的胳膊老老实实平放着。

马尚又说："请恋爱了的同志举手！"

平放胳膊的这一半中，又有几个人举了手。

最后，没有资格举手的，除了另一桌的两位同学，门口这一桌只有柳子茂和麦麦。

两人居然很默契地互相对看了一眼。麦麦有些不好意思，迅速垂下眼帘，柳子茂的眼睛含着笑意，眼神意味深长，似乎有话要从眼睛里蹦出来。

"剩下的，往往是最优秀的！现在流行的，就是强强组合，大家说是不是？"

掌声热烈，淹没了无数个"是"。

柳子茂在掌声中站了起来，说："我一定不负重望，和最青春、最优秀的同桌黄麦麦组合。"

麦麦有些吃惊，又感到些许欣慰。欢呼声中，柳子茂很自然地拉起黄麦麦的一只手，让她也站起来。然后，举起一杯酒，深情地看着麦麦的眼睛说："做我的女朋友吧！"

不等麦麦回答，他仰起脖子，一饮而尽。

掌声雷动，叫好声似汹涌的波涛，此起彼伏。

麦麦端起面前一直就没沾嘴的酒杯，一扬脖子，也一饮而尽。酒杯刚放下，麦麦的眼睛就潮湿了。这是她第一次当着众人的面，豪气地饮酒，连她自己，都对自己的举动感到突然。

聚会到晚上十点才结束。其实麦麦在喝完那一杯酒后，就想走，却感觉提前退席不合适，得给马尚撑撑面子。

柳子茂主动说："同桌，你一人不安全，我送你回家。"

麦麦冲他笑笑，默许了。

两人一推开饭店的玻璃门，一股凉爽的夜风扑面而来。外面虽然没有空调，但一点也不沉闷，反倒比在房间里吹空调舒服。好凉快！柳子茂舒了一口气，对麦麦说："听马尚说，你住得不远，我陪你走回去吧，正好散散步。"

晚饭吃得有点饱，麦麦也正想走一走，便点点头，接上他的话道："正好吹吹风，减减肥。两个人一路走着，离开喧嚷的大场合，反倒有些小拘谨。

彼此的近况,刚才在聚会中都了解了,没啥好问的,话题便转向高中时期美好的回忆。

柳子茂借着还有些酒劲,主动说:"好怀念咱们的高中啊!而最怀念的,只有两个人。"

谁呀?

"一个是班主任郝老师,一个嘛,当然是同桌你啰!"

"怀念郝老师,没得说,我有什么好怀念的?"

"因为郝老师最关心、最赏识你,老在班上念你的作文,所以就怀念你啦!这不敢说是爱屋及乌,但起码也算念屋及乌吧!"

麦麦"扑哧"一下笑出声来。她惊讶于子茂的变化,他的贫嘴,让她感觉随意风趣。

"回忆当年,有没有什么遗憾呀?"子茂见相谈甚欢,便顺着这个话题,继续说下去。

"我最遗憾的,是欠很多同学的明信片。年年元旦和生日,都会收到大家送来的贺卡,有的当面给,有的悄悄放在桌斗里。而我那时候没钱,从来没有能力回赠。我还记得,那次歌咏比赛,你拿你妈的丝袜给我穿,可是我把它撑破了,没害你挨揍吧?"

"才不会呢,我妈根本没怀疑到我头上,找不见了连问也没问。"

"她当然不会想到,是自己的宝贝儿子'偷'了丝袜。"

"哈哈……"

路灯不甘寂寞,调皮地跟踪着这一对俊男靓女,把他们的影子拉得很长、很长。

第二天下班后,麦麦一出门,就看到马尚。她扬了扬手里提着的凉皮、肉夹馍说:"走,到你宿舍吃饭。"

凉皮和肉夹馍下肚,两人收拾了碗筷,泡了两杯茶晾在桌上,脱了鞋,一起坐在床头聊天。

"子茂怎么样,不比你那司丁差吧?"

马尚直奔主题。麦麦也猜到马尚来的意思。说真的,她还真是对柳子茂没啥挑剔的。除了个头不够高外,人品、工作都不错,也对自己有过照顾。

但可能是先入为主吧,麦麦还是想着司丁。

"我怕他知道我和司丁的事。"麦麦终于找到一个借口。

"你是假天真还是真天真?这年头,谈恋爱哪有一次到位的?再说,司丁是吃着碗里的,占着锅里的,而子茂一直对你有意,这些年都没改变。昨天的聚会,就是他策划、他买单的。我答应帮他,也是在帮你。你和他一起,绝对不会比司丁差。"

麦麦心想,柳子茂还真是有这个心力。不过,马尚说得有道理,这样也好,可以让司丁吃吃醋,惩罚惩罚他。

马尚见麦麦没吭声,知道她还拿不定主意,继续劝道:

"以前,生米煮成熟饭,女的就是煮饭者的人了,现在谁还这么傻,就是把生米煮成爆米花都不管用了!没听有句名言说:纯,属虚构;乱,是佳人。男的家里红旗不倒,外面彩旗飘飘。女人嘛,也不能吃亏,情人和老公,一个都不能少……"

麦麦瞪着马尚,眼里闪烁着陌生、惊讶的光芒。看来,眼前的这个闺蜜,也有自己不知道的、秘密的一面。

马尚很快意识到什么,扬起胳膊在麦麦肩上推一把:"没听过吧?只有我对你说大实话。不过……"她停顿了一下,接着说:"我家武树还没有飘彩旗的那个胆,每天晚上都热火着呢!"

柳子茂开始出现在麦麦的生活中。每天晚上打电话问候、谈天,每周末从东竹市回来看麦麦。渐渐地,打电话和接电话的人,都已经习惯了。哪天没打或没接,就感觉缺点什么,晚上躺在床上,有一种空落落的感觉,失重一般。

而司丁,也许是在照顾流产的老婆,也许是打不通自己的电话,也许是工作忙,没有任何消息,仿佛从这个世界消失了。一想起他,麦麦的心里还是一次又一次的潮涨潮落。

又是一个周末,天还大亮着,柳子茂就回来了,提着一大包麦麦爱吃的零食,敲开了她的宿舍。一进门就紧紧地拥住麦麦,麦麦轻轻推开了他,她的身体,至今还抵御着子茂。也许是司丁在她身上的印迹太重了。她越这样,柳子茂越不放心,不踏实。他明白两个人不在一个地方,谈恋爱没优势。

"麦儿,我这人你了解,我的心你更清楚,我很珍惜你,可我真是没有很多的时间陪你,所以有些急,对不起。不过,结婚以后我就想办法,把你调到东竹去,咱俩就可以天天在一起。"他将自己的脸贴在麦麦的脸上,深情地说。

柳子茂提到的调动工作的事,麦麦根本就没敢奢想。她不相信自己会有那么好的运气,但她为他的这种想法所感动。他没提过生孩子的事,他也没有司丁那些离婚再结婚、前妻和孩子安置之类复杂的事,自己不用承受第三者插足的舆论谴责,也不会出现姐妹同跟一个男人的"丑闻",父母那边,也好交待。

他,也许才真是上帝留给自己的结婚对象?

那一刻,麦麦忽然意识到,原来离开司丁,也还能活下去。

原来爱情,只是关于遇见谁。

子茂替麦麦削了一个苹果,又细心地切成小瓣儿,用牙签扎住,送到麦麦嘴边。

"麦儿,知道我喜欢你什么吗?"

"什么呀?"麦麦淡淡问了一句,她忽然想起,她和司丁也说过这样的话题。

"喜欢你矜持、端庄的气质,文静、内敛的性格。"

子茂说着,嘴唇凑进麦麦,装出一副可怜相:

"我也要吃苹果!"

麦麦递过去,他却绕开苹果,用嘴唇吸住了麦麦的嘴,狠狠咂着,然后滑向了脖子,又继续向下,一寸寸向下,终于滑向乳房。

子茂喘着粗气,潮湿柔软的嘴唇贪婪地爱抚着麦麦的乳房,在他的舌尖触碰到麦麦乳头的那一刻,一阵触电般的痉挛瞬间穿透她的全身,她不由地呻吟了一声,慢慢地闭上了眼睛。

子茂的舌头更疯狂了,又舔又吻又吸,麦麦雪白的一只乳房,被他吸吮的渗出了红色的斑点,乳头更像一颗刚淋过雨的桃尖。他双目放光,喜不自禁,又猛地扑向另一只。

缠绵到很晚,子茂才恋恋不舍地离开。临走时说:"我跟爸妈已经说好了,明天去我家吃饭吧。我来接你,跟爸妈见见面,咱俩的事就妥了。"

就在我妈上课的时候,柳家失去了平静。在鱼香和菜肴味尚未散尽的客厅,柳父也在给子茂上课。

这一课,差点拆散了一对情侣。

16

　　天气预报很准,说有雨,第二天就下雨了,幸好气温没有明显降低。麦麦依旧穿上裙装,只不过选择了纯色的套装款式,简约、优雅,配上黑色的粗跟凉鞋,把披肩长发拢到耳后,用一只蝴蝶夹子夹住。这身打扮表面上含蓄内敛,实则充分张扬着活力,看上去特显气质,是老年人欣赏的风格。

　　刚收拾停当,子茂就来了。他收了滴水的伞,放在门外,就站在门口看着麦麦,从上到下打量一番,满意而又自豪地说:"这就是我媳妇的样子!"然后,他把带来的早点一样样放在桌上,有豆腐脑,有油条,有煮鸡蛋,还配了几个小菜。两个人吃过后就下了楼。

　　外面雨不大不小,他们共撑着一把伞,说说笑笑地向外走。子茂一手举伞,一手搭在麦麦的腰上。麦麦挎着小坤包,在伞下花枝招展。出了大门,就是人来人往的街道。他们只需步行20分钟,就可到子茂的家。麦麦想,第一次去子茂家,空着手不礼貌,便下意识地向大街上张望,心里琢磨着买什么礼物带去。

　　正想着,忽然看见大门口站着一个熟悉的身影,她一愣,再定睛看去,那身影飞快向旁边一闪,被大门外侧的墙挡住了。麦麦忽然意识到,是司丁。她心跳加速,步子也加快了,紧赶几步之后索性撇开子茂,小跑到大门口一看,只有几个小摊小贩摆开的摊位,没有熟悉的人影。

　　她愣在门口,心想难道是自己的幻觉?

　　子茂举着伞追过来。"怎么了?"他疑惑地看看她,又看看大街。

　　"没什么,认错人了。"麦麦淡淡地说。

　　走在路上,那个匆匆消失的身影,一直在麦麦的脑子里晃动。这会平静下来后,她确认是司丁。她后悔当时没看看周围停的车,也许,司丁跑开后上了车,她当然看不到了。想到这,麦麦又打了一个寒噤,如果是这样,那他刚才一直在注视着自己,也许,此刻还在注视着。

一想到远处有一双眼睛在偷窥自己,麦麦一下子不自在起来,她仔细看了看身后和街道两边的车辆,并没有那辆熟悉的白马王子。但她和子茂爹妈见面的心情还是受到了影响。

子茂敏感地捕捉到了麦麦的变化。但没再多问,两人沉默地走了一段,路过一家超市,子茂让麦麦在门口的座椅上等着,他进去买了几样礼品。

子茂家住三楼,两室两厅,麦麦也不知道多大面积,第一眼的感觉是既不空旷也不拥挤,刚刚好的密度。柳妈微胖,柳父清瘦,看样子均不到六十岁。柳父正在收拾餐桌上的杂物,柳妈闻声从厨房里奔出来,拉开鞋柜取出一双崭新的拖鞋,乐呵呵地招呼麦麦。换上舒适的家居鞋,麦麦立刻有了一种家的感觉。

子茂领着她在家里参观。麦麦感觉屋子里收拾得朴素、简洁,疏朗有致。家具都是整齐的米黄色,沙发罩、窗帘、餐桌布也是同色系。鱼缸、落地灯、凤尾竹,包括墙上的风景画,所有物件都放在最合理的位置上,释放着和谐、温馨的气息,让人的身心像熨斗抚过一样舒展。

麦麦一路上的不安和忐忑,像乱纷纷的雪,遇见这一屋暖暖的空气,立即融化了。

柳父全名叫柳思盛,是民政局扶贫办的科长,再过一两年就要退休了。这都是子茂以前告诉麦麦的。子茂在路上又告诉她,柳妈是早年随柳爸迁到县城的,一直没找工作,在家里当家庭主妇。柳妈喜欢跟着电视节目学烹饪,做得一手好饭菜,但就是话少。麦麦看着柳妈,心想,她的爱意全都写在脸上,握在那双巧手里了。

她不知道子茂是怎样向父母介绍自己的。看到老两口眼里满腾腾的欢喜,麦麦心里松了一口气。

鱼和鸡早就炖好了,这是麦麦刚进门时就闻到的。目前只剩下两个炒菜,柳妈坚决不让麦麦当帮手。麦麦只好和柳家父子坐在餐桌上,边吃边聊。柳思盛话很多,先是询问麦麦在哪儿上大学,学什么专业,后来又对麦麦的家庭情况很感兴趣,仔细问她父母多大年龄,从事什么工作等等,麦麦一一做着回答。柳思盛似乎很满意,但忽然话题一转,又问道:"你是独生女吗?"当听到麦麦还有个哥哥时,柳思盛夹菜的筷子在空中顿了顿,目光掠过子茂,朝厨房喊到:"菜太咸了,少放盐!"然后就闭了口,再不说话了。

柳妈炒完菜后回到餐桌,不停地给麦麦夹菜,问麦麦味道怎么样,劝麦麦多吃点。

吃完饭,麦麦借口回函授学校上课,要告辞。这是子茂没有预料到的,便急急跟了出来,发现麦麦真的要去党校听讲,准备毕业论文,才没再坚持。

就在麦麦上课的时候,柳家失去了平静。在还残留着鱼香味的客厅里,柳思盛也在给子茂上课。他不同意这桩看似完美的婚事,理由不是两地分居,而是麦麦不是独生子女。

"咱们家两代单传,国家今年马上就出台好政策,双方都是独生子女的,允许生二胎。盼星星盼月亮,到了你这一辈,盼来了好政策,就要搭上这个顺风车么!生两个娃,睡觉都踏实,我死也瞑目。"

"爸,你想得太远了吧,我们还没结婚,你都想到生娃上去了。"

"当然啦,这是现实啊!你们都不小了,结婚就要生娃,可千万不能断了柳家的根。"

"你就一门心思想着生娃、生娃,都不为我想想,娶个不喜欢的女人,哪有兴趣生孩子?"

"儿子,以你的条件,另选个好模样、好工作的独生女,并不难呀,为啥要在一棵树上吊死?"

"爸,不是你说得那么简单。啥事都要讲个缘份,讲个情感,我和麦麦高中就是同桌,我了解她,她各个方面也不错,这不很好吗?"

"不好!"柳思盛抬起头,盯着儿子,重重地吐出这两个字。此刻,他额上的青筋突起,从开始的循循善诱,到勃然大怒:"我说不行就不行,还全由了你咧!"

柳妈正在厨房洗锅涮碗,收拾饱腹后的残局。听见外面老头子愤怒的声音,快步奔出来:"哟,这是咋啦? 刚才还好好的,又生哪门子的气?"

"这没你的事,洗你的碗去。"

柳妈甩着手上的水珠子,边解围裙绳子边说:"碗洗完了,这会儿要洗洗你的火气了。"

"你光知道瞎嚷嚷,知不知道咱柳家就要后继乏人了!"

"人不是才来过吗? 我看娃啥都顺眼。你这张乌鸦嘴,不是在咒自己么?"

"我盼咱后代旺实些,你看子茂这娃犟不犟,放着阳关大道不走,偏要走窄胡同!"

"你就知道瞎咋呼,啥事还不是要商量着办,吵吵闹闹的,有啥用?"

"就是,就是,爸,你不要一棍子打死,这是大事,咱再商量商量,我也再考虑考虑。"一旁的子茂赶紧附和。

柳思盛不接话,从茶几上取出一包烟,点燃一根,占住了嘴巴。一屋爆炸了的空气渐渐湿润,气氛缓和下来。

缓缓地吐出一口烟圈,柳思盛换了一种平静的语气,语重心长地说:"我和你妈都是老好人,哪个独生女娃嫁到咱家,就是掉进福窖咧。只管生娃,只管上班,以后四个老人,都抢着哄孙子,我们家的积蓄也不薄。不用你媳妇操一丁点的心!"

子茂不再反驳,也不再坚持己见,只是沉默。

短兵相接的交锋,都说服不了对方。

父亲强烈地反对,是子茂没有预料到的。他知道父亲重男轻女,但没料到在自己选对象上,衡量的标准是必须能生两个孩子。老实说,这个问题,麦麦没想过,就是连自己,都没有这个想法。但他清醒地意识到,不管怎么样,得先结婚,生孩子就是后事了,而且生男生女都是天意,干嘛让这个问题成为幸福路上的拦路虎呢?

子茂理出头绪,坚定了方向,一下子眉头顿开。可是,看到爸坚决的样子,心想硬碰硬也不行,得想想法子,曲线救国。子茂想到了找人通融,可是,找谁呢?

他开始在父亲的朋友圈子里搜寻。退休的马叔叔一下子闪现在他的脑海。马叔叔就是马尚的父亲,只要他出马,哪怕不说话都成。只须马尚带上他父亲去说,就行。马尚口才好,脑子反应快,人也热心,最重要的是马叔叔和爸是一个战壕扛过枪的战友,关系一直很铁,爸不看僧面,总得看佛面吧。

事情果然就成了。父女俩坐在柳家的客厅里,你一句我一句,解开了柳父的心结。马尚说:"可以查B超,男孩女孩一清二楚,你们可以选择。若生下女孩,我还有麦麦自己,都可以托关系,搞个一胎残疾鉴定,还可以申请生二胎。我在县医院工作,麦麦在计生局工作,肯定有熟人、有门路,保证你抱上孙子。"

柳思盛一想,也是,怎么就忘记了这个未来的儿媳是在管计划生育的单位咧!脸色刚缓和下来,继而又想:到时候真得能办成么?他点了一根烟叼在嘴里,没有说话。

马尚的父亲趁机劝道:"老兄,你一辈子都是把事往坏处想,这事儿,可得往好处想,这就叫盼头!子茂肯定比你福大,好好给娃把事办了,生儿生女的事,是天意,天意不成了咱还有人为的路子,你就把心放到肚子里。"

一旁端茶递水忙活着的柳妈一听,连连说:"就是,就是,子茂不小了,婚都没结,到哪去抱孙子?"

柳思盛用拇指和食指一夹,取出嘴里的烟头,狠狠地摁灭在烟灰缸,从满嘴的烟味里迸出一句话:"那就看个喜日子!"

马尚在给子茂报告这个结果的时候,唏嘘不已:"你爸真是老封建呀,要是放在你家,只结婚不生娃,还不被你爸骂死!可我爸却不着急,别人问他,他也轻描淡写地说,年轻人玩上几年,总是要生的。我虽然不认可,也不反驳这个说辞,但还是很佩服老爸的开通。这一比较,更感谢老爸对我和武树的理解,还有尊重。"

"主要是我爸妈在生孩子这事上,受过伤。"

"是么?没听老爸说起过。"

"你也不想想,咱们这帮同学几乎都有兄弟或者姐妹,我为何独着?"

137

"哎？你不说，还真没想过。"

"我妈年轻时不生，三十好几了才怀了我。等我两三岁时，有了精力，想再生，却恰好赶上'只生一个好'的政策。我爸是党员，得带头，只能怪运气不好。"

"谁说不好？你这么优秀，一个能顶几个。"

"哈，给优秀的人帮忙的人，才最优秀呢！我和麦麦的事，你功不可没！婚宴时，你可是全场最当之无愧的贵宾！"

"有情人终成眷属，我也高兴！喝喜酒别忘了我就行。"

　　柳家通过了。当子茂夸张地给麦麦汇报这个喜讯时，她却没有感到松了一口气的畅快。子茂这边的阻碍没了，她不知道自己的家怎么对待这件事。

　　刚巧，母亲要过生日了，这刚好是一个机会。无论如何都得回家，时间拖得越长，越后患无穷。自从父母寄来"毒蛇"信，麦麦一想起回家，就头皮发麻，但还得硬着头皮，隔一月半月回家一次。子茂陪她到超市采购了一大堆礼品，还买了一只母亲最爱吃的烤鸭，借了朋友一辆车，送她回家。

　　离家越近，麦麦越胆怯，一路都不说话。快到门口时，子茂将车停了下来，仔细看了看麦麦的脸，有些担心地说：

"要不，我陪你一起进去吧？"

"还不知是什么情况，你就别添乱了。"

　　一进院子，一股熟悉的僵滞、压抑的气息就裹挟了麦麦，使她不由地重回昔日的紧张状态。门紧闭着，麦麦摇着门环，喊着爸妈，却无人应声。邻家大嫂听见声音，走了出来，惊奇地说："咦？刚还看见你妈在院子呢，没见她出门么。"

　　麦麦明白了，母亲故意让自己吃闭门羹。她焦急地在门口走来走去，足足有半个小时，家门始终紧紧闭着。麦麦咬了咬嘴唇，将装着食物的袋子轻轻放在门口的石墩上，向大路走去。

"吱呀"一声,门在身后开了。回头一看,母亲正阴沉沉地盯着自己。她忙怯生生地叫了声:妈!

母亲没吭声,将开了半扇的门全部敞开。麦麦赶紧就向里走。

"你还知道回来啊? 把你养这么大,为啥? 就是图老了能指望上,你翅膀硬了,还想越飞越远?"

"不是的,你想多了,不管在哪,我都是你的娃,咋能不回来看你?"

"你大了,我也管不上了,反正你要嫁人,就在我提的这几个里挑,要不,抬头不见低头见的,我咋给人家媒人回话?"

麦麦知道,无非是那几个母亲经常念叨的村委书记的儿子和那个山区教师。她以前不敢反对,但今天得摊牌了。

"妈,我,我……找到对象了。"

"啥,你竟然自己找了? 找了也白找,我这一关通不过!"

"我们是高中同学,都互相了解,只要您觉得可以,我们就结婚。"

"啥? 八字还没见一撇呢,就说到结婚上了? 行么,你爱跟谁就跟谁,由你! 但有一点,得先把养育费给我。"

"啥……养育费?"

"给你吃给你喝,供你上高中、上大学,容易么?"

"是不容易,我一直记着呢。"

"刨去你上班3年,我养你整整23年,一年一万,叫他拿23万来。"

23万! 麦麦怔住了,不再吭声。那条冰冷的毒蛇,忽地又出现了,一下子窜进心里,瘆得她浑身起了一层鸡皮疙瘩。

见到子茂的时候,麦麦已经很平静了。在他焦急的眼神中,麦麦淡淡地说:"我值23万,你买不?"

子茂认真地看着麦麦的眼睛,小心翼翼地说:"开玩笑吧?"

"没有,否则,我这一辈子恐怕都嫁不出去了。"

"有这么严重?"

麦麦点点头,眼圈终于红了。

"真是这样的话,那用23万换来你一辈子的幸福,值呀!"

麦麦忍着的眼泪瞬间决堤,她一下子扑到子茂怀里,索性放声痛哭。

这几天,子茂和麦麦都有些憔悴。23万元的天文数字,不知怎么凑够。子茂没有告诉柳父,麦麦也没有告诉马尚。

"还是再回去一趟吧,我去跟老人说说,兴许,她能想通呢。"子茂说。

麦麦点点头。因为她不确定,母亲关于钱的要挟,是生她自由恋爱的气,还是真的想要钱。

只好试试了。

第二天是周六,麦麦一大早就去营业厅,取回自己上班后积攒的3万元。营业厅刚刚开门,空荡荡的。麦麦扫了一眼玻璃窗口,没有那个熟悉的毛寸头,全都清一色挽着发髻。看来子康今天没有上班,麦麦径直走向没有顾客的那个窗口,取了钱,小心翼翼地装进包里。子茂叫了辆出租在外面等着,两人带着凑齐的13万元,踏上了追寻幸福之路。

子茂穿了件深蓝色的茄克,里面配了件奶白色的T恤,下身穿了一条牛仔裤、咖啡色的休闲皮鞋,看上去休闲轻松,然而他的心却绷得紧紧的。想象着见到未来的丈母娘,第一句话应该怎么说,她会怎么问,自己要如何回答。他准备了无数个问题,也对应了无数个答案,像一个要参加面试的考生。

麦麦也没有把握,她从前的生活,充满了无尽的猜测。小时候,她不知道洗净的棉布被面,在晾晒时要把反面向着太阳,否则要被晒得褪色。可母亲从不告诉她,只是用眼睛狠狠地瞪着,或者朝父亲努努嘴,做个示意。父亲才会走过来,让她把被面反过来晒。

母亲想让麦麦干什么活儿时,从来不说,只把活儿摆出来,放在显眼位置,由麦麦去猜。麦麦若疏忽了,没有干,就会见不到母亲的好脸色,不安、揣摩好一阵子,才明白原委。

想起这些,麦麦不寒而栗。现在,连子茂也要带进去,忍不住悲从心来。她对此行,几乎不抱希望。

半小时后,出租车开到了一条水泥路面的街口。麦麦叫司机停下,两人提前下车,步行一百来米,走到飞檐琉瓦的门楼前。暗红色的大铁门半开着,白如菊正提着一个浅绿色的喷壶,给花花草草浇水。

"妈,我回来了。"

麦麦站在门口,叫了一声。白如菊手中的喷壶陡然停住,却没有回头,继续浇她的花,清凉的水丝像赌气似的直泻而出,绵绵不休。麦麦轻轻碰了碰子茂,两人径直走到白如菊跟前。白如菊抬了头,目光飞快地扫了一眼麦麦,就转移到子茂身上。

"妈,这是上次我跟你说过的,柳子茂。"

子茂赶紧朗声叫了一声:"姨!"

白如菊脸上没有任何表情,只用审视的目光,上下打量着子茂,半天不说一句话。子茂越来越不自在,几乎屏住呼吸,他暗暗挺了挺背,想努力使自己站得更直一些。

黄文翔从屋里走了出来,看到麦麦和子茂,心里明白了几分。麦麦赶紧叫:"爸,这是子茂。"子茂赶紧接话:"伯伯好!"

"别站着,快进来,进来说话!"

黄文翔一边说,一边紧走几步,打开了里屋的门。白如菊放下喷壶,摆了摆手,做了一个进来的手势。麦麦和子茂对看了一眼,心里舒了一口气。

一进门,两人就把带来的羊毛披肩、真丝衬衣、超市预付卡、脑白金等礼物一股脑拿出来,放在客厅的桌子上。

客厅里有一张长沙发,旁边散放着几只木制的小凳子。母亲进门后,坐在沙发上。麦麦搬了一只小凳子,放在子茂身后,提示他坐下。自己去厨房找热水瓶,给母亲和父亲各倒了一杯水,又从随身带的包里掏出自己的细口玻璃杯,添满水,放在子茂面前。

母亲用手捋了捋额头上的头发,然后将双手搭在并拢的腿面上,开口问子茂:

"你是做啥工作的?家住哪?弟兄几个?"

子茂一一做了回答,表情谦卑,一副恭恭敬敬的样子。

"你爸妈知道你今天来这儿的事么?"

"知道,爸妈都同意。"

"和麦麦的关系到了啥程度?"

"如果您同意的话,就准备结婚。"

"嘿,说得容易,八字还没见一撇呢,拿啥结!"

"今天拜见您,就是来征求您意见的。上次您说的事儿,我也准备好了。"

子茂一边说,一边赶紧拿过脚边的手提包,"哧啦"一声拉开拉链,从里面掏出13捆百元面值的钞票,一沓一沓分别放在桌上,不大的桌面几乎被占满了。粉红的色彩,将刷了枣红色油漆的桌面堆得活色生香。母亲不再看子茂,仔细盯着桌上红红的钱捆,麦麦和子茂紧张地盯着她。

漫长的几秒钟后,母亲撇撇嘴说:

"我不是想要你家的钱,我得为我女子今后考虑,怕她吃苦受穷。"

"姨说得对,我也是这么想的。"

"给这么点彩礼,咋给麦麦备嫁妆?亲戚朋友面前多没面子。"

"我们准备结婚,需要很多费用,手头有些紧,先拿13万元,你这边啥也不用准备。"

"准备不准备是我们家的事,我问你,缺口咋办?"

"我先打欠条。"

"打多少?"

"按您说的,还有10万元。"

子茂说着,从衬衣口袋里掏出早已准备好的欠条,毕恭毕敬地递上。母亲接过,很仔细地看了看,起身走向里间的卧室,然后向黄文翔使了个眼色。父亲对麦麦和子茂说:"你俩先看电视,喝点水。"说完便跟了进去。

大约十几分钟后,两人一前一后走了出来。母亲说:"欠条是虚的,礼钱该是实实在在的吧?拿结婚那天收到的礼钱来换欠条。"

子茂愣了一下,他一边寻思着这句话,一边想:"礼钱哪有这么多呀。"

"你看,我养了二十多年的娃,上了大学,有了好单位,一辈子都有钱挣了,却成了你家的人,还有啥犹豫的!"

"没问题,姨放心,就按您说的办。"

子茂冲着麦麦挤了挤眼,铿锵有力地回答,就差拍胸脯了。

出了门,两人的心情比来时轻松多了。尽管马上可以打个电话,叫送他们的出租司机来接,但子茂没打,麦麦也没有提醒。两人默默地在路上走着,让内心的幸福延长一些。子茂伸过胳膊,拉住麦麦的手,紧紧握着。麦麦心里想着:看来,身边的这个人,就是自己的归属了。嫁他,也许是最好的选择吧。

母亲张口要的养育费,说白了也就是高得离谱的彩礼钱,子茂没有计较,也没有挑明。为了爱情,他毫不吝啬地透支这笔钱,无怨无悔。麦麦将手在他的掌心里摊开,贪婪地感受着他手心里的温度。

她想起了高中毕业时,子茂给自己写下的那六个字:我心中,你最重。

柳思盛想举行一个订婚仪式,一是和亲家见见面,商定一下婚期,再就彩礼钱和婚礼的细节沟通沟通。虽然两家离得不远,但十里乡俗不同,得请一个媒人,和女方家沟通。他决定请马尚的父亲做男方媒人,上门沟通。

黄母回话说:"女子嫁给柳家,活就是柳家的人,死也是柳家的鬼,我们就不用去了,随你家操办。别忘了把欠的彩礼钱补上。"

马叔叔传来回话时,柳思盛脸色不悦,问道:"什么叫欠的彩礼钱?我柳家可从没欠过人的钱!我就这一个儿子,还娶不起媳妇不成?"

子茂忙打圆场说:"是我给麦麦许的买钻戒和衣服的钱,明天就领麦麦去商场。"

"兔崽子,也不吱一声,自作主张!"

子茂故作夸张地吐了吐舌头,接着说:"爸,我上班忙,也离得远,咱删繁就简,我看就不用举行订婚仪式了,直接看结婚的日子。"

柳思盛点点头,说:"那咱就连订带娶,我找人算算,看个好日子。"

这个好日子定在了元旦,还有将近三个月的准备时间。

柳思盛在民政局家属楼有一套房子,早就准备给儿子结婚用。这几年,子茂一直在东竹市,也不知道会不会回县城找对象,房子没敢出租,就一直空着。

柳家开始忙碌了,轰轰烈烈地装修新房、订酒店、找婚车,商量通知亲友的名单;麦麦和子茂则忙着拍婚纱照、选钻戒、买服装。结婚前的一切准备工作,都在既定的轨道上进行着。

有人说,是炮声。
有人说,不对,炮声没有那么清脆,是枪声。
有人说,是情杀。
有人说,准是哪个喝多了的,耍酒疯呢。
我妈打了一个冷颤。她隐隐预感到,这声音和自己有关。

17

拍婚纱照的那天,一直缠绵的风雨,忽然在夜里匿迹。阳光穿过清透的空气,照耀在人身上,带着一种暖洋洋的适意。麦麦和子茂就在这种适意中,来到文化大楼旁边那家预定好的影楼。因为之前已经选定了婚纱、礼服和化妆的造型,所以一进门化妆师就上手,先化妆后盘头,折腾了近两个小时。最后,她在麦麦挽起的发髻上插了一朵兰花,然后像欣赏艺术品一样,连连说:"你是我最得意的作品!站起来瞧瞧自己吧。"

镜子里,身材高挑、皮肤白皙的她披上婚纱后,宛如一只亭亭玉立的高冠天鹅,纯洁和高贵融于一身。一张粉黛盈盈的瓜子脸上,美目灼灼。麦麦发现穿上婚纱的自己,像站在舞台的聚光灯下,心里似乎响起了音乐、掌声。她前后左右对着镜子看了一遍,然后挺胸收腹,微笑,两眼平视前方,迈着优雅的步子走动,有一种走在红地毯上的感觉。她想起了白居易的一句诗:回眸一笑百媚生。

麦麦穿着一件露肩的婚纱,戴着白纱手套,朱唇微启,款款从化妆室走了出来。子茂瞪大了眼睛,半张着嘴巴,感觉眼前这个美若天仙的女子似曾相识,又美得令人难以置信。麦麦看着眼睛发直的子茂,莞尔一笑。

旁边的女服务生轻轻地"啊"了一声,紧接着说:"好漂亮,都认不出来了!"

子茂这才反应过来,不好意思地笑了笑,快步迎上去,颇为绅士地单膝跪地,深情地看着麦麦说:"美丽的娘子,我爱你,嫁给我吧!"

现场的人都被逗笑了。麦麦的眼眶,忽然就湿了。子茂起身,骄傲地挽起麦麦的胳膊,向摄影间走去。当天还有几对来拍照和咨询的准新人,都羡慕地看着麦麦的背影。

可惜,穿上细高跟的婚鞋后,身边的子茂显得略矮了些,仅仅比自己高出一两公分,要是此刻站在身边的是司丁,会不会更完美一些?

不过,听说二婚的男人,都只摆个婚宴请请客,新娘无论结没结过婚,都不穿婚纱。那不亏死了？这样一想,麦麦又释然了。她摇了摇头,不再臆想,专心配合着摄影师。中午先在室内拍,吃了简餐之后,又坐上影楼的专用车去郊外拍外景。一会儿是在草地上,一会儿在河边,一会儿在桥头,摆出各种各样的姿势。等拍完婚纱照,麦麦感觉脸上的笑肌都僵硬了。

两人重新换回自己的衣服,走出影楼。子茂爱怜地摸了摸麦麦的脸,说:"折腾了大半天,累了吧？晚上犒劳犒劳你,想吃什么？"麦麦说:"简单吃点就行,我回去还要准备一些资料,领导明天开会要用。"

正说着,身后传来一阵汽车喇叭声,他俩下意识地向路边让了让,想等这辆车过去后,再继续向前走。喇叭声却并没有停止,"嘀嘀——嘀嘀——"的声音反而更加急促而高扬,司机像在跟谁赌气,用喇叭做武器。

麦麦回头,不由倒吸一口凉气,身后跟着的,竟是熟悉的白马王子车。再一看,开车的人,正是司丁。他端端正正地坐在驾驶坐上,背挺得比任何时候都直。车速很慢,大概有20码,不知从什么时候就跟在了他们身后。

麦麦扫了司丁一眼,便不敢再回头,加快了脚步。

"嘀——嘀——嘀——"司丁一连按了三四下长喇叭。

子茂扭头朝车内看,回过头又盯着麦麦的眼睛,问:"这人你认识？"

"好像见过,不熟。甭理他,咱走咱的。"麦麦躲着子茂的眼睛。

"不熟？不熟他咋敢这样？"

"现在开私家车的人,都很霸道,也许是开玩笑吧。"

"这像开玩笑吗,这人到底是谁？"

"一个朋友,不,朋友的朋友。"

"是不是？"

"我想起来了,在马尚那见过。"

情急之下,麦麦抬出马尚。

子茂不再问了,拉着麦麦的手穿过马路,挡了一辆出租,这才逃离了耳后的喇叭声。一路上,他默不作声。麦麦配合着他的沉默,也没主动说话。还好,从两人一起吃饭到晚上分手,子茂都没再追问,只是看上去有些蔫。

十月下旬的天气,秋凉如水,然而这天傍晚,却莫名的燥热,憋闷的空气,让人呆不到屋里。晚饭后,家属楼下三三两两的人聚在院子的石凳边,摇着蒲扇聊天,有的在健身器材上伸腰抡胳膊。除了气温莫名偏高,一切都平平常常。

　　子茂和麦麦在新房里忙碌着，收拾垃圾、清洗地面，等待约好的窗帘工人。因为还没装空调，房间很闷，子茂脱了外套，穿着背心，帮窗帘工人一起安装，确认位置和高度。

　　新房虽然不新了，但户型很好，南北通透，除过厨房临着北面的街道，有些嘈杂外，主卧和客厅的窗户都面朝民政局院内。夜色渐浓，几个人忙活的身影，在院子乘凉人的眼里就像一部哑剧，窗帘装上后，哑剧又成了剪影。

　　等忙完，已经10点了。送走工人，麦麦给子茂递了一条湿毛巾，让他擦擦汗，然后倒了两杯水放在茶几上。两人在沙发上坐下休息。

　　楼下的人陆陆续续回屋了，没有了说话声。屋里很静，两人看着宽敞明亮的新居，心里也亮堂堂的。刚刚安装的窗帘是麦麦选的图案和颜色，布纹是米黄色的，上面缀满了浅紫色的树叶，树叶的脉茎上带着细密的银线，在灯光下波光鳞鳞。整个窗帘垂在那儿，仿佛就是一幅风景画。

　　麦麦将头靠在子茂肩上，闭上眼睛，心想，以后这就是自己的家了，遮风挡雨的生活、柴米油盐的日子，就要开始了。

　　子茂顺势把麦麦的头揽在怀里，轻轻抚摸着她的秀发。他的胸膛像是安稳的港湾，麦麦一靠上去睡意就袭来了。一缕风吹来，窗帘上如画的树叶随风飘舞，律动着森林的诗意。

　　就让时光停在此刻吧。

　　忽然，窗外传来"砰、砰"两声闷响，声音短促、有力，一下子打破了夜的宁静，粉碎了一切的慵懒和暧昧。

　　麦麦和子茂同时从沙发上弹了起来。子茂立即向窗边奔去，麦麦迅速灭了灯，也奔向窗边。

　　停放在院内的车辆受了声音的惊吓和刺激，集体发出令人惊悚的警报声，一声紧似一声，刺激着耳膜，揪着人的心。

　　天空也仿佛听到了响声，浑身痉挛了一下，睁开睡眼，疑惑地注视着人间的变故。月亮和星星，赶紧躲到云层里去了。昏黄的路灯下，大院里除了几排停放的车辆，并没有人影。

　　此刻，楼上楼下一片漆黑，原先亮着灯的窗口，都变成了一个黑洞。然而，家家户户的窗帘，都掀起了一条缝，无数双睡意朦胧的眼睛，在向外好奇地窥探，那些目光在黑夜里，亮晶晶地闪着。

有人说，是炮声。

有人说，不对，炮声没有那么沉闷有力，是枪声。

有人说，公安局在抓人呢。

有人说，不对，抓人怎么抓到咱院子了，准是哪个喝多了的，耍酒疯呢。

有人说，不对，肯定是情杀。

子茂放下窗帘，转身小声对麦麦说："好像是枪声，我见过人家练习打靶，就是这种声音。"

漆黑中，麦麦看不清子茂的表情，却忽然打了一个冷颤，一股凉气从头渗透到脚跟。枪？枪声？她惊讶地自语着，隐隐预感到，如果真是枪声，也许和自己有关。

此刻，不知隐在窗帘后的哪一家、哪一个人拨打了电话。夜色和墙壁，隐匿了说话的声音。

第二天一大早，《东竹晨报》的一名记者已经赶到了湄水县，径直来到民政局家属院采访。县公安局三名干警在连夜开完紧急会议后，一大清早也找到家属院居民了解情况。市民政局的领导也很快听到了这个消息，亲自打电话向湄水县民政局长询问事件是否和民政局有关。

湄水县沸腾了，全县人民的目光都盯着民政局的家属院。群众茶余饭后的话题，也是民政局院内的神秘枪声，并且越传越神奇，什么黑社会呀，情杀呀，报仇呀，连情节都活灵活现，充满了魅惑。

家属楼里每家住户分别被叫去了解情况，子茂也去了。麦麦先去单位上班，人在单位，心却仿佛被枪声打碎了魂，心不在焉。不知道子茂会对警察怎么说，反正他肯定不会想到，那个枪声是专门冲着自己的新房。

看看单位没什么重要的事，麦麦给小陈打了声招呼，干脆来到新房里。打开门，子茂正在擦昨晚窗帘工人踩的脚印子，看到麦麦来了很高兴，故意调皮地说："欢迎老婆大人在百忙之中莅临视察！"

麦麦勉强笑了一下，换了鞋后径直将自己陷进沙发里，看着辛苦了一个多月，一点一点旧貌焕新颜的房子，忽然有些伤感，不再这儿走走那儿看看，也不再指手画脚地拉着子茂说哪放电视、哪放书柜、哪放绿植。

她想问子茂枪声的事,但看着他干劲十足,一刻也不停手中的活,心思全在房子上,对全县人民都疑惑不解的枪声并不关心,就闭了嘴。

子茂半天没听见麦麦叽叽喳喳的声音,终于将目光转移到她脸上,发现她情绪不佳,停下手中的活,关切地问:

"累了吗?"

麦麦看了他一眼,点点头。

"先忍一忍,既然已经来了,就给老公当当帮手。这会得把婚纱照装到卧室的墙上去,后天我就要回东竹,又得等一周,恨不得现在就把所有的活儿都干完。"

他从阳台搬来铝合金折叠梯,撑开后爬上去,用铅笔在墙上描位置。让麦麦帮着看。麦麦只好站起来,左瞧瞧右瞧瞧,看位置端正不端正,敲定后再帮他把婚纱照递上去。

相框刚刚固定在墙上,突然有人敲门,是两位警察。他们进门后,让两人详细讲述枪响时的情景。子茂还没张口,麦麦就抢着问:"真是枪声吗?我当时以为是放炮呢。我们要结婚了,这几天朋友来新房玩,都在楼下放炮。而且,家属楼这几天还有人搬家,亲朋好友来庆贺也要放炮。"

这是渭水县的民俗,听上去合情合理。但麦麦不敢对视警察的眼睛,她知道,这是经不起核实的。这件事,谁也压不下去。

《东竹晨报》已经在醒目的位置上刊登了这条新闻。今天麦麦上班后,同事们早已知道了这条特大新闻,议论得津津有味。当这份报纸传阅到麦麦手里的时候,她一眼就看到了那个非常吸引眼球的标题:渭水县民政局家属院内响枪声。

那位年轻一些的警察说:"群众都反映,是枪声。你们这几天有没有发现什么异常情况,或者可疑人员?"

麦麦摇摇头,子茂向警察回忆了听到枪声时的情况。另一位年长的警察走到客厅和主卧的窗边向外看了看,临走时特别强调,"要是想起啥情况,及时向我们反映。"

县公安局迫于舆论的压力,在民政局单位和家属楼内反复盘查。看那架势,哪怕挖地三尺,也要找到开枪的人,早日向媒体和群众反馈结果。

麦麦密切关心事件的进展,她的耳朵敏感地捕捉着街头巷尾人们的议论。

有人说,家属院看门的老人供出了当天那个向空中鸣枪的人,描述了他的体貌特征,以及逃走时的路线和准确时间。

有人说,民政局附近十字街头的治安摄像头,忠实地纪录着这个夜晚的一切。东城派出所副所长司丁模糊的身影,恰巧就在枪响后的那个时间,从那个家属院的方向走来。

有人说,司丁醒酒后,知道自己闯了祸,主动找到上司承认错误,表示心甘情愿受处分,以后绝不再犯。

两天后麦麦终于得到准确的消息,东城派出所副所长司丁值班期间擅自离岗,醉酒后还跑到家属区鸣枪,严重违纪,被公安局撤了职,听说还给了行政记大过处分。

事件水落石出,人们似乎不过瘾,还在津津有味地咀嚼着。麦麦回到民政局家属院新房取东西,楼下纳凉的人热火朝天的议论又从窗口飘了进来:

"小子还算有运气,连发两枪,都没伤着人。"

"他完蛋了,这辈子再别想风光。即使保留着公职,也会被调到偏僻的小所里去,干个闲差。堂堂所长,喝酒后随随便便打枪,哪个领导还敢用他,让他带枪?"

麦麦心里充满了愧疚,这愧疚越来越浓稠,像一场升腾不了的雾,萦绕心头,久久不散,搅得她吃不好睡不好,心绪不宁。订婚纱、选敬酒服时都心不在焉,完全没有准新娘的兴奋和光彩。

还好,子茂和准公公柳思盛忙得不亦乐乎,顾不上理睬这些街头巷尾热议的新闻话题。

民政局家属院内响枪声的新闻越来越远,麦麦的婚期却越来越近。这几天,她心里的一个想法越来越强烈:和司丁约见一次。她还没有向司丁正式宣布分手,就斩断了恋情。在司丁看来,一定是自己变了心,背叛了他。

结婚前,她得告诉他真相。她得把心里这个包袱踢出去,踢到司丁心里去。

她不确定,司丁会不会来,见面后会发生什么。但有一点她可以认定,司丁是在乎她的,要不然也不会跟踪到自己的新房,冲动地射出愤怒的子弹,惹火烧身。

我妈不知道,上天绝不会偏袒每一个人,它对冲动的惩罚,不仅仅止于司丁,而是已经转向了她。那一枪,击碎了她的幸福。尽管,她离新娘只有一步之遥。

18

在又一夜的思想斗争之后,麦麦终于拨了那串久违的电话号码,约司丁共进晚餐。

打电话前,她有些犹豫,但还是掏出了手机。这串熟悉的数字组合,虽然快半年没用过了,但依旧清晰地刻在脑子里,仿佛随时等候调用。曾经有多少次,她手机的屏幕上都出现了这串数字,却始终没有勇气拨出去。

电话通了,麦麦听见自己的心在"怦怦"弹跳。没有人接。也许这个陌生的号码,是对他的干扰。麦麦不甘心,重拨。终于,铃声断开,一个熟悉却有些厌倦的声音传来:"你好,哪位?"麦麦恍若昨日,半天没有回答。那边也没有放话筒,两人都在屏息凝听。

"麦儿,是你吗?"

听到这个声音,麦麦心里的洪水一下子决堤,眼泪止不住向下流。

对方沉默。

麦麦泣不成声,轻轻地挂掉电话。趴在床上,让自己哭个痛快,狠狠地将眼泪释放干净。这才又拿起手机,给司丁发了一条短信:

谈谈,好吗?

等了几分钟,司丁没回。

麦麦忽然想起,自己现在的号码,对司丁来说是陌生的。急忙补了一句话:晚上六点,"让爱做主"酒吧老地方等你。麦麦。

发完短信,麦麦就给酒吧打了电话,预订了以前和司丁去过的那个雅间。小小的渭水县城,拥挤着9万多人,到处都是熟面孔,人和人密集得令人窒息,要找个隐秘一点的地方约会,还真不容易。这个雅间虽小,但在二楼最里间,幽深、安静,旁边临着洗手间,方便、安全。不用穿过长长的楼道去上洗手间,来时一前一后进,走时一前一后出,从各个细节减少撞上熟人的可能。

麦麦早到了20分钟,把自己隐藏到雅间后,就掏出镜子,检查了一下妆容。她怕一会儿流泪,睫毛膏化开,变成熊猫眼,就先从化妆包里掏出纸巾和棉签,装在裙子口袋里。她今天依旧是裙装,上面是一件枣红色的修身毛衣,系着一条同色系的围巾,在脖子上缠了一圈,两头自然垂在胸前,下身是黑色的薄毛呢长裙、短靴,正是两年前那一天去学院上课,第一次见到司丁的那身妆扮。现在,这身衣服在她身上,除了依旧好看,还平添了蜜果般的女人味。

司丁还没来。以前,总是他在等她。现在,她等他,越等越忐忑。她要轻松地走进婚姻,如果这次约见落空,她可能一生都要背负良心的十字架。

有人敲门。麦麦立即坐直了身子,用手撩了撩额头上整齐的刘海。进来的却是服务员,手里拿着精美的图册,请麦麦点单。以前这事,都是司丁做的,麦麦对着名目繁多、色彩缤纷的图片,胡乱点了几样:果盘、茶水、小吃,有吃有喝,剩下的,就是谈情说爱了。

敲门声再次响起,不轻不重,但节奏短促,和麦麦的心跳频率一致。她猛地站起来,奔向门边,抓住门把,缓缓拉开。司丁一步跨了进来,随手关上门。两个人,就立在门边,四目对望。司丁瘦了、黑了,一头刚硬坚挺的寸发和下巴黑茬茬的胡子,都长荒了。深色毛呢大衣领子、肩膀和袖子的棱角,也不再硬朗。但是,这个不胖不瘦、不高不低的身躯里那股摄人的力量,依旧像一块磁石,一靠近,就无法摆脱。

麦麦默默地看着司丁,克制着自己,不要再倒向这个怀抱。尽管,那曾经是一个暖巢。

司丁垂着胳膊,也默默地看着麦麦,眼睛里星光一闪,随即又黯淡了,仿佛一颗流星,划过麦麦的天空,又忽地坠向黑夜的大地。麦麦的眼前忽然闪过一个画面,和司丁在南戴河的荷园,对着徐徐在黑夜中上升的孔明灯,许愿。

司丁走到沙发前坐下。麦麦空落落地走过来,坐在对面沙发上。

她想说,对不起。可是话到嘴边,又变了:

"我要结婚了。"

"我知道。"

"你最近过得不好,我很担心。"

"我自作自受。"

这五个字,字字如刺,麦麦的泪一下子涌上来。

"不怪我,不怪我的……"

司丁站了起来,绕过茶几,坐到了麦麦身边。

"当然不怪你,不管谁问,我都坚持说喝醉了,不知道怎么回事,大概是把星星当成人的眼睛了,冲着天空就开了枪。"

麦麦埋在司丁怀里,嘤嘤地哭着。司丁将头伏在麦麦肩上,闭上了眼睛。

世界忽然就安静下来。

时光如果停在此刻,多好。

此时传来轻轻的敲门声,服务员送来一壶茶水和果盘,他俩不得不分开,各自坐直。

司丁用牙签扎了一片火龙果,递到麦麦手上。

"不过,你的速度也够闪电的,要和别人结婚就明说,非要躲我,玩失踪?"

"不是,不是你想的这样。"

"不是这样,那是啥样?换了手机号,不就是为了摆脱我?"

"不是我,是命,命运的安排!"

"别说得那么玄乎!我问你,我哪点对不住你了,这么快就变心?我再问你,你要跟的那人,我哪一点比不上他?不就是没结过婚么,不见得就没沾过女人。"

看着司丁充血的眼睛,上下滑动的喉结,越握越紧的拳头,一字一句地说:"你相信命吗?"

"以前不信,现在,信一半吧。"

"命是一场恶作剧。"

"说得云里雾里的,别找托辞。"

"不是托辞,是事实!事实是,我是你的小姨子!"

司丁一直看着茶几的眼睛迅即抬起,麦麦看到一道光掠过,如天上的流星,倏忽间熄灭在夜空。问号、叹号、叹号、问号在他的眼睛里闪烁,如黑白变幻的霓虹。

麦麦看见司丁的肩微微颤抖。猛然,他一把推开她,站了起来,瞪着他那双布满血丝的眼睛吼道:"你不是小姨子,你是妖精、妖精!"

麦麦一只胳膊趴在沙发靠背上,泪眼朦胧地看着他,仿佛看着当初发现这个秘密的自己。

他喉咙里发出"啊、啊"的声音,不再看麦麦,随手抓起茶几上的杯子,狠狠地向墙上掷去。

一声剧烈的脆响,杯子碎了一地。一片片张牙舞爪的玻璃,像一把把亮晶晶的匕首。

麦麦急忙按住司丁的肩膀,让他坐下,依偎着他,手紧紧握着他的手。这个霸气豪爽的男人,此刻,脆弱得一塌糊涂。

服务员急速赶到,敲门进来,看了看地上的玻璃碎屑,什么也没问,便低头去扫,不声不响清扫完,一手提着簸箕、一手握着拖把出去了。

门没有在她的身后闭合,一阵风吹来,无声无息地开了手掌宽的一道缝。

屋内的两个人浑然不觉。麦麦站起身,轻轻走到司丁身边,双手搂住司丁的脖子,两个人紧紧相拥。

一个人影在门口一闪而过,向洗手间方向而去。

但这个人影仅仅只走过去几步,又退了回来。

人影退至雅间门口,站定,通过半开的门,瞪着眼睛向内窥探。

麦麦拥着司丁,正温情地絮絮叨叨,忽然感觉有点不对劲,抬头的瞬间,视线与门口的人碰了个正着,惊地立即放开了搂着司丁脖子的手。

这个人像没看见麦麦似的,黑着脸,僵硬地站在雅间门口。

时间静止了,只剩下四只相对的眼睛。

几秒的时间,仿佛过了几个世纪。黑影一语不发,忽然转过身,大步流星地走了,脚步狠狠踩着地面,整个楼道里都回荡着他的脚步声。

麦麦愣愣地盯着他的背影,感觉一下子掉进了无底的深渊,心里的惊惧前仆后继,凝成厚厚的一层寒冰。

司丁听到脚步声,回过头看见了半开的门,忙问:"谁?"边说边要出去追,被麦麦拽住:"不认识,你别出去,小心被人看见。"

"真不认识?"

"不认识,肯定是谁喝多了,走错了房间。"

司丁重新坐回沙发上。

麦麦心烦意乱地回答着司丁,心里却想:"如果真的不认识,那该有多好。"

可是,生活没有侥幸,只有真相。

第二天,柳子茂被父亲的电话从东竹市叫了回来。

柳父坐在沙发上,从昨晚回来,他一直黑着脸,一支接一支地抽烟,也跟柳妈不说一句话。上午倒是拨过两个电话,却刚一拨就摁掉,柳妈奇怪,凑过去一看,屏幕上显示的名字好像是黄麦麦,便说:

"你咋了,给娃想说啥就说,憋气干啥?"

"就知道瞎嚷嚷,当初要不是你同意,咋会出这事!"

"出了啥事?"柳妈心里一沉,急问。

"你们娘俩相中了一个狐狸精,马上就结婚了还抱着别的男人!"

"有……有这事?"

"你说,咱这是弄的啥事嘛,羞先人呢!"

柳妈一阵头晕,心跳加速,赶紧坐在沙发上,高血压的毛病又犯了。

子茂进门后,已是下午1点钟,柳父看见他,第一句话就问:

"结婚证领了没?"

"爸,已经和麦儿约好了,这周五就领。"

"甭领了!"

"为什么?"子茂瞪圆了眼睛。

"叫你别领就别领!"

"爸,咋啦?出了什么事?"

"你长的啥眼睛,选的啥女人!人家脚踩两只船,真是造孽!"

"不会吧,爸,你,你听谁胡说的?"

159

"老子亲眼看见的！水性杨花的女人,坚决不能进柳家的门！"

"呸！呸！"柳父说完,还狠狠地朝地上唾了几口。

"爸,不会……不会是你看错了吧？"

"错？我的眼睛又没瞎,咋能错！两个人拉着手,抱在一起,就是烧成灰,我也认不错！"

子茂不说话了。

"丑妻薄地家中宝,你哪怕娶个丑八怪回来,只要正正经经过日子,后院不起火,安安然然的,我就放心了。"

"我去找她,问个清楚。"

"事情很清楚,要把这狐狸精娶进门,就把咱柳家的脸丢尽咧！我看你小子戴个绿帽子,往后还咋抬得起头！"

柳思盛说完,摔门而去。

子茂在屋里踱步。空气中,父亲留下的烟味强烈地刺激着他的喉咙,他边走边烦躁地扯开领带。回来的路上,他猜想是麦麦家里有了什么变化,可能是催要欠条上的钱,让父亲知道了。没想到,出乱子的不是她家,却是麦麦自己。

找马尚为自己和麦麦牵线的时候,他知道麦麦没有结婚,当时也没有对象。这是他最理想的结果。麦麦是他的初恋,他千帆过尽,最后还是愿意回到那个起点。他当然明白,七八年没见,双方在彼此之前,肯定都谈过恋爱,不可能是白纸一张。可是,这马上就要结婚了,还和别的男人约会,把他柳子茂放在哪儿？这以后还怎么过啊,难道还得天天跟踪她吗？

子茂心烦意乱。晚上,他破例没有给麦麦打电话,早早把自己摞在床上,却翻来覆去睡不着,浑身燥热,满脑子都是麦麦。麦麦的笑、麦麦生气的样子、麦麦在自己身下害羞的表情。记得上高中的时候,班里的女同学都明晃晃露着衬衣下的胸罩,只有麦麦穿着一件粉色的小背心,把胸罩捂得严严实实,保守得可爱。尤其是她那种淡淡的忧郁和秀雅之气,深深吸引了自己,多年都忘不掉。

他知道她特别,一定会吸引别的男人。自从那天拍完婚纱照后,当他和身后那个跟踪他们、狠狠按着喇叭的司机目光相遇时,他就有预感了。

那个男人对自己怒目而视,把喇叭按得震天响,显然是在挑衅自己。但麦麦一直没有承认,他也就装作糊涂,甚至暗自庆幸。

俗话说:眼不见心为净,耳不听心不恼。可是,现在偏偏被老爹看到了,被自己听到了,真的就不在乎?真的不顾老爹阻拦结了婚,自己的心中真的没有疙瘩吗?明明看见饭菜里有一只苍蝇,你非要逼自己咽下去吗?

周五,民政局办理婚姻登记的大厅,来了一对对的年轻人,亲亲热热的,等待着领取"通行证"。有的坐着填写资料,有的还在排队等候。脸上洋溢着幸福,举手投足透着亲昵。整个大厅的空气,都甜腻腻的,呼吸一会儿就陶醉了。

麦麦坐在一个最不显眼的角落,从报栏拿出一本杂志,心不在焉地翻着。用眼睛的余光注意着门口。里面的人来了,去了,来来往往,说说笑笑,就是没有子茂。麦麦只好继续翻杂志,一直翻杂志。

两个小时过去了,大厅已是人声鼎沸。原来这个世界上,每一天都有这么多为爱熙熙攘攘、来来往往的人,有的将爱情修成正果,也有的结束爱情,各奔东西。每个人,都在演绎着爱的故事,都是爱的主角,可是,他们,她们,真的让爱做主了吗?

子茂仍旧没有出现,此刻也不知躲在世界的哪个角落,在忙什么,在想什么。麦麦轻轻地叹了一口气,起身在饮水机里接了一杯热水,从挎包里取出一块肉松面包,一口面包,一口水,没滋没味地嚼着,打发肚子。

这几天一直没接到子茂的电话,不知道领证的事有没有变化,也鼓不起勇气问。沉默的手机,让她很不习惯。希望和绝望,在心里密密麻麻地交织。

昨晚把身份证和婚前检查证明早早放在包里,搭配好衣服,一切准备停当,却做了一夜恶梦。起床后只顾赶时间,早餐没来得及吃,这会都快到午餐时间了,她还没有感觉到饿,但她必须增加能量,用来等待爱情,等待奇迹。

蓦地,一个熟悉的影子奔跑而来,脸上洋溢着幸福的微笑,径直冲她叫着:"麦儿,麦儿,我来了!"她一喜,睁开眼睛,门口却一个人影也没有。原来是迷糊过去了,做了一个梦。

她站了起来,在原地伸了伸酥麻的腿。放眼一瞧,大厅里空荡荡的,工作人员下班了,领了证的新人欢天喜地出去庆贺了,还没办手续的情侣也相伴着吃饭去了,整个大厅只有自己形单影只。

麦麦拿出手机,很快在屏幕上拼写了两个字:来吗。想了想,又在符号里搜索,在两个字后面添加上一个"?",却没有按发送键。她久久看着屏幕上的两个字,以及那个大大的问号,泪,终于无声滑落。

那天,麦麦没有等到子茂。但是,天快黑的时候,等到了子茂的电话。

子茂说,单位签定了一个向美国出口新型设备的重大项目,他被列为项目组成员,临时抽调到了上海总部,而且过阵子可能还要出国培训,结婚的事,先不要通知亲朋好友,往后放放。

子茂的语气一直很平静,像什么也没发生。平静的语气,没有温度,也没有寒冷。麦麦想解释那天和司丁在一起被柳父看见的事,却在子茂冠冕堂皇的理由和平静的语气里,找不到由头。

她分明感到一股汹涌的波涛,向她涌来,她一直在等待,也在忍耐。然而,波涛却自顾自地拐了一个弯,流向别处。

她被晾在岸上,不知所措。本来,十天后,她就是新娘了。

手机掉在地上。一股排山倒海的气浪,向我妈涌来。
　　我妈忽然感到,这个世界上,需要同情的不仅仅是自己,还有很多很多人。

19

麦麦的生活,寂静一片。她关了手机,除过上班,一律宅在宿舍里。她的人和心,一起进入"冬眠"。她多想一觉睡到春天,可事实是,冬天正隆。即使穿着厚重的、过膝的长款羽绒服,也抵不住无孔不入的寒意。

天一直没有下雪。无声无息的寒冷,像无声的刀子,抵着麦麦的心。

最近,麦麦迷上了一首歌,叫《一辈子的孤单》,那天偶尔在同事手机铃音里听到,知心的歌词和忧伤的旋律,一下子打动了她:

我想我会一直孤单,这一辈子都这么孤单,我想我会一直孤单,这样孤单一辈子。

当孤单已经变成一种习惯,习惯到我已经不再去想该怎么办。

找不到答案,我没有答案。

……

一天晚上,麦麦缩在被窝里又在听这首歌,伤感的旋律已经成了她的催眠曲,让她依赖。忽然,乐曲里响起了不紧不慢的敲门声。这节奏和力度,传递着陌生的气息。麦麦没有吭声,放大耳机音量,企图将音乐之外的一切声音都淹没。门外却传来声音:"麦儿,开门,是我!"

马尚的声音,一下就穿透了音乐,直击耳膜。麦麦急忙起身,把脚伸进厚重的棉拖鞋里,踢踢踏踏向门口奔去。一股寒风拥着马尚进来了,她用围巾紧裹着头和脸,但没戴口罩,鼻尖都冻红了。麦麦赶紧给她倒了一杯热水递到手上,又把小太阳挪到她跟前。

马尚卸了围巾和手套,喝了一口水,把手伸到小太阳面前烤着,在温暖的光芒里抬起头,目光集中到麦麦脸上,单刀直入地问:

"新娘子做不成了吧?"

麦麦点点头,又摇摇头。

"你真是脑子进水了,在这节骨眼上,和司丁约什么会?"

"当时没想那么多,就是想和他把事说清楚。"

"你都结婚呀,还管他做什么!你是他小姨子,迟早会真相大白的,他当然不会怨你。"

"可是,他为我什么都丢了,不忍心……"

"唉!他除了那顶小官帽,什么都没有丢。倒是你,光腿往稀泥里伸,没事给自己找事。"

"毕竟好过一场,而且事情也跟我有关系,应该早点告诉他真相,也许,这一切就不会发生了。"

马尚叹了一口气,说:"真是被孽缘害了。我向子茂解释过,说你和前男友见面只是说点事,试探他的态度,但是,看样子这一时半会还比较坚决。多好的钻石王老五呀,真可惜!"

麦麦心里一沉,眼泪一下子就溢出来了。空茫的等待中,她都不曾有一滴泪,可是,马尚一句话,就摧毁了坚强的空壳。

马尚见状,忙又说:"正在气头上,先缓缓,走一步看一步。也许他会回头,也许咱会遇见新的……"

手机铃音打断了马尚的话。

"在麦儿这呢,一会就回去……嗯,嗯,我穿着毛裤,不冷……不用接我,我打的回家。"

听到这几句,麦麦就知道是武树打来的。细心呵护,嘘寒问暖,一直是武树的标志,也是马尚芳心不败的滋养。挂了电话,马尚又叮嘱麦麦几句,说后天要出去参加培训,得回家准备行李。麦麦送她到宿舍楼大门口,一起站在路边等出租。

马尚重新裹好围巾,戴上手套,安慰麦麦说:"既然事情已经成了这样,你也要想开点,调整好自己,留得美貌在,不怕没爱浇。"

一辆出租车径直开过来了,正在说话的两个女人还没来得及招手,车就稳稳停在了身边。紧接着,车门打开了,下来的是武树,冲着惊诧的她俩乐呵呵地笑。

"哟,这么模范呀,老婆离开这一会都不行!"

"早回早安嘛,她明天要出差。"

"我不让她回了,晚上就住我这儿!"

"真的吗?一般她住哪,我就住哪呀!"

麦麦迅速看了马尚一眼,立即闭嘴,心里暗暗对武树的玩笑话感到吃惊。

司机适时地按了下喇叭,催促他们赶紧上车。

马尚打开车门坐上去,隔着玻璃向麦麦挥了挥手。麦麦站在原地,目送着马尚和武树向温暖的小家驶去,直到看不见了,才独自回了房间。

两天后的一个晚上,麦麦趁夜色去超市采购点吃的。这些天在房间面壁思过,没有去食堂吃饭,储存的方便面早就吃光了。她匆匆拿了一大包酸辣方便面和火腿肠,向收银台走去。手机响了,是个陌生号。麦麦没接,走到收银台,付了款,拎着袋子向外走。手机又响了,还是刚才的号。麦麦想,这个人还挺执着的,指头不由自主地就按了那个圆圆的绿色接听键。

对方叫了声:"麦儿!"

麦麦一下就反应过来了,是武树,只有他和马尚,才会把她的名字叫得那么亲,那么特别。她礼貌地对话筒说:

"是你呀,怎么想起给我打电话啦,马尚呢?"

"她不在,出差了。我有些话想跟你说说。"

"哦,那你说吧,如果我能帮什么,别客气。"

"能见面说吗?"

"今天太晚了,明天还要下乡,要不,后天吧。"

"不能再等了,那我现在就说。"

"什么事呀,这么急?"

"也不是什么大事,我说了,你别生气啊。"

"怎么会呢？你说吧。"

"我喜欢你！"

麦麦一愣,仿佛有一种强烈的气流击中了她的大脑,脑部神经顷刻间失去了反应能力。

"喂？喂——喂！"关节眼上,武树听不到声音,对着话筒直喊。

"哦,听到了,刚才信号不好,没听清。"麦麦回答得轻松,拿着话筒的手却在发抖。

片刻的沉默后,她听见话筒传来高分贝喊声:"黄麦麦,我——喜——欢——你——"

"今天没有马尚管你,喝多了吧？"

"我没喝酒,我比任何时候都清醒。麦儿,你听着,我想和你上床……"

手机掉在地上。一股排山倒海的气浪,向麦麦涌来。

听到武树声音的最初,麦麦以为他是来宽慰自己的,或者是让自己劝马尚考虑生个孩子,或者是告诉自己柳子茂有新欢了……可是没有想到,他会对自己有想法。以前见面时,武树喊自己名字时亲昵的语气,虽然和马尚一模一样,但麦麦听上去挺顺耳。

今天,他是第一次给麦麦打电话。真没想到,这个对老婆无微不至,对家死心塌地,对爱情鞍前马后的男人,居然说出这样的话。他的殷勤和呵护,原来不仅仅是马尚的专利,居然也可以用在别的女人身上！

麦麦满腔都是惊讶、愤怒。身边进进出出超市的人、街上的霓虹灯都不存在了,她站在原地,放任着汹涌澎湃的情绪。浓浓的失望,对爱情、对婚姻的失望,在心里扩散、凝结,最后,沉淀成一个硬硬的疙瘩,塞在心口。

天下的男人,难道都是这样？天下的婚姻,难道都摊在玻璃房子里,看着美,却是空心的？

麦麦知道,武树当初追马尚,可是费了九牛二虎之力,他是复员的军人,马尚是正儿八经的大学生呀,马家父母当然反对！可是武树不知道用了什么魔法,让马尚一心一意随君去,无视父母的反对,不惜和家里闹翻。

有一段时间,马尚的父亲每天下班前就守在县医院办公楼门口,领马尚回家,决不给她见那"兵小子"的机会。后来,两人就改变了爱情策略,用呼机传情,互相在传呼台留言。强烈的思念,给了他们强大的力量,干脆生米煮成熟饭,通过传呼台约好,出去旅游了一圈。

马尚父母虽然一百个不愿意,但也无可奈何。只是足足有一年时间,都没有让女婿武树进过家门……

麦麦弯下腰,捡起地上的手机,紧紧握在手里,就像握着自己和马尚的友谊。她忽然感到,这个世界上,需要同情的不仅仅是自己,还有很多很多人。

麦麦需要安慰,男人的安慰。但这个男人,绝不能是武树。

春节前,子茂终于回来了。

他约了麦麦吃饭。

地点不在饭店,而在曾经的新房。

麦麦赶到的时候,他已经摆满了一大桌,冷热菜齐聚。有油炸蘑菇、三色桃仁、凉拌豆苗、清蒸南瓜、紫薯、蚂蚁上树、麻辣鱼。红黑黄绿紫,像缤纷的画布。桌子中间还放着一个细高造型的玻璃瓶,里面插着黄色的玫瑰花。这张木纹色的餐桌可能是后来买的,麦麦以前没见过。饭菜显然是酒店送过来的,麦麦上来的时候,碰见了两个送外卖的小伙子,穿着红黑相间的餐厅工作服,刚从楼上下来。

麦麦已经两个月没有进这个房子了。她只有装修时的钥匙,本来说在领结婚证的那一天,子茂将把新钥匙交给她。可是,一切都出了意外。

里面的摆设几乎没变,尤其是那两幅巨大的结婚照,还端端正正地挂在墙上。一幅在卧室,一幅在客厅沙发墙上面。照片里,两个人在盛开着五颜六色鲜花的草地上,深情拥吻。雪白的纱裙,黑白相间的燕尾服,微闭的眼睛,温润的嘴唇,连空气里都流淌着浪漫的气息。爱情,永永远远定格在了最灿烂的那一刻。

子茂很绅士地伸出一只胳膊,做了一个"请"的姿势。麦麦便径直走向餐桌坐下。屋子里不知什么时候装了空调,积聚着一屋子的干热。麦麦放下手提包,脱掉大衣,眼光越过在眼前晃动的子茂,久久停留在客厅的照片上。

曾经的热烈扑面而来,而爱情,却冻结了。婚期,也已经是上辈子的事了。

麦麦有些伤感,但并不剧烈,比自己想象的要好。

子茂也不看麦麦,进进出出找餐巾纸、找精致的酒杯。终于坐到桌前,给两只高脚杯分别斟上红酒,拿起一杯举起来说:"麦儿,好久不见,你憔悴了。"

麦麦笑笑,说:"你也是。"就把自己的杯子碰上去,里面的葡萄酒微微晃了几下,像红色的玛瑙,也像血液。

"你从上海回来了?啥时候去国外呀?"

"回来快一周了,去国外的事,还没定。竞争的人多,都想去。年后再看吧,去不成就算了。"

麦麦再没往下问,他也再没往下说。

一阵沉默。

麦麦的伤口,已经在时间制造的创可贴里渐渐结痂。此刻反倒心湖平静,便首先打破沉默。她想起了一句自己瞎编的歇后语,觉得此刻说出来很恰当,便对子茂说:"我说半个歇后语,你猜后半句。"

"好啊,说。"

"男人戴胸罩。"

子茂低头看看自己的胸,有些茫然。

"答案很简单,是咱高三6班一个女同学的名字。"

子茂开始过电影般地回忆班里那一个个花枝招展的女生。

"李平!"他脱口而出。

然而,猜中的兴奋一闪而过,子茂很快明白了麦麦的用意。男人戴胸罩——里(李)平,表面风声水起,里面空空如也,难道不是一种悲哀吗?"

麦麦不露声色,举起桌上的酒杯,说:"聪明,一猜就中!"

子茂没有举杯,抓住麦麦的手说:"我知道我很平凡、平庸,给我点时间,好么?快过年了,想见见你。为了请你吃这顿饭,我把空调都装上了。"

"噢",麦麦淡淡地应着,抽回手,回头瞥了一眼客厅角落,那个正在大口大口吐着热气的机械,没有点评,只是举起酒杯,说:

"春节快乐!"

"春节快乐!"

两人夸张地碰了碰杯。

话题,越来越不着边际,工作、同事、电视剧、新闻,却都刻意不提以前,不说未来。

菜有些凉了。尤其是麻辣鱼上面,凝结了厚厚的一层油,像红色的冰面。

麦麦开始感觉杯子里那些红色的液体,都涌到头上去了。头重脚轻,浑身绵软,她顶着沉重的脑袋,努力保持着浅浅的笑容。

柳子茂也成了一个"红"人。不知是酒喝得,还是被空调吹得。整张脸泛着红,连耳朵和脖子都是红的。

他移掉中间那只椅子,坐到麦麦身边,双手捧起麦麦的脸。

麦麦面若桃花,月牙儿似的眼睛,无辜地看着他,像两潭清澈的泉水。

他一把将麦麦拥在怀里,紧紧地抱着。

瞬间,又倏然放开。

麦麦低下头,不说一句话,眼泪无声无息地流下来。

子茂抽出一张餐巾纸,拭了拭麦麦脸上的泪。那梨花带雨的脸,那无辜又无助的眼神,一下子让他心旌神荡。他重新拥住她,半晌,叹了一口气:"唉,你真是让人又恨又爱!"

他抱起麦麦,向卧室走去,脚步有些不稳,鼻孔、嘴巴里喷出带着酒气的热浪,润湿着麦麦的脸。麦麦的大脑晕眩成一片空白,温软的身体落在同样温软馨香的婚床上,像飘浮的落叶遇上大地,身心一下子就安妥了。

那夜以后,麦麦对她那间婚房的记忆,只有床。

有人对我妈说:"反正你插了大姐一腿,就当是还个良心债,此后,两不相欠。"

20

过年的气氛越来越浓,街上的人涨潮般地多了起来。尤其是超市、美发店、服装店,居然还要排队,连以前生意冷清的香肠店都得排队。一夜之间,大街上忽然冒出来很多花花绿绿的摊点,年画、春联、鞭炮,各种年货应有尽有。清晨六点前和晚上九点后,才会看到马路本来的面目。尽管如此,热闹还不肯休息,摊主们都憋着劲,撤摊时在空地上用白色粉笔画了圈,圈子里用粉笔醒目地写着:某某占,某某用。

每到年下,上班族都在躲避一件事:值班。麦麦却和去年一样,主动申请了值班。家里有哥哥陪着,她感觉自己可有可无,把过年单位发的米呀、熏肉呀、礼品卡呀一股脑拿回去,再送上两三千元的孝敬钱,待上一两天,就足够了。

因此,她走在年的气味里,却并没有胃口。单位更忙,要在春节前召开工作会。办公室的小陈已经有些浮躁,他准备带妻子和孩子回千里外的老家过年,忙着订火车票、采购礼物,做出发的准备了。

没有完成女职工"三查"频次的单位,也匆忙组织育龄女职工来检查。查孕、查环、查病,每季度一次,要进入育龄妇女档案。今年局里已经将"三查"频次作为考核各单位计生工作的一项内容。局长很重视,安排行政办配合城区办,对不够频次的单位逐一督促,一定赶在春节前完成。

小陈递给麦麦一张清单,苦着脸说:"主任安排我督促这些单位,哪顾得上呀?托人搞的火车票还没到手呢,急死人了!帮个忙吧。"

麦麦笑笑,接过单子说:"还是有老家可回的人好呀,一到过年就激动得坐不住,可别忘了带点好吃的啊!"

"这还用说,把老家的年货全搬来,你都尝尝。"

这张清单上,有些单位名称后面用红笔打了勾,表示已经通知过了。还有十三家没有通知。麦麦足足用了40多分钟,才通知完毕。春节前人难找,好几个单位留的电话都没人接,麦麦又查了其他科室的电话才通知到。尤其是工商局接电话的那个女的,态度恶劣:"有什么可查的,就凭你们装模作样地查一查,就能挡住人家生孩子?"

这人不是神经病,就是更年期。麦麦挂了电话,在工商局名字后重重地打了一个红勾。

通知完后,麦麦去给城区办送还这张清单。一楼大厅人来人往,尿检科、B超室门前还排着队,全是清一色的女人。叽叽喳喳的,像一群彩色的麻雀。城区办公室在一楼的最里头的角落。麦麦穿过这些彩色的麻雀,找见挂着"城区办"标识的门,走了进去。一个穿着银白色长款羽绒服、戴着米黄色毛线帽子的女子背对着麦麦,正在跟城区办的张主任说话。麦麦冲张主任笑笑,把清单递过去。

"通知完了?"

"完了,都说赶这两天就来!"

"这就好,频次一完成,就可以交差了,谢谢你们啊!"

说话间,张主任的目光停在麦麦脸上:"咦,我怎么突然发现,你俩长得挺像的?"

麦麦这才细看坐在桌边的女子,她也抬起头看麦麦,四目相对。那双熟悉的眼睛里,也是同样的疑惑,但是一眨眼间,却忽闪出似曾相识的光芒。麦麦一愣,马上反应过来:是二姐,那个林多多。

"噢,是麦儿呀,真巧!主任,这是我堂妹。"

"怪不得呢,看来,我眼力还不错!"张主任朗声笑着。

"是呀,是呀,要不怎么能当主任呢?"林多多立即附和。

麦麦先是笑了笑,然后朝二姐点点头:"你们先忙吧,我走了。"嘴上说着话,脚步已经移向门口。不等她们回答,就轻轻闭上了门,急步逃走。

不料刚上到二楼,就听见楼梯下传来急促的脚步声,而且越来越近,她不由地慢下来,向身后张望。

林多多气喘吁吁地追了上来,她穿着一双细高跟的黑色长靴,上楼梯的时候得一步一个脚印,但她又想赶速度,高跟鞋的节奏便有些乱。麦麦干脆停下来,等着她迈上楼梯,走近自己。

"有事吗?"麦麦问。此刻,她正站在四楼的台阶上,林多多刚刚上完三楼,一边喘气一边抬头仰视自己。这让麦麦有一种占了上风的快意。

林多多却并不着急说话,用挑衅的眼神上上下下打量着麦麦,不再是第一次见面时那样友好,像换了一个人似的。

"看不出,你还真有本事!"良久,林多多狠狠地冒出了一句莫名其妙的话。

麦麦看了看楼道,静悄悄的,只有她们俩的声音在回荡。那些猫在办公室里的人未必听不见,麦麦没有接话,抬腿继续上楼。

"别走,我正要找你说事,今天刚好碰见!"

见来者不善,麦麦有些心虚,犹豫了一下,说:"那到我宿舍去,这里不方便,影响别人办公。"

两个人下了楼,一前一后出了计生局大门,从旁边的侧门进去,来到麦麦三楼的职工宿舍。

两百多米的路上,两人依旧一前一后,一直没有说话。进了麦麦的宿舍,林多多的脸色明显缓和了,四下打量着麦麦的屋子。麦麦指指屋内唯一的一只单人沙发,示意她坐下,然后拉过一把椅子,坐在林多多对面。两次见林多多,她都感觉她们之间有些隔阂,即使坐得很近,心却离得很远。还不如马尚,即使离得很远,即使几年不见,都没有这种感觉。

马尚进屋,房子的空气是流畅的,一屋的家具都是灵动的。林多多一来,冷风穿过打开的窗户,在屋里呼啸,空气却是僵的,家具都沉默着,屏息凝听。麦麦走过去,把打开的窗户关上了。

"我想找你商量件事。"林多多打破了僵局,语气和表情都软和下来,眉眼间也平添了几分灵气。

"你说。"麦麦只吐出了两个字。

"你和司丁的事,我都知道了。"

"司丁"这两个字,从林多多嘴里迸出来,让麦麦听得心惊肉跳,不由打了一个寒噤。

"你不会是故意报复吧?"

"当然不是!"

"不是最好。"

"大……大姐,她还好吧?"

"托你的福,还活着!她打掉牙往肚子里咽,没有把你们的事告诉爸妈。所以,咱姐妹间的事,自己解决最好,我得伸张一下正义。"

"你的意思是……"

"你没和那个柳子茂结成婚,也是幸事。我也就不拐弯子了,干脆挑明了说,你替大姐和大姐夫生一个吧,就当是帮忙。"

"这怎么成!你什么意思?"

"有什么成不成的?反正是姐妹,生下的孩子咱们都亲。"

"我还没结婚呢,生下孩子,还怎么活呀?这不害我吗?"

"等怀上了,请个长假,送你到东竹去生,恢复好直接上班就行了,其他啥都不用你操心。以后该结婚结婚,该生孩子就生孩子,丝毫不影响啥。反正,你也不是黄花大闺女了。"

林多多前几句话语气真诚,可说黄花大闺女这几个字的时候,语气有些轻蔑。麦麦心里一阵惊颤,又羞又恼,将头拧向一边,一副拒人千里之外的表情。

林多多抬起屁股,使劲将沙发往前移了移,坐到麦麦跟前,一副促膝谈心的样子。她拉过麦麦的左手,紧紧握住,声音低沉地说:"你知道不,咱大姐(她故意把咱字咬得很重)去年到医院输通了输卵管,今年又怀了一次,第五次了,可怜还没盼到带'把'的,大姐都快40了,体质本身就差,再不能折腾了。"

麦麦木然地看了二姐一眼,嘴唇闭得紧紧的。

林多多说:"你也知道,司丁是不生男娃不罢休的,他已经想男娃想疯了,肯定什么也不顾,不择手段,什么事也做得出来。难道眼睁睁看着大姐找别人代孕,或者离婚吗?"

"不是可以做试管婴儿吗?"麦麦依旧偏着头,却清晰地反驳了一句。

"你不懂,那成功率很低,不但白花钱,即使生下孩子,智商也低。可你生的不同,他司丁还能不心肝宝贝一样地疼爱?而且,至少孩子还管你叫姨呢!真要换成别人,就隔了肚皮了,可怜的还是咱姐。"

林多多一口一个"咱姐",麦麦都想把耳朵捂起来。这个"咱姐"对麦麦来说只是一个空壳,没有温度和血肉,甚至,曾经还是一个情敌。可是,尽管自己肆无忌惮,这个情敌一直潜伏着,没有找过自己。直至司丁发生了打枪事件,被免了职,喝醉酒后无法自控地对妻子吐了真言,她也没有找过自己,但那颗善良的心,一定被伤得血淋淋的吧。

麦麦不敢往下想。和司丁如胶似漆的时候,她从没顾及过这个女人,甚至故意和司丁做很多次,想让这个女人干渴着。可是,现在麦麦感受到了这个女人的宽容,她有些同情她,还有些隐隐的感激。

看着麦麦的表情渐渐柔和起来,林多多摇了摇麦麦的手:"行不行?你倒是说句话呀!"

麦麦咬住嘴唇,沉默着。

林多多又缓和了语气:"你插了大姐一腿,一般人早大闹天宫了,大姐念你是小妹,这么多年不在身边,忍了,没找到你单位闹,现在就当是还个良心债,从此两不相欠。你想想,这样既帮了大姐,也不枉你和司丁好了一场,不是两全其美么?"

"这事,是大姐出的主意,还是你?"

"傻妹子,当然是我,大姐这些天不吃不喝,也不说话,哪还顾上想这些呢?不过,我这样做,也是帮她实现了心愿。我考虑了很长时间,分头跟大姐和大姐夫说过,两人都没反对,算是默认了吧。"

"这事也太大了,我再考虑考虑。"

"这就对了,还是自家人亲!这事完了以后,我保证给你介绍一个好对象,比你那个柳子茂好八倍!"

林多多感觉此行基本达到了目的,如果真成了,她就立下了大功,一下兴奋起来,开始絮叨家里的事。

"我生孩子的时候,做B超是个男娃,咱妈说,要是不想再受疼的话,提前在医院托熟人联络好,谁家不想要的女孩,咱抱养来,逢人就说生了个双胞胎,天衣无缝,这不一切都名正言顺了吗?我现在一男孩一女孩,不敢说赛过活神仙,但再不用操心怀孕生孩子的事了!"

麦麦心乱如麻,无心听她说这些,便说:"我还要过去上班,这几天事多,领导随时会找。"

"那好,那好,这件事你好好考虑一下,早些给我答案。"林多多边说边起身,走到门口,忽然又想起了什么,又返身进来,说:"子康下个月要结婚了,爸妈正忙着准备呢。你如果能参加,在婚礼上亮个相,那咱家就双喜临门了。"

麦麦没有说话,兀自将刚才林多多坐过的椅子搬回原位。待这个不速之客的脚步声消失后,掏出钥匙,锁门下楼。

麦麦并没有去办公室。她独自一人,顶着冷风,踱步到一条僻静的街道。这条街一直向前走就是麦地、果园,她和司丁学开车的时候,经常经过那儿,麦麦想走到那里去。她丝毫感觉不到冷,仿佛一个木头人,在零下四摄氏度的低温里,茫然走着。

不知走了多久,路两边渐渐没有了车和人,麦地一望无际,没有起身的麦子顶着一身还未消融的残雪,紧紧贴着大地,贪恋着来自地心的温暖。两边的行道树褪去繁茂,裸着干枯的枝枝桠桠,像画报上的裸模,把自己坦露在严寒中。

麦麦想走到麦地里去,却没有发现路,真不知农民们是怎样进到地里耕种的。

她终于发现了一条坡道,可以通到麦地边。从倒地的植物看,坡道是最近被踩开的,不好走,但没有别的道可选。幸好她今天穿着平跟鞋,没费多大劲就下去了。站在与天相接的麦地边,看着茫茫远方,麦麦感觉自己如此渺小、孤单。

林多多让她考虑的这件事,她不想告诉马尚。自从接到武树那个表白的电话之后,麦麦就减少了与马尚的联系,更不去她家了。有事的话,就在电话里说。

武树打电话这件事,她一定要隐瞒住,代大姐生孩子这件事,也不能告诉她,得自己拿主意。不用问,马尚的答案肯定是反对。可是,自己呢,能坚决地说一声"我不"吗?

答应,还是不答应,老天,你告诉我,我到底该怎么办?麦麦抬起头,仰望着日暮的天空。头顶上,大片大片的云遮盖着天空的底色。几只鸟儿在冷风中盘旋,从一个枯枝飞向另一个枯枝,互相鸣啾,无忧无虑。

也许是心有灵犀吧,马尚居然在这个时候打电话过来,约麦麦去跳舞。

跳舞,是高考后的那个暑假,马尚教麦麦学会的。一帮子同学一起,聚在县城西街一个大众舞厅,打发无聊的假期,等待成绩的揭晓,尽情释放青春的激情。后来各奔东西,再后来,忙上班,忙恋爱,都再没有去过。这都多少年了,马尚怎么就想起了这?

也好,去宣泄一下吧,重拾狂妄的青春。嘿,马尚怎么就这么知我心呢?在恰当的时间,救我于水深火热之中。麦麦一扫胸中鼓胀的沮丧,来了精神,问道:

"哪个舞厅呀?"

"老地方。"

麦麦又步行回了房间,洗了脸,精心化了妆,涂了弃之不用好久的桃色口红。换上一条垂感较好的黑色毛呢裙,外面裹上一件过膝的羽绒服,换上高跟长靴,迎着寒风,步行去舞厅。

那个舞厅除了地址没变,其他的,早不是原来的模样了。经过多次装修,灯光璀璨斑斓,舞池也大了许多,一进去就像走进了一个童话世界。空中悬吊着许多把小红伞,天花板上除了灯饰,还布满了五颜六色的花,垂着长长的花幔。舞池四周,摆放着造型别致的小圆桌和橙红色的休息椅。男男女女围坐桌前,点着烛光,一边吃零食、喝啤酒,一边听音乐。

马尚在最中间的座位上等她,一看见麦麦,就站起来,夸张地扬着手臂,白的毛衣,红的围巾,很是鲜艳。麦麦走到跟前,发现马尚的两个眼皮上,涂了一层厚厚的蓝眼影,还是珠光型的,随着眼皮的一张一合,亮闪闪的银粉几乎要掉下来。她还画了浓重的黑色眼线,在眼尾的收笔处,还夸张地上扬了一笔。麦麦只能看到一团黑洞洞的熊猫眼,却捕捉不到马尚的目光。她不等式的短发虽然梳得很整齐,但明显长荒了。

"怎么心血来潮想起这地方,想重回当年呀?"

"是啊,当年不好吗?青春无敌,未来无量。"

一句话,也勾起了麦麦的伤感。高中毕业那年暑假,她隔三差五向家里找借口,说要来县城看分数、查录取通知书,其实一次次和马尚泡在舞厅,学跳舞。什么三步四步、自由步、探戈、迪斯科,一曲接着一曲,身心沉浸在乐曲中,忘记了高考分数,忘记了家庭的阴影,忘记了一切不快。那时候也没有司丁、柳子茂,没有林多多,没有人逼着她生孩子,多好啊!

马尚点燃了一根烟,夹在食指和中指之间,看着舞池里扭动的男男女女,目光迷离。麦麦有一种直觉,马尚有心事。她却不问,只是陪着她。这个环境很好,比她刚才那个麦地好多了,温暖,还有人做伴。她忽然有些感谢,马尚给自己和她寻找了一个稀释痛苦的地方。

一曲劲爆的DJ舞曲响起,舞池里涌进了很多人。强烈的鼓点震着麦麦的心房,她一把拉起马尚:"走,蹦迪去!"两个人走到舞池中央,混入扭动的人群。多年没跳了,踏着音乐,动作却仍然娴熟,配合得依然默契,一下回归到当年青春的岁月。两人尽情扭动,在呐喊中宣泄、释放,直到大汗淋漓。

一曲结束,两人喘着气,重新坐回椅子上。接下来,是一连串忧伤缠绵的曲子,歌手磁性的声音将歌词唱得婉转深情,动人心扉。一身的汗渐渐散去,热腾腾、凉飕飕的感觉都过去了。马尚终于就着音乐,幽幽地对麦麦讲了一个童话般的故事：

"四年前,我和武树就是在这里认识的。武树舞跳得特别好,人也挺拔帅气,女孩子都抢着和他跳,争风吃醋。开始武树和我跳得最多,后来有一个高鼻子的女孩来得很频繁,和武树配合得也很默契,他俩跳的时候,全场人都站在旁边看,舞厅几乎成了他俩的专场。我被冷落到一边,发誓要夺回舞伴,让武树再也不离开自己。"

"原来你俩是这样好上的,挺浪漫呀！"

"是呀,那时候很能折腾,请学校的老师教自己跳舞,练就了一身好舞艺,又去东竹的一家整形医院隆了鼻,形象和才艺双管齐下,果然夺回了武树。然后,不顾家里反对,和武树结了婚。后来,武树再也不去舞厅,天天陪着我。可是最近,我发现他不是去赌博,就是重操旧业去舞厅,有一次跑到东竹的一家浴场洗浴,一夜都没回来。而且每到晚上,不是牌友打电话,就是舞友打电话,一去就是半夜。"

"你没劝过他吗？"

"当然,可他说都快老夫老妻了,又没有孩子需要照顾,守在家里没意思。我在想,是不是快到了七年之痒？可是,现在才刚刚五年呀。"

"可能婚姻都有这么一个阶段吧,过一段时间就会好的,你也别太伤心。"

麦麦嘴上这么劝着,可是,心里不由想起武树说"我想和你上床"时那种无赖的语气,心里充满了担忧。

"男人一旦放出去,就很难收回来,他的心野了。我最近一直在思量着,要不,生个孩子？没有孩子,他就会起闲心。"

"真的？你想生孩子啦？"

马尚没有立即回答,她端起杯子,一口气喝干里面的啤酒,然后将头向椅背上一靠,瞪着天花板上变幻莫测的灯光,若有所思地说：

"有了孩子,爱情淡了,起码还有亲情,这是根深蒂固的,绝不会背叛你。没有亲情的婚姻,始终是两张皮、两棵树,没有骨肉相连,没有根蔓相缠,说散就散啊。"

"那你决定不'丁克'了?"

马尚没有回答,叹了一口气,自言自语地说:

"我真不知道,两个人结婚,到底是为了爱情,还是为了孩子。也许西方人说得对,孩子是用来拯救爱情的。"

马尚的语气很平静,可是,麦麦在朦胧的灯光下,还是清楚地看到,她的眼角不断涌出泪水,顺着脸庞向下滑。温湿的眼泪从晕成熊猫妆的眼眶里流出来,脸上成了农民刚犁过的田地。

我妈目不转睛地盯着司丁露出座椅的后脑勺,忽然有了一种亲人般的感觉。她和这个男人之间,曾经由爱到恨,如今,又由亲昵到亲切。

21

从舞厅回来,麦麦躺在床上,满脑子都是马尚的脸。这个在婚姻中幸福徜徉的女子,也抵不住爱情的变质、婚姻的变数啊!看来,一纸结婚证,并不能让爱情保鲜。也许,爱情这个东西真是有保质期的,而亲情,可以永久。

整整一个晚上,亲情、爱情、男人、孩子,这些词一直在麦麦的脑海里转来转去,哪一个都不肯走。

"我现在和马尚一样,唯一能抓住的,也许只有生一个孩子了。"

早上醒来,麦麦的头顶像扣了一个大老碗,沉重得令人窒息。掬了几捧脸盆里的冷水,扣到脸上,感觉清醒了一些。用毛巾擦脸的时候,一个念想穿过混沌的脑洞,异常清晰地闪在心头:生个孩子,救人救己。可是,生完孩子怎么办,会得到什么,失去什么?

十几个辗转反侧的夜晚之后,麦麦从抽屉找出林多多留下的写着她电话号码的纸条,手指放在数字键上,毫不犹豫地拨了出去。

她知道,这个电话将会改变她的生活,甚至人生。无论是对是错,是痛苦是快乐,她都心甘情愿。她不知道,也管不了未来,只想把握现在,只想拯救自己,拯救被她伤害的人。

手机里传出好听的音乐,是那首耳熟能详的《听说爱情回来过》,麦麦电击一般,立即挂断,音乐声戛然而止。

林多多很快回了过来,麦麦看着屏幕上的电话号码,任它一遍遍闪烁、呼叫、声嘶力竭,却始终没有接。

电话声休止了五分钟,接着又响了。麦麦心想,这个林多多还挺有耐心。扫了一眼屏幕,心"嗖"地弹了一下,跃到了嗓子眼,是司丁!自从上次两人约会遇见柳父之后,即使知道和柳子茂的婚事黄了,即使知道了麦麦的新号码,司丁也没有打过电话。也许是两个人都把对方的事搅黄了,互相伤害之后,反倒扯平了,有了一段暂时的平静。

麦麦摁了接听键,按住狂跳的心,将话筒紧紧贴着耳朵。司丁的声音听上去很平静,平静中又压抑着喷薄而出的欢快。他说:"麦儿,有个好消息要告诉你,咱们的班主任何老师通知我,这周六要发毕业证,盼了三年多,这个证终于下来了,可是对我也没用了,你帮我领一下。同学要是问起,就说我病了。"

他的话一气呵成,自然流畅,和当年与麦麦在学校认识时一样,仿佛他们之间,不存在那么多的爱和恨,恩和怨。

周六,麦麦早早就到了学校。走在熟悉的校园、熟悉的教室,想起如风的往事,麦麦感到别样的亲切,又有一些伤感。自从和司丁好上后,两人周末都很少去学校听课了,连作业都是司丁找他们单位办公室新分来的学生给做的。两人闹别扭后,连作业都不交了,幸亏从第二学年起,老师改变了教学方法,在课堂上提问,作业很少。毕业论文麦麦是亲自写的,司丁的论文,一定又是出自那位学生的手笔。打枪事件之后,司丁成了"名人",更不好意思来学校了。

何老师的办公室挤满了函授学员。今天不用上课,大家都很轻松,说说笑笑,围在老师跟前,有的咨询上研究生,有的提议组织一个毕业活动,有的提议班上最大的"官"请大家聚餐。麦麦安静地站在人群后面,看着眼前热烈的场面,真想回到从前,重新上一次学。她一定好好学习,不要认识司丁,不要遇见这场爱情。

正胡思乱想着,听到老师高声喊名字:"黄麦麦,黄麦麦!司丁,司丁!"麦麦急忙拨开人群向前走去,郑重地从何老师手里接过红彤彤的毕业证书,又代领了司丁的,分别在登记簿上签了字,就挤出人群,恋恋不舍地往校门外走。直到远离了那帮热闹的同学,她才仔细看了看手中的毕业证,自己和司丁的毕业证号码果然相连,连毕业证上的照片都是一个表情——微笑。

麦麦仔细端详着司丁的照片,眼前这张熟悉的面孔上,眼睛、鼻子、嘴唇,都有她的温度,她似乎也感受到了它们湿软的质感、它们的气息。照片上的面孔渐渐活了起来,似乎要张嘴对她说什么。

她用手轻轻逐一摸了摸这张面孔上的五官,脑海又浮起三年前那一幕,司丁指着她作业本的封面说:"真巧,咱俩学号相连,以后上课点名呀、考试呀、参加班级活动呀,咱们都是相连的!"

没想到,这一相连,就连到了肺腑里。人生若只如初见,多好。

麦麦叹了一口气,小心翼翼地将两张毕业证装进包里。刚走出学校大门,一抬头,却发现司丁的白马王子小轿车停在眼前,透过车前方的玻璃仔细一看,驾驶室没人。麦麦正在疑惑,后排的车窗忽然摇下了一道缝,先是露出熟悉的发型、额头,接着便是一张含蓄的笑脸。

他朝她招了招手。

麦麦不由地向车前走去。离车窗不足1米时,她站住,低头在包里掏毕业证。

司丁说:"不急不急,先上车,我送你。"说着替麦麦打开车门,车立即就"突突"地发动了。

麦麦坐在后面,没有说话,刚打开车门,她就闻到了车内熟悉的气息,内饰和香水味纠缠在一起的气息,已经消逝很久了。她把头靠在座椅上,眼光四处窥探。车前,他们一起买的那盒心形的车载香水还在,后窗靠玻璃的地方,那只雪白的小睡熊还趴在原地酣睡,丝毫不理会主人的心事。

一切都是原来的样子。

麦麦目不转睛地盯着司丁露出座椅的后脑勺,忽然有了一种亲人般的感觉。角色从情人到姐夫的艰难蜕变,终于挺过来了。自己和这个男人之间,曾经由爱到恨,如今,又由亲昵到亲切。

车在偏僻的河边停了下来。麦麦四顾一看,正是原来司丁教她学习驾车的地方。只不过那时是春天和夏天,现在是冬天。人还是那人,地还是那地,车还是那车,却换了风景。

司丁转过身,看着麦麦说:"我们下去走走,好吗?"麦麦点点头,打开车门,两人下了河堤,默默地向前走。

河道里随处可见被水冲出来的石头,静默在水边,享受着风吹日晒。司丁指着两块挨在一起、比较平坦的石头说:"坐会儿吧。"边说边掏出手绢,擦了擦麦麦身后的那块石头。这是麦麦无比熟悉的动作,司丁是麦麦认识的所有人当中唯一用手绢的人。他的手绢,为麦麦擦过灰尘,擦过汗,也擦过泪。

两人并排坐下,都没有说话。彼此感受着对方熟悉的气息,一时有些恍然。旷野里的风无遮无挡,吹着麦麦的头发、围巾,麦麦抬头看着头顶的冬日暖阳,希望它撒下更多的温暖。司丁随手拣起一粒小石头,用力抛向冰冻的水面。石子沿着薄薄的冰面窜蹦了几下,不见了。司丁久久地看着石子消失的方向,终于说话了。

"从在教室第一次见你的那天起,咱们认识三年了,这三年发生了很多很多的事,对不起!"

"不用说对得起、对不起,我们都是被命运捉弄了,如果早些遇见,或者不遇见,就不会发生这些事了。"

"这段时间我们都过得不好,尤其是你,一个女孩子家,很不容易,最近陪你出去走走吧,调整调整身心,让你过一个有我的春节。"

"什么时间出发,我还得回家过年呢。"

"不影响,年后再走,越快越好。领导念及我还立过几次功,将按期恢复我的工作,已经找我谈话了,但还不知会被分到哪里去,所以得抓紧。"

"真的吗,那得祝贺一下呀!"

"庆贺啥呀,只要你安宁,别惹事就行。那次跟童萌假扮情侣去山里跟踪,偏巧就被你看见了。我是警察,有些事根本不能解释,你一番大闹天宫,太折磨人了。"

"人家只是犯了一个天下女人都爱犯的错嘛!"

"别贫嘴了,说正事。我看咱们就去个近一点、气候好的城市。成都怎么样?那儿的美食和景色都很有名气。"

"有吃有玩还有美景,当然好啦!"

成都之行鼓胀着两个人的心房。

正月初六,两人出发前在渭水县吃的晚饭,夜里十点就到了成都。下了飞机,站在双流机场,吹着四川盆地明显温和起来的风,麦麦还有些恍惚。这趟出行,似乎少了上次在南戴河单纯的快乐和陶醉,彼此都心知肚明地怀揣着一个"造人"计划,心底便有些湿重。

坐在开往市区的出租车上,两个人都低着头,避免眼神碰到对方。但彼此都嗅得到对方暧昧的气息。

麦麦知道,二姐林多多虽然再也没有打电话问答案,但久无声息的司丁突然来电话,让自己代领毕业证,找个理由带自己出游,这么快的转折,也许正是二姐的主意。现在,自己和司丁之间虽然正在抵达二人世界,但二姐、大姐的影子无处不在。

两人特意在宽窄巷附近选了一家四合院式的宾馆,上下三层,鎏檐飞瓦,古色古香,顺着三楼的栅栏看下去,院子虽然不大,但独具匠心有小巧玲珑的亭台、池塘和假山,一圈高高耸立的花墙上,镶嵌着无数个形状各异的窗户,方形、圆形、棱形,有一种扬州何园的贵气和繁荣。

躺在宾馆的大床上,被子、床单和枕头都是惯用的白色,可是仔细一看,素白里浮动着粉色的碎花,烂漫如云,一朵朵撒在床上,绽开一屋家居的温馨,人也平添了卧室里的柔情。

司丁搂着麦麦,一寸一寸抚摸着她,说:

"你不是说要信命么?命这玩意儿,又让我们在一起了。"

"我上辈子欠你的。"

"不,你上辈子就是我的。"

司丁说着,翻身压了上来,赤条条的身体,如一座火山。

尽管分别了很久,但熟悉的气息,熟悉的感觉,很快使他们找回了曾经的鱼水之乐。

在成都呆了五天,他们只在市内的杜甫草堂、青羊宫、武侯祠和有名的春熙路步行街逛了逛,没有去峨眉山、青城山,那些大好河山游起来太耗神,为了造人计划,需要保持体力。

第三天早上,麦麦还在被窝里赖着,司丁已经在宾馆一楼吃完早餐,给麦麦带了成都名吃担担面和钟水饺,一进屋就故意用冰凉的手指轻轻拧了一下麦麦的脸蛋。麦麦一下子睁开眼睛。司丁满面春风,兴奋地贴近麦麦的耳朵说:"你猜,我遇见谁了?"

麦麦大惊,一下子坐了起来,两眼紧张地盯着司丁问:

"谁?"

"哈,别紧张,没有熟人,是昨天去杜甫草堂,在宾馆大厅和咱一起等车的湖南那两口子。"

麦麦眼前立即浮现出那对操着湖南口音的夫妇,和善的面容,一路上幽默风趣的谈话。她长舒了一口气问:"他们还没退房,不是说今天的机票么?"

"人家改签了,还想去都江堰玩呢。哎,你猜那男的刚才问我啥?"

麦麦摇摇头,一脸茫然。

"他说你咋一个人,年轻漂亮的媳妇呢?"

司丁故意拖腔拿调地学着那人的湖南口音,眼睛亮晶晶的,闪着兴奋的光。

麦麦的心忽然加速跳了一下,像被这句话揪住了,忙问:

"你怎么回答的?"

"还能怎么回答,在被窝里呗!"

看着司丁甜蜜的样子,麦麦抿着嘴想笑,忽又感觉不好笑,心里反而升腾起一股说不出的委屈。于是翻过身去,用被子蒙住头。

司丁坐在床边,掀开被子,一只胳膊把麦麦的头揽起来,用筷子夹着一只热腾腾的钟水饺递到麦麦嘴边。水饺在麦麦的鼻子下散发着诱人的热气和香气,麦麦不由地张开了嘴。司丁瞅准时机,一下子将整个饺子都塞进了麦麦的嘴巴,然后一边看她吃饺子,一边自信地说:"好好吃,好好睡,给咱养足精神,我最近也滴酒没沾,一根烟没抽,再加上你那先天的好基因,咱俩是黄金组合,生下儿子一定棒!"

麦麦听了司丁的话,心里像被熨斗烫过,角角落落都平整,藏在褶皱里的那些气泡和疙瘩,都被熨平了。她咽下占满口腔的水饺,用两只手搂住司丁的脖子。如果没有记错的话,这个男人第一次戒烟,是为了表达爱她的决心,这一次,却是为了孩子,也算是对未来的爱吧。

记得马尚曾说过,孩子是来拯救父母的。现在看来,孩子还是来拯救爱情、拯救人间的。

在成都的最后一天,农历正月十二,阳历恰好是情人节。去机场前,司丁领麦麦疯狂采购。先去了宾馆附近的超市,直奔土特产专柜,只要看见产地是成都,或者标注"四川特产"字样的,见啥拿啥,并且每样都拿两份,自己一份,麦麦一份。服务员先是紧紧跟着他们,后来见是一个大买主,就帮着他们打包,并派一个小伙子推着小推车,把商品送到宾馆前台。

司丁兴致很高,又带麦麦去成都国贸大厦买礼物。出租车在大厦门口停下,两人进门后,先站在大厅看了看楼层分布图。一楼是首饰、鞋、手机和电子产品,二、三楼都是服装,再往上都是床上用品、娱乐、美食城。司丁说:"咱就在一楼看看,给你买样首饰,一年四季都能戴在身上,就当是我陪着你。"

商场雪白锃亮的地板，像奢华的溜冰场，让麦麦的每一步都走得小心翼翼，展柜里璀璨夺目的首饰仿若美女的眼眸，让人不由地想多瞅几眼。一条造型别致的白金手链吸引了麦麦，它不是一个惯常绕着胳膊的圆圈，而是设计成菱形，在菱形的空白里，镶着一颗颗蓝宝石，既时尚又高贵。戴在手上一试，不宽不窄，不长不短，把麦麦的胳膊映衬得雪白雪白，竟然还和脖子上的宝石蓝围巾互相点缀，十分和谐。设计师的精心构思，似乎就是为这一刻的麦麦设计的。

挽着高高发髻的服务员由衷地赞叹道："真漂亮，我们这款手链很多顾客都试过，你是戴上最好看的一个！"

司丁有些小得意，爽快地说："开票！"麦麦一看价，8800元，心里虽然喜欢，但还是感觉太贵。服务员麻利地开好票，递给司丁。麦麦跟着他向收银台走去，脚步犹豫——她有点想放弃这件礼物。可司丁大步向前走，没有丝毫犹豫。他从钱夹里取了3000元现金，又从银联卡里刷了剩余的部分。

在收银员低头打印发票的当儿，麦麦对司丁说："我也给你买件礼物吧，给成都之行留个念。"司丁凑近麦麦的耳朵说：

"孩子就是最好的礼物，我等着。"

"那得看你的造化。"

下午2点，他们准时登上飞机。一周的欢愉，就要结束了。无忧无虑，却也忧心重重。麦麦透过飞机小小的玻璃窗，恋恋不舍地看了一眼这个城市，又看了看腕上的蓝宝石手链。这个美丽的城市，已经浓缩成腕上风情，即将被她带走。如果能永永远远和司丁留下来，多好。

下了飞机，他们在机场外搭上一辆出租车，很快就回到渭水县。天还没有完全黑下来，街上的人和车比平时多了许多，每个人都慌慌张张的。花店、饭店灯火通明，把将黑未黑的天，撕开一道道彩色的口子。

出租车先将麦麦送到单位门口，司丁帮她取下行李后，就急匆匆地继续乘车走了。麦麦久久地看着车屁股上红红的尾灯，感觉自己像王子舞会上的那个灰姑娘，时辰一到，魔法消失，又被打回了原形。

她无精打采地提着沉重的行李，绕过围墙，向宿舍楼走去。进门拐弯的当儿，竟迎头与一个黑影差一点撞个满怀，还没回过神来，听见黑影叫自己的名字，定睛一看，竟是子茂。他第一个动作便是伸手接过麦麦手里的行李包。

"你终于回来了,打电话一直关机,我过来看看!"

"出差了。"麦麦淡淡地说。面对这个差点成了自己丈夫的男人,麦麦已不再痛苦。她早已不主动联络他,而他,似乎还意犹未尽。

麦麦不幻想张爱玲笔下的倾城之恋,她没有那运气,却也不想和柳子茂成为仇人,便任他跟在自己身后。

打开房门,子茂放下行李,赶紧插上小太阳,又给热水器接上水烧着,屋里一下暖和起来。

"今天是情人节,我特意从东竹赶回来,却找不到你人,急呀!"

麦麦看了子茂一眼,没吭声。心想:"你急什么?你有什么资格为我着急?"

毕竟是亲密接触过的爱人,子茂一下子就读懂了麦麦的眼神,却并不在意,依旧一脸笑意,说:"本来想请你吃大餐,可是这会儿晚了,饭店都快关门了,你刚回来也累,干脆我下楼,给咱们买去。"

"我不饿,你自己吃去吧。"

"那怎么行!你等着,我很快就回来。"

麦麦摊开深蓝色的旅行大包,将一周前带走的衣物、洗漱品一一归位,又把带回的成都特产分成三份:一份留宿舍,一份给同事品尝,一份准备送给柳子茂。她想象着子茂如果吃下司丁买的这些土特产,会品出什么味道来,是醋味,还是苦味?哈!

想到这,麦麦居然笑了。虽然没有声音,但内心涨满了快意。

不到半个小时,子茂就裹着大衣回来了,将两盒粉汤羊血、两个肉夹馍、一份爆炒腰花、一份手撕包菜摊在桌上。麦麦看了看,说:"真香!"又撕开一包在成都春熙路上买的兔肉,放在盛粉汤羊血的饭盒盖上。

看到麦麦的表情春暖花开,子茂一下来了兴致,又从怀里掏出一小瓶酒:"怕你生气,没敢掏出来,今天过节,咱们一醉方休。"

麦麦举起杯,忽然涌出了泪。想起司丁刚才急匆匆坐出租离去的样子,她有些感激眼前这个陪自己的男人。这个可恨又可爱的男人,不容许她寂寞,也赶走了她独处的忧伤。

那夜,子茂没有离开,他用身体,填补了麦麦的空虚。

现在,比化验单结果更让我妈头疼的,是不知道该把这张化验单送给哪个男人。

22

　　正月还没过完呢,单位就召开了收心会,各项工作步入正轨,要求每个人进入状态,麦麦又陷入了日常的忙碌。月经推迟了一个礼拜,她也没怎么在意,迟一周早一周,都是正常的,这些生理常识她都懂。

　　又过了十多天,她感觉不对劲了,对气味特别敏感,呼吸到鼻子里的空气仿佛被烹饪过了,含有各种成分。大街上的汽油味、职工食堂炒菜的菜油味,全部油腻腻地冲进鼻孔,然后顽固地漂浮在她的胃里和肺里,将她的食欲封死。每天清晨,总像有人用筷子在搅她的胃,恶心的感觉一浪一浪在胸腔涌动。

　　典型的生理反应,终于使她重视起来:难道,成都之行有结果了?

　　这个想法一闪,她再也在办公室坐不住了,赶紧去小药店买了早早孕试纸,躲进了卫生间。她仔仔细细看了一遍说明书,然后严格照单操作。特意用一个小纸杯接了中段的尿液,然后把测试插棒伸进液体,一眼不眨地盯着纸板上两条横杠。

　　插棒上的指针一沾尿液,就迅速往上冒,麦麦的心也跟着跳到了嗓子眼。指针终于停住,两条横杠都显出了火红的颜色,用热烈的色彩,彰显着"阳性"的结果。

　　麦麦抚摸着自己的肚子,有些恐慌。真的有种子,有种子在肚子里发芽了?不,也许是自己吓自己,先到医院确认一下再说。麦麦看了看表,医院已经下班,单位的卫生站有值班的,但如果请人家帮忙,不是自取其辱么?在别人眼里,自己还是个未婚的大姑娘呢。看来,只能等明天跑趟远路了。她睁着眼睛躺在床上,不知怎么来处理这件事。

　　真的就怀孕了么?真要生下这个孩子吗?真会像二姐说的那样没有一点影响吗?麦麦越想越担心,最后竟"呜呜"地哭了。

　　抽泣声中,手机响了。麦麦一看,竟然是林多多,这个女人,仿佛能掐会算,简直就是克星。麦麦止住呜咽,抹了把泪水,咽了一口唾沫,接了电话。

"麦麦,子康后天要结婚了,我最近一直在帮忙操办,也没顾上问你。这几天怎么样?"

"好着呢。"麦麦含糊应答着。

"后天刚好是星期天,你来八德庄参加一下子康的婚宴吧,爸妈如果看到你,会喜上加喜。"

"可……可能去不了,单位要派我去外地学习。"

"还要东跑西颠呀,肚子还没动静吗?"

麦麦一听她问到肚子,又想哭,用嘴咬住胳膊,尽量不让对方听到。

林多多"喂喂"了几声,听不到声音,嘟囔了一句信号又不好,便挂断了。

麦麦看着手机,发了一阵呆,仿佛想起了什么,飞快按下一串数字。

"马尚,我可能怀孕了!"

对方安静了一会儿,问:"真的?确定了吗?"

"八九不离十。怎么办呀?"

又一阵沉默,然后,她听到对方挂了电话。

麦麦的心一下子沉入了黑洞洞的谷底。那一刻,她真想抽自己一个耳光。人家结了婚五六年都不要孩子,自己却捷足先登,看来是自作自受。这下可好,连一个能说心里话的人也找不到了。

半个多小时后,麦麦忽然听到有人敲门,声音虽然很轻,但在寂静的夜里,还是让麦麦吃了一惊。她忽然没有了平日的害怕,甚至都没有问一声谁,就走过去一把打开了门,借着屋里映出来的灯光,一眼就看到了马尚焦灼的眼睛。

麦麦一头扑在她肩上,狠狠地哭了。

麦麦不能确定这个孩子是谁的,推算一下时间,两个男人都有可能。尽管马尚是学医出身的,也不能下结论。马尚走后,麦麦几乎一夜没睡。事情的复杂,超出了她的预想。

第二天,麦麦的脸色不再白里透红,而是白里泛黄。一起床就感到恶心,冲到卫生间空吐一气,只吐出少量的食物残渣和粘液。

她还是强打精神,一个人坐班车跑到上次买避孕药的至南镇,在镇医院化验了尿,拿到了早已知道结果的化验单。现在,比化验单结果更让她头疼的,是不知道该把这张化验单送给哪个男人。司丁?柳子茂?他?还是他?

司丁无疑正在热热闹闹地给子康——他的妻弟筹办婚礼。这个率真、可爱的弟弟今天结婚,可自己却不能光明正大地以姐姐的身份去。直接的原因是去了的话,对养父母这边会无法交待,还有一层说不出口的原因:她害怕遇到大姐,在那种场合,她也害怕遇见司丁……

麦麦坐着班车从至南镇医院返回县城,不知怎的,今天特别厌恶街上的车水马龙,厌恶行人,厌恶车的尾气,这些气味加重了她的恶心。过去在单位食堂就餐,闻着师傅炒菜的味,丝丝缕缕都香到了肠胃里。可是现在,一闻到炒菜味儿就赶紧捂鼻子,那味道就像一截看不见的管子,直接插进喉咙,强行伸到胃里,在胸腔翻江倒海,那种难受的感觉,足以让人几天没有食欲。

麦麦靠在座椅上,想着最近身体这些奇怪的变化,忽然想到了一个词:妊娠反应。这个词刚一出现在脑海里,她就被吓了一跳,一下子坐直了身体。向外一看,车已到了县城东大门,很快就要到站了。好不容易挨到下车,她专门拐到僻静的小巷子里。

这里是一条废弃的商业街,扔着几个破长椅和缺胳膊少腿的凳子,路旁的垃圾堆里都长出了草。小摊小贩们欢天喜地地迁到宽敞整洁的新门店里去了,带走了曾经花花绿绿的商品和一街的繁华。如今,这里正等待重新改造,县政府在巷子口张贴了醒目的改造规划,白底蓝字,还有美好的鸟瞰图,麦麦懒得看。此刻,这儿只是她的安静之地、安身之地。

她从包里找出一张废纸,垫在一张还算稳当的破椅子上,轻轻坐上去。在一街的破败里,拨通了柳子茂的电话,问他明天周末回不回渭水。电话那头很欢快地说:"回,美女召唤,当然回来!"

"要回来,就给我帮个忙,去'八德庄'酒店随份礼,300或500元,你根据礼单的情况,自己决定吧。"

"这么重的礼,到底谁结婚呀,不亲自去?"

"一个老师的儿子。"

"我知道了,一定照办!办完事带你到东竹玩,看看我工作的单位。"

"我身体不舒服,不想出门,以后再说吧。"

"怎么啦?哪不舒服?"子茂的声音一下子急切起来。

"都怪你,怀上了!"麦麦脱口而出。想收回的时候,已经晚了。

"真的!"电话那头冒出来这句话后,出现了短暂的沉默。麦麦感觉举着电话的手臂一下子软绵绵的,她刚刚想扔掉手机。对方却又有了声音:"麦儿,你等着,我今晚就回来!"

麦麦下午勉强在单位上班,下班后没吃晚饭,回到宿舍就昏沉沉睡去。一觉醒来,已经晚上9点了。麦麦忽然想起来,子茂在电话里说,晚上就回来看她。可是,哪有他的人影呢?看了看手机,并没有未接来电,正失望时,看到一条未读信息,赶紧打开:麦儿,晚上加班,最后一趟班车没赶上,宝贝儿先睡,明早一睁开眼睛,我就回来了。

她下床喝了口水,上了趟厕所,然后就呆呆地站在空荡荡的屋里,不知道该做什么。深深的失望和委屈从心底里泛上来,像啤酒的泡沫,胀满肺腑,无从排泄。最后,麦麦怀抱着这些沉重的泡沫,把自己重新挪回被窝。

第二天早上,麦麦正沉浸在梦里,一阵敲门声惊醒了她:"麦麦,开门,是我。"是子茂的声音。麦麦掐了掐胳膊,一阵生疼立即传到了大脑。这才确定不是梦,真切的疼痛,将她拽回了现实。

子茂带着一身寒气进来了,浑身却热气腾腾,围巾拎在手里,羽绒服的拉链也敞开着。一进门,就紧紧抱住麦麦,急切地说:"麦麦,咱们结婚吧。我想了一夜,我不能没有你!我这就回去跟爸说!"

麦麦浑身扭动着,挣脱出他的怀抱:

"咱们之间缘份早已尽了,好马不吃回头草。"

"可惜我们都不是马,是相爱的人呀!"

子茂用诙谐的语气,化解麦麦的怨气,然后上前重新抱紧麦麦,用手摸着她的肚子,笑嘻嘻地说:"缘份,不是已经在这生根发芽了嘛,正等着出来呢。"

麦麦的委屈消了大半,嘴一撇,不争气的眼泪就出来了。子茂用手替麦麦抹着泪珠子,说:"不哭,不哭,是我不好,让你受委屈了,以后好好惩罚我,或者,你们娘俩一起惩罚,都行!"

麦麦破涕为笑,转身拿过小坤包,"哧"的一声拉开拉链,从夹层里小心翼翼地掏出一张纸,递给柳子茂说:"看看,医院的化验单。"

子茂一把挡回去,说:"不用看了,怀孕这事,还能有假?我相信你。"发自肺腑的喜悦,让他充满了自信。他在屋里磨磨蹭蹭了半个小时,亲眼看着麦麦吃完早餐,才起身离去。出门的时候,冲麦麦招招手,说:"放心,再十万火急,也记着去八德庄行礼,等我的好消息!"

待子茂"咚咚"的下楼声远去,麦麦拨通了郝老师的电话。自从他找到办公室告诉自己的身世后,再无联系,转眼间已经两年多了,她得给老师一个交待,告诉他子康结婚,她会去凑份子,在林家的礼单上,郑重留下自己的名字。

郝老师一定会欣慰的。麦麦一边听着电话的铃声,一边想。她感到自己这样做不仅恰当,而且高明。

司丁办完子康的婚礼后,连电话也没打,就匆匆忙忙赶来了。一看他进门时急切的神情,麦麦就知道,在子康婚礼期间,林多多已经向他透露了口风。自己索性不主动告诉他,看看他的态度。

司丁来不及松开领带,先仔仔细细、上上下下地打量着麦麦,说:"让我看看,宝贝有啥变化没?"

"才几天没见,能有啥变化!"

"嘿,那也不一定呢。我咋记得,你大姨妈好长时间没来了?"

"去!大姨妈累了,想休息一下。"

"真的?走,去医院!"司丁说着,就过来拉麦麦的手。

麦麦甩开了手:"人家还是姑娘呢,怎么和你一起去医院,查产科?"

司丁恍然大悟,笑着拍了拍后脑勺:"真是昏了头,把这给疏忽了。要不这样,咱这个周末去一趟临花县的医院,就是第一次请你吃饭时,陪你打针的那儿。"

"不用了,我比你更关心我自己。"

麦麦说着,走到衣帽架上取下小坤包,又从夹层里掏出医院的化验单,递给司丁。这张化验单昨天刚刚给子茂看过,但并没有发挥它应有的作用。

司丁愣了一下,迅速接过去,先扫了一眼,眼睛立刻放射出兴奋的火花。

但他按捺住,又仔仔细细看了一遍,然后对着上面的"+"号,连连亲了两口。

"看把你乐得,又不是第一次当爸。"麦麦冷不丁说了一句。

正在兴头上的司丁并没有听出话的凉意,高兴地说:"这一定是咱成都之行的结晶,我看,孩子生出后,小名就叫都都吧。胖嘟嘟的小子,多招人羡啊!"

司丁越说越起劲,竟然一弯腰,两只有力的大手,从后面紧紧抓住麦麦的腰身,将她举起来,在空中抡了一圈,说:"生了儿子,我天天把你架在头顶。"

我妈刚刚堆积起来的侥幸，一下子被击溃了。大脑顿时一片空白，身体所有正在运转的器官和思维全短路了，连泪腺都断了。

23

春节已过,小县城却迟迟不见春的影子,反倒是迎来了倒春寒。一连三天,最低气温竟然都在零下5度。刚刚褪下的手套、口罩、棉帽,又隆重登场,街上行人呼吸着僵冷的空气,头顶着灰蒙蒙的天,每个人都步履匆匆。瑟缩在春寒里,却又春心萌动,期待着,上演春天的故事。

转眼就到元宵节了,几乎所有的村庄都锣鼓喧天,在村里闹够了,又把社火、秧歌舞到了县城。尤其是每年元宵节那天,整个县城都沸腾了,大街上人山人海,围得水泄不通,各个乡镇全把拿手好戏集中到县城"亮相",互相暗暗较劲,看谁家的锣鼓队敲得响,谁家的社火扮相好,谁家的花车装得美。

喜庆一直要从清晨持续到半夜。麦麦闲得无事,站在宿舍的楼道上,倚着栅栏,看着一街两行的灯盏明明灭灭,攒动的人群似蚂蚁般蠕动。年长的拖家带口、边走边逗孩子,年轻的卿卿我我,边走边啃着甘蔗、嗑着瓜子、嚼着口香糖。

她忽然想起《荷塘月色》里的一句话:热闹是他们的,我什么也没有。

沉思间,忽听几声炸响,一束束光流星般划开夜空,一朵一朵烟花在天幕绽开。璀璨夺目,五彩缤纷。

麦麦久久凝望着眼前这稍纵即逝却前仆后继的美丽,忽然伤感起来,自己,不也是一朵烟花么?也许,还不如烟花。没有烟花为美而粉身碎骨的勇气,却比烟花还寂寞。

也许是闹元宵的喜气和热情,融化了寒冷。冷空气渐渐逃遁,眼看就要匿迹了,几天后,却忽然刮来一阵旋风,风里传来一个惊人消息:柳思盛家出事了,是大事!

麦麦没有等来子茂所说的好消息,却等来了他的死讯。这个死讯,没有人告诉麦麦,麦麦是从电视新闻里知道的。

子茂死的那天,是星期六,麦麦午觉睡醒后,就去了办公室,上网浏览孕妇保健和胎教方面的知识,看完后又觉得无聊,又搜了一部大片看完,到下午六点多才回到宿舍。她先去水房洗了两件内裤,感觉水管流出来的水寒得刺骨,匆匆揉搓了几下,就将内裤拧干晾下,赶紧回房间,上床拥着被子,抱着热水袋,然后用遥控打开电视。

正是新闻时间,麦麦一边拿过床头的瓜子嗑着,一边漫不经心地瞄着屏幕。当播音员播报驴友遇难、屏幕上出现搜救画面的时候,热水器正咝咝冒着热气,一壶水即将沸腾。麦麦身上的寒气渐渐散去,她无论如何,也没有将电视机上的这件事,和自己扯上关系。

驴友遇难,近几年时有耳闻,渐渐成为平常而又平常的事。可那些精力旺盛的驴友们并没有被一个个伙伴的死亡吓住,依然前仆后继,向着大自然的未知进军,要走向它的心脏,踏遍它的肌肤。麦麦娴熟地吐出一瓣瓜子皮,心想,这些人,真是吃饱了撑的,无知者无畏啊!

正这样想着的时候,电视机屏幕下方打出了遇难者的名字:柳子茂,渭水县人,东竹市PHNSD电子设备公司项目部经理……

麦麦"呼"地一下坐直身子,嘴巴大大地张着,正向嘴里送瓜子的手僵在半空中,一粒瓜子刚刚去了壳,弹在舌尖,也忘记了咀嚼。她瞪大眼睛,屏住呼吸,仔细看着屏幕上的字,生怕是自己眼睛看错了。屏幕上的字一晃就消失了,并没有因为她的震撼而久留。

不会是子茂,不会是子茂!麦麦怀着一丝侥幸,那个公司的名字,很陌生的,不是子茂的公司。然而,心却怦怦狂跳,仿佛要蹦出胸膛。

紧接着,电视里又出现了一幕:柳思盛出现在镜头里,苍老的他蹲在地上,手抱着头,哭天喊地,老泪纵横……

麦麦刚刚堆积起来的侥幸,一下子被击溃了。大脑顿时一片空白,身体所有正在运转的器官和思维全短路了,连泪腺都断了。那一刻,她虽然在床上半躺着,可是却感觉身体失重了,空飘飘的,一会儿在云端游游荡荡,一会儿又下沉、下沉,不知要沉到哪里去。

"子茂、子茂!"她开始喊他的名字,嘴唇翕动,喉咙却发不出任何声音。她却固执地喊着,喊着。忽然,眼泪就决了堤,喷涌而出。她的世界仿佛只剩下眼泪,汹涌的眼泪,打湿了被子、床单、枕头……

　　世界上最疼她的子茂消失了。整个世界都空荡荡的。麦麦的头脑里,一幕一幕回放着和子茂在一起的镜头。还记得一次逛街买衣服时,遇小偷跟踪,被抢了包,惊惶无助之下,拨通了子茂的电话。子茂帮她拨打了110,随后立即放下手头的事,从东竹赶回来,深情地对她说:"从今天起,我就是你的110。"

　　可是,现在那个要充当她110的人,却成了一具无知无觉的尸体。麦麦内心深藏着、信赖着的那根温暖之弦、精神之弦,一下子断了。

　　第二天睁开眼,这个世界还在,一切和往日一样。

　　窗外依然响着小摊小贩的叫卖声、汽车的喇叭声、建筑工地的电锤声。麦麦伸出胳膊,拉开窗帘,明媚的阳光一下子就探进房间。她在一瞬间有些怀疑:是不是昨晚做了一个噩梦,子茂并没有出事,他还在单位,还在上班,而且很快就会回来看她。麦麦这样想着,把胳膊放回被窝,翻了一下身,平躺下,眼睛直对着天花板,轻轻地松了一口气。她忽然想到,应该给子茂打一下电话,看看他在哪。

　　她拿过沉睡在床头柜上的手机,拨了一串熟悉的号码。号码送出去后,麦麦把手机紧紧贴在耳朵上,屏气凝神。她多么希望,子茂和往常一样,笑着贫嘴:"美女一来电话,我就知道是有人想我了!"

　　可是,今天的话筒里没有接通长声,也没有紧凑短快的忙音,只是可怕的无声无息。而且,这无声无息越来越浓稠,越来越厚重,像暴雨来临前的云,一团团在头顶聚集、翻卷,压得她透不过气来。她等不及,正要重拨时,忽然出现一个女声:你拨打的电话暂时无法接通。

　　她不甘心,一遍一遍重拨,始终只有一个声音在回答她:你拨打的电话暂时无法接通。

　　麦麦上了一趟厕所回来,又开始重拨。她一定要把子茂的手机打出声音来。这次,信号还正在发送中,手机却突然响了,麦麦浑身一颤,心脏狂跳,心想子茂回过来啦?定睛一看,屏幕上显示着马尚的名字。电话里,马尚的声音有些低沉,话说得也拐弯抹角。她先问麦麦在哪里,然后告诉麦麦,看看今天的报纸,特别是《东竹晚报》,最后又前言不搭后语地叮嘱了一句:"有些坎儿,遇上了就遇上了,一定会过去的。"说完就匆匆收了线,没有和往日一样东扯西扯闲聊半天。

大门外就有小报亭,麦麦上班天天路过,离宿舍也就200多米。因此,她只在睡衣外面裹件羽绒大衣,对着镜子拢拢头发,就准备下楼去买报纸。她看着镜子里的自己,双眼肿得像水蜜桃似的,黑葡萄般的眼仁几乎看不到了,上眼皮和下眼皮挤占了眼睛的位置。她的心猛得一沉:"马尚怎么忽然想起让我看报纸?难道昨天的事情是真的?"

麦麦顾不上拢头发了,趿着棉拖鞋就飞奔下楼。往日冷冷清清的小报亭,今天却围了很多人。蹬三轮车等客的、手里举着肉夹馍正吃早餐的、抽着烟的,他们有的独自站在冷风中专心地看报纸,有的三三两两围在一起议论着什么,时不时点头又摇头,表情凝重。麦麦走到跟前,递上一元钱,买了一份,没敢看,就朝宿舍楼院子走去。

寒风中,一句话清晰地飘进了麦麦的耳朵里:"唉,老柳这人,命不好!可惜了,可惜了!"

麦麦没有停留,又趿着棉拖鞋飞奔上楼。关上门赶紧翻开报纸,一行醒目的标题跃入眼帘:我市一名驴友遇难!急忙往下搜寻,再一看,一下子就看到了柳子茂一张半身照片,照片上,他还一如继往地冲着麦麦笑,仿佛要从报纸里走出来。

他当然没有走出来,而是随着报纸在麦麦软弱无力的手上滑落,无声无息地飘向了地面。

麦麦的双腿忽然支撑不住了,一下子瘫坐在地上,几乎忘记了哭,只是呆呆地看着地面。半天后,才喊了出来:"子茂!子茂!子茂啊!"

子茂再也听不见了!子茂再也回不来了!

春节前,子茂加入了东竹市一家户外俱乐部,按照计划,这个周末要去穿越太白山,一行有25人。因为他是"新驴",进山后不久就感觉气喘吁吁,浑身越来越软,腿硬得像没长在自己的身上。一问队友,才走了三分之一的行程。他望了望一眼看不到顶的茫茫大山,预感到自己撑不到底,擦了擦头上的汗,回头一看,还有一名驴友体力不支,落在了后面。待他走近,两人一商量,决定结伴提前返回。

带队的头儿叮嘱他们,沿着原路下山,在出发前集合的那家农家乐等大部队。

然而,第二天傍晚,当驴友们下了山,在农家乐集合的时候,却没有看到他们两人。领队向农家乐主人一打听,才知这两人根本就没有回来,于是急忙拨打两人手机,始终显示无法接通。头儿立马意识到出事了,赶紧组织几名体力好、有经验的"老驴"上山搜救,又拨打了110报警。

报纸上这样讲述了柳子茂遇难的过程:在下山的途中,柳子茂可能因为刚刚登山两个小时就打道回府,有些不甘心,便和那名跟他一起下山的驴友商量着,想走一条新路,感受不一样的风景。只要方向一致,走一截后再沿老路返回。可是,走着走着,眼前的岔道越来越相似,树木、山体甚至草坡的弯度也没有多大的区别。加之积雪堆积,扰乱了判断,他们走到别的岔路上,不知道哪一条才是当初上山的岔道,两人遇上了驴友最棘手的事——迷路了。

天越来越暗,两人只好停在原地,搭了帐篷,铺上防潮垫小憩,准备等第二天再寻路。子茂在寻路时不小心摔了一跤,膝盖碰到石头的棱角上,一阵钻心的疼漫过后,脚几乎不能踩地,也不知骨折没有。因为穿得太厚,山上的气温太低,不便查看,就勉强吃了一点饼干和面包,喝了几口水,然后靠着背包半躺着,暂且歇息一下。

两人开始还有一搭没一搭地说话,后来疲乏战胜了警惕,也战胜了疼痛,竟然都迷糊过去。不知过了多久,子茂被一阵凄厉的风声惊醒,紧接着,腿上钻心的痛随之袭来。帐篷,像在惊涛骇浪上颠簸的小船,正随着怒吼的风左摇右晃,似乎随时都会拔地而起,随风而去。

这样大的风,他从来没有遇见过,风力差不多在七级以上。他想用背包压住帐篷,却发现身体不听使唤,除过那条伤腿有痛感,全身竟然有些麻木。

"伙计,醒醒,快醒醒!"

同行的驴友被叫醒了。他同样感觉身体麻木,勉强起身,透过帐篷缝隙向外看了一眼,这一眼让他倒吸了一口凉气:夜空依然黑深,但地上却铺着一层厚重的白。他立刻明白,他们遇到了风雪突袭。之前并不熟悉的两个"新驴",在那一瞬间都意识到冰雪对热腾腾身体的觊觎和威胁。在刺骨的寒意中,他们仿照影视片中看过的方法,逐渐向对方靠近,最后将身体紧紧靠在一起,抵御低温。可是,温度似乎还在下降,下降……

衣服,似乎不存在了,身体越来越冰凉,越来越冰凉。子茂的上下牙齿紧紧咬在一起,他长这么大,第一次感受到大自然的魔力竟然这么大,人,竟然如此渺小柔弱。"死亡"一词,忽地就浮上心头,心想自己能挺过这一关吗?

一股地动山摇的风再一次怒吼而来,像是在回答他。伴随着这个答案,帐篷整个被揭起,在空中连续打了几个趔趄,便被狂卷而去。

搜救队员在山沟下,找到了他们快要被积雪掩埋的红色的帐篷。一名驴友侧卧在离帐篷几步远的地方,身上盖着一条军绿色的单人被子,被子上还残留着一层昨夜的雪花。两个黑色的大背包呈对角线,分别牢牢压住被子的两个角。狂风狠狠地掀翻了背包,却始终没有掀开被子。

搜救队员没有看到柳子茂,但雪地上残留着一道印痕,尽管雪将它半掩半盖,但在空旷无垠的雪地里,纵使鸟儿飞过,都会抖落几片不同的雪花。搜救队员心里一喜,这道歪歪扭扭的痕迹,分明是身体爬动时压出来的,于是急忙顺着这道生命线向前。

子茂的尸体,是在离帐篷百米远的一个浅山洞口发现的,他本能地保持着爬进洞口的姿势。头朝下,身体艰难地半趴着。他可能想爬进去躲避,可是洞穴太小,又有点高,加之腿上有伤,只能伸进去他的头和肩膀,腰身、腿和脚都露在外面。刺骨的冷风如匕首,一下一下,解剖着他的身体。

子茂的大脑似乎也陷进一个洞里,空荡荡的。父母、麦麦似乎在耳边叫他,他在心里回应了一声。四肢、五官甚至声带已经脱离他,无法做出任何回应的动作。腿上的伤感觉不到疼了,耳边的声音、一张张浮现的脸庞,都飘走了,散开在迷蒙缥缈的云雾里。天地成了一个巨大的冰箱,严严实实地捂住了这个原本热血沸腾的七尺之躯……

后来,搜救队员看到,两人寻找的那条下山岔道,就在离帐篷不足200米远的地方。可是,这两个毫无经验的"新驴",却再也找不到了。

和子茂一起的那名驴友,被抢救过来了。他有妻有子,孩子刚满两岁。是那条被子茂细心折成两层、盖在他身上的军被,让他活过来了。

而子茂,却撒下亲人,撒下心爱的女人,走了,一个人在风寒交迫中,毫无准备地去了一个孤独的世界。

一张薄薄的报纸,轻飘飘地宣布了子茂的去处。一行行白纸黑字,在麦麦的眼前闪现。麦麦的思维难以跟上报纸。她无法想象子茂遇难的那个画面,更无法想象,他死前曾经有过怎样的挣扎。他害怕了吗?他想起自己了吗?他怎么不把被子裹在自己身上啊!

报纸还附了一则编者手记:天堂里没有风雪。以这样的题目,为子茂送行,赞扬他舍己救人的牺牲精神。很多驴友也自发去了子茂家,安慰、照顾两位老人,好让子茂少点牵挂,一路走好。

然而,这一切都有什么用?无论如何,她的子茂,再也不会来看她了。她必须接受一个现实,一个明明天塌地陷、但天也没塌地也没陷的现实:她和子茂,已经不在同一个世界,而是阴阳相隔了。

柳家,那个原本希望枝繁叶茂、多子多福的三口之家,现在是如何应对着撕心裂肺、天塌地陷的打击?麦麦不敢去想,更不敢去看。

马尚去柳家看了,一回来就给麦麦打电话。麦麦这才知道,子茂老家还有一个大伯,祖坟也在。柳父一心想将他运回去土葬,让他进祖坟,入土为安,可是村子有个老规距:凡罹死在外头的年轻人,尸身都不得进村,否则会坏了村子的风水,不吉利。把子茂的尸身运回去,村里人会答应吗?

子茂的大伯找到村长,好说歹说,软缠硬磨,拉开一副不答应就不走的架势,又送了些好处,最后村长让了步,在村委会上说柳子茂是舍己救人的英雄,是村子里的骄傲,允许破例回村土葬,也可以火化后,把骨灰埋回来。子茂的大伯又一一打点了其余村干部,子茂终于可以畅通无阻地回老家了。

"什么时候埋葬?"

"后天,你去不?"

"去,我要给他送行!"麦麦不假思索地说。

挂了马尚的电话,麦麦满脑子都是子茂的笑、子茂的声音和气息,他是那样的阳光和明媚,怎么会变成一具无知无觉的尸体?"不,不!我不去,我不能去,我要留着他灿烂的样子,不要告别,更不要生死离别!"

可是,真的不送他这最后一程吗?

麦麦的纠结,持续了整整一天。只要醒着,就在斗争。

去?

不去?

她几近崩溃,在床上翻来覆去,把自己折腾得头晕脑胀。朦朦胧胧中,忽然来到了一个空荡荡的大厅,她的脚刚朝门里一挪动,就像踩到了什么机关一样,四周哀乐顿起,很多胸戴白花的人开始从墙壁后面鱼贯而出,全都黑衣黑裤,青面獠牙,表情沉重。

她一个也不认识,但这些人说话的声音却极其熟悉。有一句话穿过嘤嘤嗡嗡的抽泣声,直穿耳膜:"看,她就是那个害人精,子茂瞎了眼,差点和她结婚,这个脚踏两只船的蛇精,要让天打雷劈……"

麦麦的心紧紧缩成一团,急忙寻找声音的出处,一抬头,看见大厅高高垂挂的白色布幔上,有几个醒目的大字:柳子茂葬礼!她浑身一颤,仔细一看,布幔下方,摆放着一副冰棺,里面似乎躺着一个人。

她正要奔过去,忽然空中一声巨响,布幔上的那些字四散碎裂,一笔一画旋即变成黑色的箭,直向她的胸口刺来!麦麦"啊呀"一声,身子本能地向后打了个趔趄,嘴里急呼:"子茂!子茂!"

没有人回答她。

睁开眼,外面是黑沉沉的夜。万籁俱寂,天地静默。

麦麦没有去子茂的追悼会现场,也没有去看柳家父母。

她恨自己。

麦麦怀孕了，我好高兴啊！
这一句遗言，是柳家的救命草，却是我妈的痛心丸。

24

半个月之后,柳思盛夫妇竟然来看麦麦了。当他们突兀地出现在麦麦办公室门口时,她一下子就怔住了。

眼前的两个老人,除了眼睛还算熟悉,整个身体,都衰弱下去了。眼窝深陷,原先花白相间的头发全白了,乱糟糟地蓬在头上。柳父任由胡子疯长,遮盖了半个脸庞和下巴。两人平日穿的衣服一直棱角分明,现如今都软塌塌的,尤其柳妈,半长的咖啡色毛呢上衣上污痕累累,不知是脏土、泪痕还是鼻涕。

自从儿子出事之后,渭水县城的人,都知道了这对父母失独的事。有人赞扬他儿子舍己救人,有人说他儿子傻冒,有人说柳家上辈子没积德。各种流言蜚语,如涌动的浪,翻腾着,流动着,正缓缓向岸边停泊。

麦麦的屁股像弹簧一样,迅速从椅子上弹起来,刚叫了一声:"姨、叔!"眼泪就差点溢出来。她急忙转过身,向热水器走去,取出一沓纸杯,准备倒水。柳母跟过来,扯了一下麦麦的衣角,小声说:"闺女,有事想和你商量,最好出来一下。"

麦麦一回头,正好与柳父的目光相遇。那双因布满血丝而显得失神的眼睛,正眼巴巴地瞅着她。麦麦只好放下手中的纸杯,随着两人向门口走去。麦麦跟着走了几步,忽然想起了什么,又回过头拉开抽屉,拎出一大串钥匙。走出门后,麦麦说:"五楼会议室这会没人,要不咱就到那去吧。"两位老人互相交流了一下目光,点点头,默不作声地跟着她。

麦麦紧紧攥着手中的一大把钥匙,尽量不让它发出稀里哗啦的声音。然而,钥匙太多了,有几把侥幸露在指缝外,互相磕碰着,发出"叮叮当当"的脆响,默默敲击着三个人的心。

两位老人谢绝麦麦的搀扶,抓着扶手,一步一步向楼顶挺进。三人一前一后到了五楼。麦麦按照钥匙上的标签,很快抽出其中一把,打开会议室的门。如果不开职工大会,平常这个会议室一直空着,除过打扫卫生的,没有人来。今天单位领导全部到市上开会去了，况且又到了下班时间，绝对安静。

三个人进了门，随便找椅子坐下。见老两口坐在一排，麦麦就搬起前排一张椅子，面对他们坐下。第一次面对面，没有了子茂，三个人都感觉有些尴尬，空气似乎也僵硬起来。

麦麦吃不准柳父柳母找她何事，但一看到这两位痛彻肺腑的花甲老人，心一下就软了。失去了独子，往后这两位老人可怎么办呀！她想说些安慰的话，却不知从何说起。

柳父没有说话，两只皲裂的手在上衣口袋里翻腾了半天，摸出一根皱皱巴巴的烟，急切地放进嘴里。

柳母眼圈红红的，眼袋肿胀，不知流了多少眼泪，也不知蓄了多少眼泪。这会儿，还没有张口说话，眼泪却已汹涌而出，淹没了脸上所有的皱纹，她抬起一只手捂在眼睛上。但眼泪，还是顺着她的指缝，流到了下巴，又一滴一滴的，落在了地上。

"闺女，子茂的事，你肯定也知道了。都是我们害了娃，要是当时跟你结了婚，就不会出这事了……"柳母哽咽着，打破了静默。

"都怪我，都怪我这老不死的！"

柳父嘴巴一咧，夹在唇间的烟随即掉到地上。他伸出枯瘦的手，想要捡起来，但只是弯下腰够了够，便放弃了。就这样垂着手，低着头，接过老伴的话，说：

"自从跟你的婚事有了变故，茂儿就变得消沉，回来得少了，跟我们的话也少了。后来，放假不回家，就去爬山，参加什么户外俱乐部，这不，人都没了！"

麦麦鼻子一酸，泪也跟着出来了，却不知怎么安慰。也许，自己能做到的，只有在此刻，耐心地陪着两位老人。

空荡荡的会议室里，三人压抑的抽泣声此起彼伏。

柳父止住了抽泣，目光转向麦麦，说："闺女，咱差点就成了一家人，我也就不绕弯子了，长话短说，你告诉我们，是不是有喜了？"

麦麦的脸，一下子涨红了。她的这个私密，如何被老两口知道了？难道子茂托梦给他们啦？她张了张口，却发现自己无法回答。

柳妈忽然意识到什么，停止抽泣，把一只手伸进口袋里，摸出一张叠得四四方方的纸来,在手里捏了捏,郑重地递给麦麦。麦麦拆开一看,是一页从日历上撕下来的纸,背面的空白处,用黑色的中性笔写着一行字:

"麦麦怀孕了,我好高兴啊!"

居然是子茂的笔迹。字比平时大了一号,而且龙飞凤舞,一撇一捺、一横一竖,都张扬着当时的喜悦和激动。

原来,老两口前天去单位收拾儿子的遗物,发现他房间里全是麦麦的照片,更加后悔当初阻挠儿子婚姻的武断。子茂有在日历上记事的习惯,每天几乎都要在日历的空白处写上几句话,记述当天发生的重要事情,或者是自己的喜怒哀乐。

在其中一张日历上,老两口发现了这句话。他们仔细看了看日历,日期是3月17日,也就是十天前。深陷痛苦中的老两口像抓住了一根救命的稻草,急忙把这张日历小心翼翼地撕下来,揣在怀里。

"你把孩子留下来,我们养着!不管是男娃女娃,只要你同意留下这个孩子,无论让我们做什么,都行!哪怕把我这把老骨头卖了!"柳父说。

麦麦低下头,不吭声。

瞬间,会议室陷入死寂,空气仿佛停止了流动,一根针掉在地上都听得见。

还是柳父打破了死寂。

"闺女,求求你,柳家就子茂这根独苗,他一走,家族的根眼看就断了,到了黄泉下,没脸见祖宗呀,求你了!"

柳父涕泪横流,说话间,竟然"扑通"一声,跪在了麦麦面前。

柳妈也跟着跪下,眼泪滂沱:"闺女呀,你救救这两把老骨头吧!俺是个罪人,只生了这一个孩子,愧对柳家呀……"

柳妈哽咽着,头竟在地上碰了起来。

麦麦慌得不知所措,下意识地跨前一步,用手挡住柳妈的头,然后抓住老人的胳膊,想扶起她。然而,柳妈和柳父那瘦小苍老的身体像被钉子钉在地上,竟然纹丝不动。

"你不答应,我们就不起来了!"

望着齐刷刷跪在眼前的白发老人,老年丧子的老人,命运多舛的老人,麦麦的心像被戳了无数个窟窿,每个窟窿都汩汩地流淌着鲜血。

"你们先起来,只要一切正常,我,我可以留下他!"

老两口的肩膀同时一震,互相对视一眼,紧接着同时扑向对方的怀里,抱头痛哭。

老两口满怀希望,互相搀扶着走了。他们只激动地听到麦麦的后半句,没有留意前半句"一切正常"的含义。送走他们之后,麦麦久久不能平静,一种深深的担忧和恐惧笼罩了她。这个孩子,是子茂的吗?

她希望是,又希望不是。

有一点可以肯定,孩子无论是谁的,都得生下来了。看来,未婚先孕,未婚妈妈,是她命里的定数,逃不掉的。

麦麦怀孕还不到两个月的时候,司丁已经开始忙活了。他四处托人做三件事,一个是找家能给做性别鉴定B超的医院,哪怕是私人开的,只要准确就行。另一个是物色一个有经验的、能伺候麦麦坐月子的保姆。第三件事,是在离县城五里之外的镇子上,给麦麦租一栋独门独院的房子,二层小楼,前面还有院子。如果是男孩,就接麦麦去这个小院去静心保胎,谁也找不到,并提前给屋里添置了沙发、厨具甚至婴儿床。

司丁几乎每天晚上都要来看麦麦,过了10点才回去。自从麦麦怀孕后,他自觉不做爱了,说对孩子不好。但天天隔着睡衣,趴在麦麦肚子上听,嘴里还念念有词:

"小子,好好听话,吃饱喝好!"

"去,看把你急的,现在哪有动静呀!"

"父子是可以感应的,我多逗逗他,小鸡鸡就长得快!"

"你来得这么勤,就是长点,也不明显。"

"哪敢马虎呢?你现在可是国宝大熊猫,一定得保护好!等你怀满三个月,咱们做了B超以后,就住过去,我天天接你上下班。到六个月的时候,我再去医院找熟人,给你开一张病假条,到时候,你就可以不上班,安心休养了。"

柳父、柳母也常来找麦麦,他们经常站在麦麦回宿舍必经的路上,为她送鸡汤、排骨或者饺子,花样很多,每周都不重复。柳父去超市买了一套专门送饭的小保温桶,里面可以隔几层。米饭、饺子、包子之类的可以放在上层,底层可以盛汤。老两口常常提着满满一桶汤汤水水,站在寒风中等麦麦下班。每周都来两三趟,麦麦算了算,大概是隔天一次。

她每每打开热气腾腾的饭菜,总感觉那米粒不是米粒,是一颗颗热气腾腾跳动的心。那汤也不是汤,是一种叫做"希望"的水。

柳母的厨艺不错,浓淡相宜,很合麦麦的口味。但麦麦每次都吃不了多少,妊娠反应比较严重,一口吃得不对劲,就恶心想吐。每天清晨起床,都要去厕所干呕一阵。这楼是单身职工宿舍,幸亏近几年职工陆续结婚,搬出去了,新分来的大学生大多又在基层,三层楼里只剩下四五位单身同事,平时很少碰面。但她也不敢太放声,怕被楼上的同事听到。

这样的生活没有持续多久,就出现了意外。司丁如期恢复了他的工作,虽然调离了原地,在一个偏僻的接近山洼洼的派出所任副所长,但毕竟还是警察。用司丁的话说:"没事,从头再来,三年后又是一条好汉!"

一天中午,司丁来县城参加公安局的工作会,中午匆匆吃了几口会议餐,就见缝插针赶来看麦麦。偏巧,柳家父母也来送饭。远远地,他看到了老两口,也看到麦麦从他们手中接过来的保温盒。

待老两口千叮咛万嘱咐地走后,司丁走近麦麦,猛不防从后面拍了她一下。麦麦一惊,手中的饭盒"咚"的一声掉在地上。大概因为封闭很严的缘故,饭没有洒出来,可是,麦麦一看见司丁,眼泪却"哗哗"地流了出来。司丁的脸有些阴,他弯腰捡起地上的饭盒,拎在眼前左看右看:"哟,这么高级的保温盒,里面装得不少呢!谁家送来的呀,这么有爱心?"

麦麦低着头不语,快步向宿舍走去。

司丁跟在后面,手里还拎着那个保温饭桶。一进门,就扬了扬手中的饭盒,迫不及待地问:"刚才那人,应该不会是你的父母,他们是谁?"

麦麦瞥了一眼饭盒,完好无损,只是有一处被水泥地碰得凹进去一大块。此刻,这盛满美味的家伙,不知道它是罪证,还努力散发着鸡汤温热的香气。

"说呀,他们是谁?是不是你要结婚的那对公婆?"

司丁虽然浓眉阔眼,但眼睛是单眼皮,印象中,一直是长形的、温情的,可此刻,麦麦忽然发现他的眼睛很圆,目光很亮,像出鞘的剑,射出一种陌生的寒气。

麦麦一下子就被司丁眼中的寒气击碎了。世上没有不透风的墙,既然瞒不下去,索性就把这个压得她几乎想寻死的秘密倒出去,把这块大石头扔出去,让他们去承担吧!

麦麦停止抽泣,平静地直视着司丁的眼睛,牙齿里迸出一个字:"是!"那表情,那语气,是一种豁出去了的豪迈:是又怎么样?

司丁一屁股颓坐在椅子上,用双手抱住了头。

屋里的空气顿时凝固了。半天没有任何声音。不知过了多久,司丁抱在头上的双手缓缓垂下,一只手着急地在上衣口袋里乱掏,居然摸出了一盒烟和打火机。只听"噗"的一声,打火机闪出微红的火焰,烟点燃后,他猛吸一口,迅速吐出。烟雾,很快就把他笼罩起来了。

他一根接一根地抽,始终不说话。屋里聚了一团团浓重的烟云,一团刚刚在空中化开,又一团紧跟着袭来。空中,丝丝袅袅的烟雾在不时缠绕、飘移。麦麦感觉喉咙不停的发痒,想咳嗽,但她忍住了,每当咳嗽即将冲口而出的时候,她就使劲咽一下唾沫。后来,烟雾越来越浓,她的喉咙竟然不发痒了,却又感觉胸闷,头晕。

真想冲出这间屋子,好好呼吸一下外面清冷的空气。

她打开了窗户,然后像没有看见司丁似的,兀自脱了大衣,解了鞋带,上床盖上被子,把头侧向墙。

司丁终于掐灭烟头,走到床边,一把扳过麦麦的身子,把脸几乎凑到她的脸上,一字一句地问道:"跟我说实话,肚子里的孩子,是我的吗?"声音不大,但那语气,愤怒中裹着渴求、期待,有着一种能让坚硬起来的心瞬间粉碎的魔力。麦麦睁开眼睛,此刻,眼前这张脸,这双专心注视着她的眼睛,才是她熟悉的司丁,帅气、温情,眼神和声音,能把人融化了。

麦麦缓缓地点了点头,泪水夺眶而出。司丁一把抱住麦麦,温热的大手不停地抚摸着麦麦的头、肩,最后停留在麦麦脸上。他用手指抹去她的眼泪,紧紧抱着她,孩子似的将头埋在她的胸间,然后又仰起了头,长长地吐出一口气。

麦麦透过司丁的手指缝,看到了他湿润的眼眶。

一个孩子要出生了,一个孩子却消失了。
我想不通,为什么消失的偏偏是我?

25

柳家父母依旧隔天来送饭。

麦麦劝柳家父母,不用来送饭了,食堂的伙食很好,她会照顾好自己的。可是,柳家父母一直固执地站在那条小道上,把热气腾腾、精心烹饪的饭菜送到她手上。越劝,他们越惶恐,来得越勤,每次都满怀希望地盯着她的肚子,问这问那,左叮咛右嘱咐。那期待、慈爱的眼神,把麦麦的心戳得生疼。

有一次送饭时,老两口拿出一个信封,说先给麦麦两万块钱营养费。甚至告诉麦麦,孩子的奶瓶、褥子、衣帽都准备好了,奶妈也找好了。只要一生下就抱走,月子期间,柳母将把麦麦接到乡下,亲自伺候一个月,绝对保密。以后,麦麦该恋爱就恋爱,想结婚就结婚。原来子茂装修好的那套婚房,也可以留给麦麦。

日子一天天过去,麦麦看着似乎一天天粗起来的腰,越来越惶恐。一个月后天气变热,即使穿上宽大的衣服,恐怕也遮掩不住了。怎么办?到底服从哪一方的安排?司丁,还是子茂父母?

麦麦开始天天做噩梦。

梦里,一次次上演恐怖片。一次是梦见司丁开着车,带着她去一个很远很远的医院做B超,等她走出B超室的门,却发现不见了司丁的人影,把她一个人扔在那个陌生的医院。她找呀喊呀,空旷的大楼里,只有她的回声,方才穿着蓝衣蓝裤接待她的医生们,都没了踪影。

她摸索着走出了医院的大门,可是怎么也找不到来时的路。外面全是荒地坟茔,她大声喊着:"司丁,司丁……"没有人回答她,耳朵里,只有哨子一样怪叫着的风声。

还有一次,她梦见自己刚刚生下孩子,还没有看一眼,司丁就直冲进来,不顾护士阻拦,一把抱走孩子,说要去验DNA。她哭呀喊呀,伸长胳膊,可怎么也抓不住司丁。后来,她哭着哭着就睡着了。司丁回来了,一下就把孩子摔在床上,看也不看她,扬长而去。

梦里,还常常出现多日不见的柳子茂,他满头鲜血,吊着一根长长的血红的舌头,从门口爬进来,抱住麦麦的腿:

"我要转世,我要投胎,和你永远在一起!"

那声音,仿佛是从地底下发出来的,瓮声瓮气,阴森嘶哑,完全不是以前那个熟悉的声音。那毛骨悚然的声音,麦麦一想起来,浑身就不由地颤栗,迅速起一层鸡皮疙瘩。

今夜,麦麦又梦见母亲白如菊,那一张脸在盛怒之下完全变了形,她咬牙切齿地吼道:"不知羞耻,败坏黄家的门风,做下这么丢脸的事,还有脸进门,还有脸活着!滚!"那两束射向麦麦的眼光,像两把刀子,麦麦不由地打了个寒噤,然后就在刀剜般的剧痛中,醒过来了。

醒来时,麦麦大汗淋漓,浑身瘫软,枕头都是潮湿的。被子早已被蹬走,顺着床沿滑在地上。四月底的天气,麦麦穿着薄薄的吊带背心和裤头,居然也没有被冻醒,反倒是被吓醒了。

她呆坐在床上,再也睡不着了。一看手机,才凌晨三点。窗外,还是浓稠的、一把抓不透的黑。漫漫长夜,没有人在她身边,只有身体里面一个尚无知无觉的生命,陪伴着她。

想一想,司丁和子茂这两个男人,一个给自己的,是欲罢不能的、纠结的爱;一个是撒手而去的、不了的情。现在,又用他们的根,来缠住自己不放。

这些日子,噩梦反反复复出现,吞噬着麦麦的睡眠,蚕食着她的精神。白天精神恍惚,拟文件老出差错,开始同事小陈还经常提醒她,帮她校校错别字。一些小差错,办公室主任也替她兜着。

可是差错接二连三,而且越错越离谱。

早上刚刚送来局长批过的一份《开展关爱女孩三下乡活动》的重要文件,下午开会前就找不到了。麦麦一头大汗,却始终想不起来随手放哪了,又来不及向别的兄弟单位索要。结果,局长召开会议时没有文件可学习,只好口头传达了一下文件精神,先草草安排了三下乡捐赠工作。随后,局长很严厉地点名批评了麦麦。局长平常很和蔼,批评人的方式一向含蓄,而这次,在全局机关干部会上直接点名,破天荒了。

麦麦当场就哭了。

那次会后,麦麦一下子由优秀干部变成了计生局机关最没有责任心的典型,一举一动都被推向风头浪尖。在风浪里,她肚皮里还秘密揣着一个生命,渡江过海,浑身的每一个细胞都在用力,却看不见岸。

一个隐忍着的人,一个陷在迷宫中的人,早已将自己划入异类。总感觉同事们的眼神充满猜忌和鄙视,说的话也意味深长;有时在前面走着,她忽然就感觉脊背冷嗖嗖的,好像有无数根指头戳着自己,不由浑身一颤。

未婚先孕的压力,时时刻刻压迫着五脏六腑,吞噬着身体的精血,麦麦在无边无沿的恶心中,无心做任何事。镜子里的脸,成了一朵憔悴蜡黄的花。当她在一个惊醒的夜,又一次看到这朵蜡黄的花后,终于在心里发动了席卷一切的狂风暴雨。然后,她擦干眼泪,对自己说:"都扔掉!扔掉!"

麦麦决定流产。

流产并不难,在计生站找个要好的同事,安全,还不用花一分钱。可是,当然不能在单位的计生站,得找医院,得找别处的医院。有关医院的事,向来都是找马尚。但这事得谨慎。麦麦没有打电话说,而是在端午节放假第一天,去了医院。

端午之类的假期,是警察最忙的日子,司丁肯定走不开,不会来找她。他说过,过了端午节,就要领她去一家私人医院做B超,如果确认是男孩,就把她接到那个租下的独家独院去。

马尚不在办公室,麦麦拨通了电话,马尚说这会在门诊楼,301房间。要在平时,麦麦肯定会开玩笑说:"上班不坚守岗位,净胡跑,哪天我可要向领导告状哩!"

但今天麦麦心事重重,没有兴致开玩笑,也没细问马尚在那干嘛,径直就去了门诊楼。上了三楼,一边东张西望,一边念叨着房间号。一个小护士停下脚步,指了指楼道最里间的病房,说:"301在那边,左手第一个就是。"麦麦顺着她手指的方向找过去。

病房的门闭着,窗户却大开,麦麦清楚地看到,房间并排有两张床,床对面的墙壁上,吊着一个电视机,正在播报新闻。外面的那张床空着,里面靠着墙壁的床上,躺着一个人,正在一边输液一边看电视。房间并无马尚的身影。

麦麦转身正要离开,却听见有人叫她:"麦麦!麦麦,你怎么来啦?"回头一看,床上躺着的那个病人,竟然是马尚。

"你,你怎么啦?"

"没什么,怀上了,保胎呢。"

马尚的表情轻描淡写,刚才看见麦麦时的惊喜,稍纵即逝。

"啊?"麦麦一惊,但很快又说:"好事好事,铁树终于想开花、结果子了。"

"唉,30多了才怀孕,不算高龄,但土壤还是贫了,种子都扎不牢。"

"我看,不是土壤贫,是你那颗心贫吧!"

"去!我那可是为了提高生活质量。现在,还不是无奈之举,家里不空,才能拴住那个人。唉,你来这儿,不会是要来陪我的吧?"

"我,我……"

"没事,这会儿不会有人进来,武树单位有急事,刚被打电话叫走了,一时半会儿来不了。要不,把门关上说。"

麦麦关上房门,解开毛衣外套的扣子,冲马尚挺了挺肚子。

"哟,还挺显怀呢。几个月?"

"19周了,我今天来,是想请你找个可靠的人,帮我打掉。"

"打掉!你疯啦?"

麦麦不说话,只是疲惫而坚决地看着马尚。她相信,马尚懂自己。

"唉,这个世界上,一个孩子要诞生了,一个孩子要消失了。红尘男女,怎么都是前世的冤家呢!"

马尚喃喃自语,用那只没有扎针的手,拉过麦麦,让她坐在床边。麦麦注意到,她的指甲上,已经没有了以前五颜六色的指甲油,恢复了纯净的本色。

两只手紧紧相握。

麦麦忽然有一种踏实的、生死相依的感觉。

这是跟司丁、子茂在一起时,所没有的。他们给了她享不尽的蜜意、公主般的呵护、被娇宠的安全感,但与之而来的,还有无所不在的猜忌、掏心挖肺的痛苦。

"做人流很疼吧?做完是不是还要卧床几天?"麦麦问。

"现在有一种无痛人流,20多分钟就搞定了,孕囊越小创伤也越小。但你月份大,已算是中期妊娠了,得引产,跟坐个小月子差不多,还是要慎重,你再想想。"

"可我,没有勇气迎接这个孩子。不管孩子是谁的,都会伤害另一方,更伤害我自己。"

"你说的也有道理,女人,还是得为自己想想。"

"趁现在还不知道结果,还有选择,管他是谁的,管他男娃女娃!我想好了,这件事,没有结果,比有结果强。"

"那我得找一个可靠的人,医术好,还要嘴牢。我看,最好不要在这儿做,人熟,抬头不见低头见的,容易传出去。"

这正是麦麦来找马尚的原因。她不敢私自去外县做,又不能在本县做,但有马尚替她联系,就放心了。想到这,麦麦紧绷的神经暂时松懈下来,她看见房间角落里放着热水器,走过去接了一杯水递给马尚,说:

"光说我的事了,还没有祝贺你要当妈了!以后,我就是娃的小姨,你要是带孩子烦了,就叫我,义务保姆!"

"净说好听的,能不能做到,还得考验,到时候可别嫌尿湿了你的漂亮衣服啊!"

正说着,马尚的手机响了,麦麦从床头柜上拿过手机递给她,看见屏幕上显示了两个字:老公。从马尚亲昵而随意的语气里,麦麦确定是武树。他好像处理完了单位的事,已经回到了医院楼下,打电话问马尚想吃什么,顺便带上来。

"你有老公照顾,我就不当电灯泡了!"

麦麦嘴上开着玩笑,屁股却已经离开了床,她要在武树进来之前离开。

马尚急忙叮咛:"你再考虑考虑,流产是大事,如果变卦了,给我说一声啊!"

"说定了,你尽快联系医生吧,我一天也不想拖了。"

漫长的三天过后,麦麦终于接到了马尚的电话,说是找了东竹三院的一位妇科医生,是她北州医科大学的同学,手术时间定在端午节。马尚还特意对麦麦说:"我同学会直接给你安排一个私密病房,那儿条件好,吃喝都有护工送到病房。你休息几天,等感觉好些,再回来。"

这个结果令麦麦很满意,马尚几乎替自己排除掉了所有的后顾之忧。三天后,自己将在冰冷坚硬的手术器械的帮助下,经历一场撕心裂肺的疼痛后,回到从前,她还是从前的那个黄麦麦。她不曾认识司丁,也不曾认识柳子茂。

麦麦按马尚的叮咛,做手术前一天就坐班车来到东竹,在三院附近找了一家宾馆住下。想到第二天要手术,要早点休息,麦麦8点多就上了床,可是,却翻来覆去睡不着。尽管告诉自己别多想,可是脑子纷纷乱乱。马尚说做无痛人流不受疼,只是刚做完肚子有些不舒服罢了,但麦麦还是担心、担心。长这么大,第一次上手术台,身边却没有一个爱她的人,给她哪怕一丁点儿的安慰和力量……

这一刻,她不知道怨谁,怨司丁、怨子茂、怨林多多?恐怕,最应该埋怨的,还是自己。

"可是,我本善良啊,我也渴望爱、渴望孩子啊,这有错么?我这样做,是拯救自己,还是错上加错?"

没有人给她答案。

麦麦感觉自己不是躺在床上,而是波涛汹涌的海面上,无边无际,孤苦无依。

第二天起床后,麦麦没吃没喝,早早赶到了市第三医院门诊楼,挂了马尚联系的那个医生的号,然后穿过人群熙攘的楼道,找到医生的诊室。

令她没想到的是,马尚介绍的这个医生居然是个男的,长得白白净净,戴副眼镜,看上去比较斯文。如果走在大街上,绝不会想到他是个持手术刀的。此刻,他被一群手持挂号单、检查单的女人围着。麦麦看了看表,上午9点,正是医院就诊高峰期,得有耐心。她在楼道唯一一把空椅子上座下,想等病人少了再找医生。

一个小时后,分诊台的护士终于叫了麦麦的号,"38号,吴桐！38号,吴桐！"麦麦猛然浑身一震,瞬间明白是叫自己。吴桐,是自己刚才挂号时写的假名字,吴桐——无痛。

麦麦一坐到医生身边,脸就有些发烫,像做了亏心事似的,定了定神说:"我是渭水县的,马尚的好朋友,她跟您说过的。"

"噢,你来了,情况我都知道了,先做B超和血常规,最后再量量血压吧,一切正常的话,下午2点就手术。"

医生表情平静,脸上是一种司空见惯的平淡。他用手按了按麦麦的腹部,边按边问话,比如,最后一次例假是什么时候来的,做过几次孕检,目前有没有什么不舒服等等。麦麦一一回答后,他动作麻利地撕了两张检查单,唰唰几笔写好,递给麦麦,并没有问过多的问题,也没有表现出对熟人应有的热情。麦麦昨天晚上编织的谎言和借口一下子风吹云散。

她轻轻地舒了一口气。

离手术还有三个小时,麦麦懒得出去,反正医生也叮咛不要进食,索性就坐在候诊室的椅子上等。她清醒地知道,自己在等时间,等待时间一分一秒逝去,等待时间还原清白的自己。

此刻,陪她等待的,只有肚子里的胎儿。她轻轻地摸了摸隆起的腹部,腹里的孩子似乎有感应,腿脚在麦麦的肚皮上蹬了几下。麦麦的肚皮立即漫过一种前所未有过的酥痒,这种亲昵、鲜活的酥痒,让她忽然有些惊慌。而且,这惊慌像湍急的河水,顷刻间就粉碎了原先的镇定。

麦麦很想打电话。

麦麦很想逃离医院。

"38号,吴桐！38号,吴桐！"这个陌生的名字再次在候诊室响亮地炸响。

麦麦打了一个寒噤,慢慢地站了起来。

人流手术室在楼道的最里头,大概有20多平米,刚一进门,麦麦的鼻腔里立即沁过一股淡淡的消毒水味道。手术室用一个天蓝色的布帘子隔开。外间是两张手术床,铺着蓝色的无菌布,静静地等待着,它无数次见证了人间的生死,感知过肉体的疼痛,正准备迎接又一次的颤栗。

工具车上，形状怪异的手术仪器排列得整整齐齐，泛着冰冷的金属光泽，寒气逼人。

麦麦定了定神，深深吸了一口气，任气息直抵五脏六腑，然后转个弯，又徐徐上升、上升，聚结在喉咙眼。麦麦慢慢张开嘴，轻轻地把它们吐出去，然后镇定地向手术床走去。

女护士却摆摆手，说："等下，等下，先让家属在同意书上签个字。"

"我一个人来，没有家属陪。"

麦麦停住脚步，盯着护士的眼睛，一字一顿地说。

护士并没有像麦麦想的那样大惊小怪，只是"哦"了一声，看了麦麦一眼，就拿起电话，快速拨了几个键，大概是向上级做请示。挂了电话后，递过一页纸："那你自己签个字。"

麦麦看了看手术书，上面写了手术可能发生的各种意外，什么昏厥、大出血抢救、不孕后遗症什么的，每一条，看上去都面目狰狞，让麦麦有一种光荣就义的感觉。

顾不上那么多了。她唰唰几笔写上了名字，然后就乖乖听从摆布。在护士的口令下，她无可奈何地当着医生和护士的面，一点点褪下长裤、内裤，露出黑幽幽的私处。这是她长这么大，第一次在几个陌生人面前，赤裸下体，明晃晃地暴露着阴部。她不由地将手臂放在肚皮下部，想尽量遮掩私处。

护士对麦麦的表现很不满意，皱着眉头说：

"手放后，腿分开，再分开，分大点！"

原本只对所爱之人分开的腿，现在，居然要在陌生的同性和异性面前，大大分开，任人宰割。原本只在浓情蜜意时，秘密享受性事之欢的娇嫩花蕊，却任由护士像对待一件搁置在大腿间的物品一样，粗鲁地清洗、消毒。

平日深藏不露、倍受呵护的阴道，在刑具般手术器械的威胁下，明显惊惶失措。麦麦有些恶心自己，分开的双腿越来越僵硬，心也越来越冷。原来女人生育，不仅身痛，更会心痛，并且在丧失尊严的痛中，经历生或死。

生了，便晋升为母亲，那么流了、死了呢？没有成为母亲，我还会是原来的我吗？

那位男医生依旧没有表情,只是在打麻药前,走过来安慰道:"手术很快,也很安全,放松点,不用紧张。"

几乎羞晕过去的麦麦,果然就放松了。紧接着,似乎有一股浓浓的睡意,从身体的每个部位袭来,向上涌动,涌动……大脑渐渐昏沉,似乎游到了云山雾海,四周一片迷蒙。她随云雾飘飘荡荡,不知要飘向哪里。

一阵风吹来,眼前的雾居然散开了一条缝,她一眼就看见了遥远的大地,地上的汽车、建筑、街道、田野以及纤陌小道,清清楚楚。这些景象,很远,又很近。

正对着眼睛下方的,是那座有着"十"字标识的乡镇卫生院。卫生院围墙旁,就是茫茫麦地。在邻着小路的麦地头,一捆麦草堆下,躺着一个女婴,身上裹着薄薄的褥子,褥子上绽开着几朵手工织绣的绿底红荷,栩栩如生。女婴每哭一声,荷叶便随之微微颤抖。

先后有三四个行人听见哭声,停下脚步,掀开褥子看看,摇摇头又离去。

天渐渐黑下来,一个模糊的身影飞快跑过去,抱起孩子,将她从隐蔽的麦草堆旁挪到了马路边,一眼便可以被人发现。孩子大概是饿昏了,或者睡着了,不哭也不动。唯有褥子上鲜艳的红荷碧叶,吸引着路人的目光。

一个骑着自行车的中年男人路过,好奇地下了车,解开包袱,一个浑身肉红的女婴紧闭着眼睛,混混沌沌地躺在包袱里,丝毫不知道自己面临着怎样的处境。中年男人犹豫了一下,又将女婴放回原地。他慢吞吞转过身,推着自行车,一步一步离去。包袱的一解一合间,女婴的小脚露到了包袱外,也许是感觉到了风,两片嫩生生的小脚丫使劲蹬了两下。

中年男人回头,恰巧看到了这一幕。他在原地默默地站了几分钟,又返回褥子旁边,笨手笨脚地抱起了女婴。熟练地取下缠绕在自行车后座的一截绳子,把女婴连褥子一起,绑在自己胸口。一只手紧紧抓住车头,一只手托着胸前的孩子,跨上自行车,将一个奄奄一息的生命带回了家。

女主人解开包袱,眉头皱了皱:"这娃长得不咋样,黑瘦黑瘦的,像只病猫!"

"你不是总说咱家缺个女娃么?我看这娃可怜,就捡回来了。"

"现在麦子都黄了,马上要开镰了,你弄个娃回来,谁有工夫看呢?"

"没事没事,这娃乖着呢,省事。"

"也不事先跟我商量,你忘了上回抱的娃,差点把人折腾死。最后,还不是送回去了,白养了几个月!"

"我也不知道能碰见这娃,看来还是有缘份,咱先养着看,不行了再送走也不迟嘛。"

"给哪送?这个没名没姓、没有来龙去脉的娃,你还指望送回去?"

"也是啊,那就下决心养吧。"

女婴不管大人的争论,闭着眼睛,大口大口吮吸着一个破旧的塑料奶嘴,小脸蛋憋得通红。

女主人说:"这小女娃还算命大。"

"就是,就是呀!"

中年男人看着女人阴转多云的脸色,连连说:"命大,命大,有福之娃不落无福之地。依我看,这福娃是麦黄时节生的,就叫黄麦麦吧。"

"黄麦麦!好熟悉的名字呀,是在叫我吗?"

麦麦想答应,嘴却像被粘住了,怎么也张不开,喉咙也瘫痪了,任她怎么使劲,都发不出任何声音。心里又急又惊,一翻身,忽地就睁开了眼睛。

两年后,我在地气的滋养下重新投胎。
有一天,我竟然遇见了前世的我妈。

26

五年后,东竹市。

夏日的黄昏,在市中心一个叫"丰园"的小区里,麦麦正在二室一厅的新居里化妆。以前在渭水县,可以尽享"人约黄昏后,月上柳梢头"的诗意,自从来到东竹市,她每晚都迷醉在灯红酒绿之处,把自己装扮成一朵妖娆的夜来香,和霓虹灯媲美。

今晚是去约会。和上周刚刚认识的一名网友。

这几天,麦麦发现这位名叫"枯藤"的人,常常光顾自己的相册,在每张靓照下都留言。他的留言很有特色,能根据照片不同的背景画面和自己的表情,用诗一样的语言表达赞美之情。

麦麦回访了他的空间,一来二去,两人便聊上了。对方声称自己不找女网友,只找女朋友;不找情人,只找老婆。为了表示诚意,他给她发送了自己的身份证和工作证照片。

麦麦用手机把他的两证拍了下来,存在相册里。这让她感到踏实,一种岁月静好,现世安稳的踏实。他在本市一家事业单位工作,是个老老实实的上班族,大概因为没有能力赚大钱吧,留不住漂亮的妻子,离了。

这个二手男人,就像政府刚刚建设的经济适用房一样,有用,无能。放在以前,麦麦肯定不屑一顾。

麦麦清晰地记得,中国有一个名叫莫言的作家,站在诺贝尔领奖台上说:"能够站在这里领取诺贝尔文学奖如同童话一般,但它又是这般现实。"为了让爱情童话也变成现实,麦麦把自己的资料在好几个网站和婚介所做了登记,不休不止地和陌生男人约见。

她幻想着有一天,披上婚纱的时候,能够对参加婚宴的来宾说:"我感觉和某某结婚,就像是一个童话,然而,这的确是现实。"

然而,童话般的现实,没有在她身上出现。现在的她,已经34岁了。34岁的寂寞白领与人见面的次数少说也有半百次了。阅人无数,却始终没有把自己嫁出去,更别说嫁入豪门,嫁给官二代、富二代了。

在来来往往、分分合合中,麦麦越来越感觉到,结婚这件事,专门跟人做对。要么是在对的时间,遇见错的人;要么是在错的时间,遇见对的人。这年头,聪明的女人挑男人,只选对的不选贵的。至于钓上既对又贵的金龟婿,几乎是一个美丽的泡沫。正如现在流行的一句话:理想很丰满,现实很骨感。

理想是琼瑶,现实就是凤姐,或者木子美。

凤姐靠雷人的爱情宣言迅速走红,整了容还出了国;木子美狂晒性爱日记,精神健康,身体快乐。就琼瑶害人,把爱情写得不用工作不用赚钱,整天死去活来的,一会儿跌入深渊,一会儿又浮上云端,完全是骗人的童话。

麦麦一边胡思乱想,一边用粉扑给脸上拍粉,又仔细描了眼线,涂了睫毛膏和唇彩,整个人一下灿烂起来。做完这些,她拿起保湿水,对着长发"噗嗤、噗嗤"几下,大波浪的发卷一下子润泽有型,充满弹性。最后,换上了新买的藏青色无袖连衣裙、黑色镶钻的细高跟凉鞋。先脸后衣,先上后下,这是女人化妆的基本顺序。麦麦从一本时尚杂志上看到这句话后,就一直谨记,后来便也成了习惯。

收拾完毕,她把小镜子举到阳台窗口,在自然光线下照了照,感觉没有什么遗漏和瑕疵,就挎上乳白色的包包,袅袅婷婷地下了楼,去见那位经济适用男。

小区的花园里,凉风习习。尽管是新建的园子,但已是绿树成荫,鹅卵石铺成的小路曲径通幽,宽阔的广场人声鼎沸,广场中间还建了假山水池,水池里不但有随着音乐变幻舞姿的喷泉,还有亭亭净植的荷,一片一片的睡莲。

此刻,很多人围在水池边纳凉。有穿着一身宽松棉绸衣、摇着蒲扇的老太太,趿着黑皮凉拖、穿着短裤的老头子;有提着奶瓶、推着童车的小夫妻;

还有穿着溜冰鞋,欢快地滑来滑去的孩子。

麦麦快步向小区门口走去。凉风拂在皮肤上,不仅爽快,更有一种湿润的惬意,比空调瘆骨的凉气舒服多了。这鲜明的舒服,让麦麦忽然想起自己忘了关客厅的空调,于是又转身走向电梯,按到18楼。一打开家门,厚重的凉气立即扑面而来。

麦麦没有拔钥匙,也没有换鞋,就进了屋。用脚尖踩着洁净的地板,一步一颠地向客厅走去。在茶几上找到遥控,关了空调。一眼又看到垃圾筐堆满了西瓜皮和方便面包装袋,这是她宅了一天的结果。她想顺便把这些垃圾捎下去,便弯下腰把垃圾收在一起,封了口,然后去厨房找干净的垃圾袋换上。

楼道里传来弹跳着的"咚咚"声,还夹杂着小孩的闹声。肯定是同楼层的人回来了,麦麦没有在意,继续弯腰在厨柜里找垃圾袋。

"咚咚"声越来越近,越来越响,麦麦的心脏也跟着同频共振。

她伸头向外一看,客厅里滚进了一只蓝白相间的皮球,上面还印着喜羊羊图案。紧接着,一个穿着蓝色小背心、满头是汗的小男孩,站在敞开的门口朝里看,眼神怯怯的。

"小朋友,是你的皮球吗?"

小男孩乖乖地立在客厅的门垫上,使劲点点头,黑亮黑亮的眼睛无辜地注视着麦麦,像两汪清澈的泉水。麦麦甚至从那对调皮可爱的瞳孔里,看到了自己弯下腰的样子。她一下子就喜欢上这个三四岁的小男孩,于是蹲下身子,尽量亲热而调皮地说:

"皮球累了,想住在阿姨家,它嫌你家远!"

"阿姨,我家不远,就在下边,16层。"小男孩认真地辩解着。

"你陪皮球玩,谁陪你玩呢?"

"爸爸。"

孩子的左脸上,挂着两道汗和土汇成的污痕。看来是刚从楼下回来。麦麦收住笑,说:"自己进来捡吧。"

男孩欢快地跑进了客厅。这时,楼道上又传来急促的脚步声,还有一声声呼喊:"贝贝,贝贝,你在哪呀?"

"爸爸,我在这儿呢。"

脚步循声而至,一双穿着锃亮皮鞋的大脚,站在了门外。

"贝贝,快出来,怎么到处乱跑!"

麦麦心里一跳:好熟悉的声音呀！不由抬头向男人看去,男人的目光正好由孩子转向她。四目相对,双方都张大了嘴巴,时间在那一刻凝固了。

"司丁!"

"麦麦!"

两人同时叫出了对方的名字。

"你在这?"

"你也在这?"

"进来吧,进来说!"麦麦反应快,连忙侧身让开门。

"噢,不了,要给孩子洗澡呢!"

司丁站在门外,冲着屋里说:

"贝贝,走,该回家洗澡了!"

"奶奶说睡觉时才洗,我在阿姨家玩一会嘛!"

"今天是周末,让孩子玩一会,你喝杯水再走吧。"麦麦急忙接话。

司丁看了看兴高采烈的孩子,又迅速看了一眼麦麦,犹豫了一下,还是进来了,很拘谨地坐在沙发上,眼睛环顾着屋内。

他说:"装修得不错!"

她问:"你是哪个户型?"

"6号,在16层。"

"这么巧,那咱是楼上楼下啦!"

小男孩看到爸爸进了屋,立刻活泼起来,在屋里跑进跑出,这儿瞅瞅,那儿瞧瞧,对什么都好奇。

客厅里,他们的话题围绕着房子——也只能围绕着房子。

小男孩停留在阳台上,他对麦麦放置在阳台上的一件飞机模型产生了浓厚的兴趣。

司丁催促小男孩："贝贝，别玩了，该回家了，奶奶等着呢！"

"没事，孩子喜欢，就让他尽情玩呗。"麦麦一边说，一边快步走进厨房，从冰箱里端出一块西瓜，用最快的速度切成小方块，用精致的透明果盘盛着，放在茶几上，然后用牙签扎住一块，递到司丁面前。

几乎递到嘴边的西瓜使司丁猝不及防，脸和身子不由向后一仰，急忙伸手接了过去。拇指和食指很谨慎地捏着那根扎着西瓜的牙签，仿佛捏着一根刺。麦麦将话题又转向小男孩。

"贝贝真像你，谁照看他呢？"

"多亏我妈身体还好，从老家赶来专门照看孩子，要不，我们根本忙不过来。"

麦麦含情脉脉地看着眼着这个男人，听着他说"我们"，竟然感觉有些恍惚。

看到麦麦有些走神，司丁站起来说："该走了，谢谢你！"

"再坐会儿嘛！"看着准备离开的司丁，麦麦心里一急，唇边冲出一句话："过去你可不是这样子！"

屋里的灯忽然亮了一下，很快又恢复了正常。就在光线明灭的那一瞬间，司丁看到，麦麦正嗔怪地看着自己，美丽的眼睛里，波光盈盈，柔软得能掐出水来。

屋里有些闷。

司丁伸手将衬衣的领口松了松，又接着说："过去的事，就过去了，现在我们不都挺好的，好好过吧！"

说完这句话，他便从沙发径直向阳台走去。麦麦侧过头，目光紧紧跟随他的背影。

司丁把小男孩从阳台抱进客厅，边给他擦汗边教他："谢谢阿姨，跟阿姨再见！"

"谢谢阿姨！阿姨再见！"

司丁将地上的皮球捡起来，递给孩子。小男孩很不情愿地放下了手中的飞机模型，接过爸爸递过来的皮球，抱在怀里。

· 239 ·

他抱着孩子,从楼梯走了下去。

麦麦追至楼道口,看着这对父子一步一步下楼,一米一米离去。她的心,也随着他下楼的脚步声,一点一点沉下去。

楼道的感应灯灭了。麦麦还定定地站在楼道,像一只刚刚找到血源的蚊子。

现在，我妈特别喜欢回家。她希望遇见他，哪怕只是远远地看见他，哪怕就在他家的防盗门前默默地站一会儿。

27

麦麦重重地关上防盗门,没有心情去赴约了。她默默地走到沙发前,久久看着司丁坐过的位置。沙发上没留下一点压痕,唯有茶几上那根穿着西瓜块的牙签,证明着刚才一幕的真实性。

司丁确实来坐过,而且,他就住在楼下。

可惜,两年之间,她不知往这里跑了有多少趟,从看楼盘、选户型、定楼层,一直到装修、搬家,来来回回上下班,怎么一次都没有遇见他呢?上帝为什么直到今天,才把他送到自己的门前!

麦麦无数次幻想过与司丁再次邂逅的情景,咖啡厅?大街上?还是自己那个每天迎接近百人的营业厅?但她打死也想不到,是在自己的家门口。幸亏今天全副武装,以赴约的形象,遇见了他。

想到这,麦麦赶紧跑到卫生间,对着大镜子审视自己的形象。修身连衣裙恰到好处地勾勒出迷人的曲线,藏青的颜色,将皮肤衬托得更加雪白,长发披肩,美目含情,嘴唇恰似两片微闭的花瓣,妖娆地绽放。她不由地伸出手,抚摸着镜子里的那张脸。眼睛、鼻子、嘴巴……司丁居然一点都不留恋,难道警察的抵抗力都超越常人?

也许,如今的恋爱,真的需要"马桶精神",按一下,什么都干净了。回想自己谈了这些年、这几次的恋爱,到头来真是落了个干净。最多记得对方叫什么,以及上床或没上床。相处的细节,都被水冲走了。

可是,司丁不一样。他应该是马桶上的水箱,一直蓄着满满的水,等在那里,等着那个曾经和自己有过爱情结晶的女人呀!

都怪自己,粉碎了爱情结晶,消失了。跑到东竹市,以良好的外形和英语基础,顺利通过笔试和面试,摇身一变,成为一家合资银行的客户经理。每天化着精致的妆,穿着银行的气质工装,优雅地迎接着一个又一个 VIP 客户。生活从此五彩斑斓,爱情一拨又一拨地到来。上司、客户、网友,一个比一个来得猛烈。

司丁,渐渐成为前世之爱。

直到32岁生日的那一天,她忽然发现,那一大把爱他的男人,却没有一个可以用来结婚的。不是有家室,就是有女人,或者有怪癖。尤其是她那个道貌岸然的上司,喜欢在工作氛围里做爱。

午休的时候,上司常常把她叫去,将门一关,扯开领带,褪下裤腿,迫不及待地把她压在办公室沙发上。或者心血来潮时,以去网点调研工作的名义和她一起外出。不是在路途中的荒地搞"田震",就是在地下车库里搞"车震"。他的车很宽大,座位平放下来,就是一张温床。完事后,上司总是一副陶醉满足的样子,用两手搂捏她的腰,连说:"水蛇腰女人,压到身下就是受活!"

麦麦听着这话,心里比做爱还舒服,她深信,她是他的花,至少,也是其中一朵。

可是有一天,上司舒服过后,一边向肥硕的屁股上套内裤,一边嘻笑着对她说:"情人就像这条内裤,要有,但不能逢人就证明你有。"

麦麦"扑哧"一下笑出声来,娇嗔着说:"高手!"

上司抓住她的手,细细捏玩一番,然后仰起身子,头靠在真皮床头上,点燃一根烟,狠狠吸了一口,半眯着眼睛,慢悠悠地一口一口吐着烟圈。袅袅的烟圈里,飞扬着一句话:"男人找情人,就像选内裤,品质要高,还要勤换。"

淡淡的烟雾在空中张牙舞爪。麦麦透过烟雾,看着那张尽享艳福而自鸣得意的脸,刚刚热烈痉挛过的身体,忽然冷冷地僵硬起来,并且迅速起了一层鸡皮疙瘩。

原来,自己连一朵花都不是,只是男人的一条内裤。

自从意外知道司丁也在这个小区住后,麦麦特别喜欢回家。

以前休假,她宅在家里,现在,宅在花园里。她的目光,越过自家主卧的窗户,往下低两格,定格在第16层的窗户上。麦麦知道,那扇窗户垂着紫色的纱帘,纱帘里是同色系的奢华而温馨的窗帘。窗帘之后,是什么呢,当然是男主人和女主人了。

女主人,还是大姐——那个叫林愉愉的陌生女子吗?

麦麦坐在水池附近的长椅上,一次次对着那扇窗遐想。她希望再次遇到司丁,哪怕远远地看见他。有好几次,麦麦乘电梯,不知怎么就按到16

楼。司丁家和她家是一个位置,就在电梯右拐的第一户。她轻手轻脚地走到他家门前,在那扇连一条缝都不留的防盗门前,默默站一会儿。

她不清楚门里的情况,她也没有理由敲门。

但她很想理直气壮地敲开他家的门说:"我是楼下的,你家往我家漏水,不信,跟我下去看看。"

只可惜,她住在他楼上,而且中间还隔了一户人家。

又盼到一个周末。傍晚时分,麦麦来到小区花园,在那张树叶形状的椅子上坐下。这里视野比较开阔,可以看到每一个进出的人,最重要的,是可以清楚地看到6号楼进出的人。

小区大门口进进出出的人越来越多,6号楼的门也不时有人下来,却没有一个熟悉的身影。麦麦正暗自失望,一个穿着红色绣花绸缎衣,系着红腰带,手里提着一个纸袋子的老太太,正沿着花园小道,昂首挺胸地向水池边走来。

这位全副武装的秧歌老太,吸引了麦麦的目光。她艳羡地看着,忽然发现她的屁股后边,还跟着一个小男孩,手里拿着一个遥控器,低头看着地面,时跑时停。

就在小男孩抬起头向前跑的瞬间,麦麦感觉心跳倏然加快:这不是贝贝吗!

麦麦立刻起身,向小男孩走去。

"贝贝,玩得这么高兴呀,还记得阿姨吗?"

小男孩抬起头,忽闪着纯真的大眼睛,认真地看着麦麦。

"你是楼上的阿姨,你家里的飞机很好玩。"

"贝贝真乖,下次阿姨把那个飞机送给你,好吗?"

"太好了!奶奶,奶奶,我要去阿姨家!"

老太太停下脚步,看着麦麦,眼神温和,又有些茫然。麦麦看到,她的脸上化着浓妆,加上这一身装扮,显然是刚刚表演过节目,便赶紧介绍自己:"阿姨,我是司丁的大学同学,住你家楼上。"

"噢,好,好!这小区熟人还真多。"

老太太脸上的皱纹一下子活跃起来。她那宽阔饱满的额头、单薄的上眼皮,以及笑起来嘴角向上牵拉的样子,使麦麦一下就捕捉到司丁的影子。

"阿姨,你看上去很精神,刚表演节目了吗?"

"是呀,是呀,社区成立了老年艺术团,我爱扭秧歌,就参加了,刚从纳凉晚会表演回来。"

"我也爱跳舞、爱热闹,你们下次表演,我一定要去看。"麦麦一边聊天一边顺着老太太的步子往回走。小男孩嘴里时不时喊着口令,指挥着遥控小汽车,跟在后面。

不知不觉就进了6号门,上了电梯,麦麦先按了16楼,红色的指示灯亮后,她犹豫了一下,没有再按18楼。

电梯门缓缓打开。麦麦照应着老太太和小男孩出了门,随后也很自然地跟出来。

"姑娘,你上去吧,不用送我。"

"没事,楼上楼下嘛,再方便不过了。"

在家门口停下,老太太在秧歌服上摸了半天,忽然一拍脑门:"人老了,真没记性!钥匙在纸袋里呢。"麦麦帮老太太撑开手中的纸袋,里面是跳舞时换下来的衣服和一把红绸扇子。老太太从裤子口袋摸出一大串钥匙,把其中最长的一把插进锁眼,边开门边说:"司丁跟媳妇这几天不在家,我这老太婆就像丢了魂似的,干啥都不中用。"

"奶奶,他们不在,还有我呢。"正蹲在地上玩遥控小汽车的贝贝忽然站直了身子,并且刻意挺了挺小胸脯。麦麦和老太太都被他逗笑了。

"和他爸一个样!"老太太爱怜地摸了摸孙子的头。

麦麦蹲下身去,双手捧起小男孩的脸说:"贝贝真是好孩子!到阿姨家去拿飞机,好吗?"

"爸爸说好孩子不许拿别人的东西,也不能随便跑到别人家里去!"

"是吗?"麦麦轻轻捏了捏贝贝的耳朵,说:"那就等到下次,和你爸爸一起来吧。"

小男孩认真地点点头。

老太太打开门,热情邀请麦麦进屋。麦麦告辞了,转身时她透过打开的门,向里面飞快瞥了一眼。

我妈没有想到,有那么一天,自己也会和老太太一样,用钥匙打开这扇家门。

28

几天后的清晨,麦麦起床后,感觉浑身没有一点力气,大热的天,身体却一阵阵发冷。她赶紧从床头柜的抽屉里取出温度计,夹在腋窝,4分钟后,指针指向38度。她干脆不洗脸不刷牙了,用毛巾被蒙住全身,重新躺在床上。

上班时间到了,麦麦向上司办公室打电话,请了一天假,然后套上一件宽松的碎花纱裙,撑起身子走到楼下的社区诊所,医生给开了些感冒药和退烧药。返回时,远远看见老太太和小男孩在花园里,却没有精神前去打招呼。

上楼,按电梯,头重脚轻地走到家门口。掏出钥匙打开了门,习惯性地弯腰换鞋。奇怪!门口没有她的银色拖鞋,却整整齐齐摆着一排陌生的鞋。麦麦一惊,抬起头向屋里看,一切忽然都变了,像误入了一个迷宫,陌生的沙发、陌生的茶几和墙上的风景画,一齐惊愕地瞪着她。这是哪呀,我走到哪啦?麦麦有些发懵,下意识地退了出来。

站在门口,她晕头晕脑的,还是没弄明白是怎么回事。四顾左右,没什么异样和特别之处,目光就盯着门看,门也没有什么特别的,再顺着门向上看,金色的标牌上,镶刻着几个粗黑色的数字:1606。不对,应该是1806呀!她有些不相信,定睛细看,没错,是1606。她的头脑一下清醒了。司丁,这是司丁的家,我怎么跑到这啦?

她看了看手中的钥匙,看了看一模一样的门,似乎明白了什么,慌乱地关上门,按住咚咚狂跳的心,顺着楼梯向上逃。她感到自己的样子很狼狈,用一个词可以准确地形容:连滚带爬。是的,连滚带爬!直到真真切切地看到1806,一颗悬着的心才落了地。她用手中的钥匙打开家门。屋里的一切,散发着熟悉的、舒坦的气息,门口的鞋架上,银色的拖鞋正在默默等待着她。

坐在自家的沙发上,她这才镇静下来。麦麦感觉浑身瘫软,眼皮发沉,膝关节酸重酸重的,昏头昏脑地吃了几片感冒药和退烧药,掀开毛巾被就躺下了,连衣服也没脱。

醒来时,已经下午3点了。一下子从上午10点睡到现在,她感觉轻松多了。习惯性地伸了伸懒腰,腿一绷直,感觉膝盖隐隐作痛,早上狼狈逃跑的那一幕,从痛感里倏忽弹出,浮上脑海。是做梦还是真的?麦麦有些迷糊,记得爬楼梯的时候摔了一跤,膝盖碰到坚硬的楼梯上。她急忙抬起腿一看,膝盖上果然有一大块的淤青。

难道,世界上真有这样的巧合?难道,是上帝可怜自己,暗中相帮吗?

麦麦躺不住了,起身从包里取出钥匙,举在眼前,翻来覆去地看了几遍,然后紧紧贴在胸口:这个神奇宝贝,不仅是打开家门的工具,更是打开心门的法宝啊!她躺在床上,想象了无数种场景和打算,比如,做一回神话故事里的仙女,悄悄潜入他家,为他做一盘粉蒸肉。她蒸的肉酥软筋道,肥而不腻,司丁曾说这是世界上最好的美味。

麦麦伸手从床头柜拿过手机,看了看时间,刚刚过了五点,这会儿,老太太应该在楼下练习秧歌,司丁和他的妻子应该还没有下班,要不要再去试试,看看这把"串岗"的钥匙还灵不灵?

麦麦顺着楼梯来到16楼,看看四周无人,手指哆嗦着,将钥匙勉强插进锁孔,试着向右转了一圈,没有感到任何阻滞,再拧一圈,就听见"嘣咚"一声响,锁开了!麦麦用手压了压突突跳动的心,将防盗门轻轻推开一道缝,一个温馨的家豁然呈现在麦麦眼前。

和她家一模一样的格局,但里面的气息完全陌生。她站在门口,犹豫着要不要进去。一低头,看到了门口鞋架上锃亮的男式黑皮鞋,就是司丁到她家时穿的那双。鞋架上方的衣钩上,挂着几件长短不一的衣服,麦麦一眼发现有一件白衬衣,似乎也是他到她家时穿的那件。

似乎有一种魔力牵引着麦麦,她不由自主地走进门,伸出手,将白衬衣取下来,两手捏住肩看了看大小,随后又凑到鼻下闻了闻。没错,这是司丁的衬衣,大小正合他,尤其是那股淡淡的、似曾熟悉的汗味,唤醒了她的记忆。她又翻开衬衣领子,仔细看了看,发现一道微黄的汗渍印,可以断定,司丁换下这件衬衣后,还没有来得及清洗。

麦麦放下衬衣,朝屋里四下看了看,踮起脚向主卧室走去。那个她无数次窥视过的窗口,里面究竟是什么样呢?

她轻轻推开门,一张宽大的床,醒目地横在房间中央。被子整整齐齐放在一侧的床头柜上,粉色条纹的床单上,只有枕头,两只紧紧靠在一起的枕头。麦麦嫉妒地看着两只枕头,脑子里幻想着司丁和他的女人紧紧交缠在一起的情景,她的眼睛越瞪越圆,上牙和下牙也紧紧咬在一起,真想冲上去,把那两只枕头扔到窗外。

她就这样咬着牙,久久瞪着床和枕头。夕阳透过玻璃,懒懒地洒在靠窗的那只枕头上。麦麦走过去,抱起那只枕头,小心翼翼地把头靠在床头柜上,一只腿挪上床,慢慢闭上了眼睛。

光色渐渐寡淡,暮气越来越沉。当夕阳的最后一抹亮色从床沿撤退的时候,麦麦回过神来,忽然意识到时间不早了,急忙走出卧室。

撤退到门口,她又一次看见了规规矩矩挂在衣架上的白衬衣,犹豫了一下,将它从衣架上取下,用两只手捂在怀里,看上去像肚子疼似的,极易引起别人的注意。麦麦又将衬衣展开抖了抖,随意搭在胳膊上,然后侧身在门口听了听,外面没有任何动静,便迅速出门。一闪身,躲进安全通道。

这时,她才感到自己四肢僵硬,满头大汗,心差点跳出胸膛。她干脆用手捂住胸口,顺着楼梯仓皇逃回家。

或许是因为感冒药起了作用,或许是因为这个意外的收获,第二天醒来,麦麦感觉很精神,病一下就好了。昨晚睡觉时,她把司丁的白衬衣盖在身上,并特意把两只袖子搭在脖子上,感觉司丁正搂着她的脖子,紧贴着她的身体。衬衣领上熟悉的气息,直往鼻孔里钻。她缩了缩身体,想把自己完全裹在衬衣里面。

这层舒适的棉布,仿若司丁的肌肤,和她肌肤相亲,原来这样踏实、温馨呵！

　　说实话,她已经想不起曾经跟司丁粘在被窝里的感觉了,但她记得他很疼她,是那种能把沸腾的热血化成涓涓细流的疼爱,是那种一步步越过高山,穿过黑色丛林,去看小溪水的疼爱。

　　本来,麦麦很想洗洗这件衬衣,穿过的衣服不及时洗,要滋生细菌的,尤其是夏天。可她舍不得,舍不得司丁身上的味道。这是现在唯一一件与司丁有关的物件了,麦麦记得,司丁以前是送过自己礼物的,第一件礼物是香水,其余的记不清了,它们都有怎样的结局？是扔了、用了还是丢了？

　　反正都无影无踪了。

　　自从与司丁邂逅,麦麦又很喜欢听歌了,尤其喜欢被封为"疗伤系情歌天后"的辛晓琪那首《味道》。麦麦每听一次,心灵之弦都会被轻轻拨动,无法言说的痛在心里一寸寸蜿蜒。眼泪随着歌声慢慢滑落,继而汹涌澎湃。那歌词是辛晓琪的经历,然而就像是专门为自己而写,句句都唱出了自己的心声：

　　　　我以为伤心可以很少
　　　　我以为我能过得很好
　　　　谁知道一想你
　　　　思念苦无药
　　　　无处可逃

　　　　想念你的笑
　　　　想念你的外套
　　　　想念你白色的袜子
　　　　和你身上的味道
　　　　记忆中曾被爱的味道

是的,记忆中曾被爱的味道,早已随风而去。可是,上天怜悯自己,又给了一次机缘,让司丁的味道,再一次出现在自己的身边,还特意送来一把开启旧情之门的钥匙。对了,这把钥匙是不是意味着,她再也不会错过他?现在的女大学生不是都说,排着队是等不上好男人的,必须插队,对,要插队!

麦麦竟然有些兴奋,干脆脱下真丝睡衣,赤裸着上身,把昨天的胜利品——司丁的白衬衣穿在身上。她要让司丁和自己的味道,缠绵在一起。衬衣宽大轻柔,亲肤的纯棉质地,是电视上经常打广告的那个牌子,麦麦记得模特是个老外,帅气而阳刚,就像司丁。

"哦,司丁,他大概做梦也不会想到,此刻,他的衣服会穿在我身上!"麦麦心里甜蜜蜜的,还夹杂着一丝恶作剧的快意。他在找这件丢失的白衬衣吗?也许,他衬衣很多,早都忘记了。也许,他对这件情有独钟?

现在自己穿了两天,那种司丁曾经熟悉、贪恋的体香,已经渗到每一道布纹里了,是不是应该悄悄送回去?司丁从前不是最喜欢自己的体香么,如今他还能辨别出来吗?麦麦抓起白衬衣,凑到鼻下闻了闻,有一缕淡淡的汗香,汗味和香水味经过发酵,已经有些混沌了。

麦麦皱了皱眉,有什么办法能让自己的气味更清晰呢?她将白衬衣披在身上,坐在床边寻思着。

床对面,放置着一张精巧的梳妆台,麦麦一抬头,又一次看见椭圆型镜子里,那个美丽又哀愁的自己。镜子下,摆满了各种形状和色彩的瓶瓶罐罐。当麦麦的目光从镜子向下移,不经意地掠过这些琳琅满目的化妆品时,忽然停下,目光定格在一瓶淡黄色的香水瓶上。

桂花香,司丁最喜欢桂花香!

她豁然想起,他送给她的第一件礼物,就是一瓶桂花味道的香水。

有一次约会时,麦麦将香水喷在化妆棉上,然后把化妆棉塞进胸罩里。当司丁在月光下拥着她的时候,一缕缕暗香,从乳沟底部徐徐上升,氤氲在毛衣领口,若有若无地散发。司丁贪恋地嗅着,疯狂地吻着她的脖颈,嘴里发出醉语般的呢喃:"我的小精灵,真是太迷人了!"

· 253 ·

想到这里,麦麦像一根弹簧,忽地一下子从床边蹦起,冲到梳妆台前,捏起那个黄色的香水瓶,放在嘴边,夸张地亲了一下。然后将白衬衣平铺到床上,小心翼翼地打开香水瓶盖,用食指轻轻按动,向领口和袖口喷了喷。

桂花的香气,久久不散。麦麦抱着衬衣,在屋里走来走去。她坚信这味道,司丁懂。

每天晚上,我妈都睡在梦里。

梦见很多人指着她喊:你是贼,你是贼!抓贼呀!

29

麦麦从楼梯走下来,轻手轻脚地来到1606门前,趴在门外听了听,里面没有任何动静,电梯红色的指示灯也一动不动。麦麦这才掏出钥匙,轻轻打开了门,又一次走进这个陌生的家。她用衣架撑起白衬衣,挂回原来的衣帽钩上,又仔细将袖子上的小褶皱整了整。

做完这些,她的目光恋恋不舍地从白衬衣上移开,很快,鞋架上一双锃亮的男式皮鞋又落入了眼帘。

要是将司丁这双鞋摆放在自家的鞋架上,和自己的高跟鞋摆在一起,不就是女主人和男主人了么?我的家,不也就完整了么?

麦麦不由地弯下腰,用中指和食指分别向两只鞋后跟一扣,稳稳地拎了起来。准备开门的时候,又感觉手里拎双旧皮鞋不妥,还是找个塑料袋或者报纸包上隐蔽些。

就在她左顾右盼找塑料袋的时候,楼道里传来脚步声。清脆的高跟鞋不紧不慢地敲打着地面,一声一声向门口走来。麦麦头皮一紧,心顿时提到了嗓子眼。

脚步声越来越近,越来越近,一步一步响如惊雷。终于,在她心脏的狂跳中,停在了门外。随即,传来拉开拉链的声音、钥匙插入锁孔的声音。麦麦大脑顿时一片空白,怎么办,怎么办,往哪躲呢?

她环顾这个陌生的家,迅速判断可以隐藏的地方,恨不得脚底下赶紧裂开一道缝!情急之下,闪身躲到门后,身体紧紧贴着墙,极力屏住呼吸。那一刻,她多么希望自己是一条蛇啊!

门打开了,可是,这个开门的人没有马上闭门换鞋,却使劲把门向墙上靠,大约感觉有些费力,又使了一下劲,门扇紧紧挤在麦麦身上。她绝望地闭上了眼睛:"完了!完了!束手就擒,听天由命吧!"

开门的人感觉到异样,探头向门背后看。随即传来一声惊叫。

一个戴着紫色发夹的女人,僵立在原地。脸上的五官一瞬间全都移了位。一双将要鼓出眼眶的眼球,惊恐而又绝望地瞪着麦麦,嘴巴张成一个大大的O型,却没有发出任何声音,活像一条被惊涛骇浪拍到岸上的鱼。

麦麦浑身瘫软,却鬼使神差地伸出手,扶住了这个女人。女人的身体在哆嗦,麦麦的腿也在哆嗦。

就在两人的哆嗦将要同频共振的时候,电梯铃响了,有人从电梯里出来,边走边说着话。

万念俱灰的麦麦忽然惊醒:是老太太和贝贝的声音!她眼睛一亮,立即收回扶着女人的手,将半个身子闪出门外,向前挪动几步,笑容满面地对走过来的老太太打招呼:

"哎哟阿姨,我正来找你呢,今天大剧院有场秧歌表演,精彩得很呢,我陪你去看!"

"哟,是楼上的姑娘呀,哪里有节目,几时开演?"老太太一脸兴奋。

"走,我去给你拿宣传单。"麦麦亲热地挽着老太太的胳膊,又回过头响亮地对小男孩说:"贝贝,到阿姨家玩飞机去。"边说边和老太太向电梯口走去。

她用发抖的手按了向上的箭头,心里暗叫:"快点,快点!只要门一开,就可溜之大吉了!"可电梯偏偏频繁被叫停,迟迟到不了16屋。心急如焚的她不敢向后看,似乎感觉到,两道疑惑的目光追随而来,愤怒地注视着她。

果然,身后传来一声清脆的叫喊:

"站住!"

麦麦浑身一震,不敢回头,只是机械地挽着老太太。

身后又传来更清脆的一声:

"站住,我要报警!"

麦麦僵在了电梯门口。

戴着紫色发夹的女人奔了过来,直视着麦麦的眼睛,胸脯随着喘气声,一上一下剧烈起伏。

老太太疑惑地看了看女人,又看了看麦麦,小心翼翼地问:"咋咧?"女人重重地咽了一口唾沫,对老太太说:"妈,你先进屋,我和她有话要说。"

"那我先做饭去呀!"老太太喃喃自语着,不看发夹女人,也不看麦麦,牵了贝贝的手,转身向家走去。进门的时候,忽然回过头,对着楼道摔下一句硬梆梆的话:"造孽!"

铺着白色瓷砖的楼道恢复了安静。紧绷绷的空气中,回荡着两个女人的呼吸。麦麦从僵硬中缓解过来,反倒不那么惊恐了。她平静地打量着戴发夹的女人,个头高挑,脸上妆容精致,整体感觉不错,但已不年轻,脸上、脖子上的皮肤都显得有些松驰,眼睛还算漂亮,双眼皮很宽,睫毛异常浓密,像两排黑刷子。此刻,两束怒火正从刷子中间喷出。这就是司丁的老婆?她,会不会就是自己无数次想起的——大姐?

像,又不像。

发夹女人也在打量着麦麦。在相互的打量中,她显然也镇静了下来,一字一句地问:"你是谁?怎么进门的?"

她的普通话咬字很重,尤其是那个"谁"字,像是从牙缝中挤出来的,咄咄逼人。

麦麦低下头,把目光从女人脸上移开。嘴唇嗫嚅一下,随后闭得紧紧的。

"再不说话,我报警了!"

时间,一秒一秒地过去,彼此能听见对方的心跳。

终于,发夹女人掏出了手机。

麦麦紧张地盯着她纤细的手指。的确,那根涂着紫色指甲油的指尖,在手机上重重地摁了三下,一定是110!麦麦浑身的血液骤然间都涌向头顶,她不顾一切地伸长胳膊,一把夺过手机,按停那个正在闪烁的通话图标。女人猝不及防,刚刚握着手机的手空落落地僵在半空。

"乖乖还给我,你跑不了的!"

"我不是小偷,我不是小偷!"

"不是小偷,在我家干嘛?这儿有监控,别想胡搅蛮缠!"

"我,我……我是司丁的女朋友!我不是小偷!我是司丁的前女友!"

麦麦一遍遍重复着这句话,眼泪,汹涌而出。

周围的一切,都在决堤而出的眼泪中模糊了。

渐渐地,她感觉浑身越来越轻,越来越轻,仿佛成了一个幽灵,晃晃悠悠地,从发夹女人、秧歌老太的身边飘过,越过小男孩,似乎还在随后赶来的司丁身边停了停,又游游荡荡着,飘走了。

身后,隐约传来猛烈摔门的声音、物体碎裂的声音,还有喉咙发出凄厉的哭声、激烈的吵闹声。这些声音很近很近,又很远很远。

麦麦并没有被送到公安局。

醒来时,她发现自己正靠在自家防盗门上。

昏天黑地地过了不知多少个白天黑夜,麦麦终于恢复了上班、下班的生活。只是,除了上班,其余时间都躲在家里,不再约会。

每天晚上,她都睡在梦里。梦见公安局威严的大楼、冰凉的手铐;梦见司丁指着她的鼻子说:我再也不想看见你了,滚!梦见发夹女人那双惊恐而愤怒的眼睛,梦见很多人指着她喊:你是贼!你是贼!抓贼呀!

麦麦把自己的QQ设置成隐身。半个多月了,她的图像一直是灰色。那个叫"枯藤"的男人,似乎很着急,每天给她留言。一会问是不是病了,一会问是不是出差了。麦麦一律不答。

十几天后,一位客户打电话来,要通过QQ给她传一份资料。为了让客户方便找到她,便取消隐身登录。刚刚浮上水面,"枯藤"的图像就闪动起来,仿佛一直等在那里。

"好久不见,你好吗?"

"网络太虚了,你一潜水,就无影无踪。咱们还是见见面,好吗?"

……

麦麦看着"枯藤"的一句句话,没有回复。直到他发来几张难过和大哭的卡通图片。

麦麦久久盯着屏幕,指尖在鼠标上轻轻滑动,一条一条阅读"枯藤"的留言,眼泪,无声无息地,落在键盘上。

良久,她敲出了一个字:好。

我妈一眼就准确地找到了那个熟悉的窗口。此刻,那个原本温情脉脉的窗口,成了一个黑漆漆的、无声无息的洞,缥缈遥远,深不可测。

30

麦麦走进那家饭店的时候，离约定时间还有十分钟。靠窗的座位上，一个男子立刻弹了起来，向她招手。看来"枯藤"挺重视这次约会，早就到了。他一直站着，看着麦麦从门口一步步走近，笑着说：

"你比照片更好看。"

"谢谢！你也不差呀。"

麦麦边说，边在对面坐下来。桌上放着几个精致的小盘子，分别盛着黑的瓜子、白的开心果、红的圣女果、黄的杏仁，还有两杯柠檬水。服务员适时送上菜单，"枯藤"递给麦麦，说："不知道你喜欢吃什么，就先点了些小零食，你来点菜吧。"

麦麦翻开五颜六色的菜单，只点了几样家常菜：三色桃仁、宫保鸡丁、铁锅茄子、鱼头豆腐汤，末了又叮嘱服务员："这些菜，都做清淡些，不要放味精。"

坐在对面的"枯藤"年纪看上去四十出头，留着小平头，五官长得一般，属于掉在人堆里找不到的那种。他穿着一件墨绿色的棉质衬衣，没系领带。下身是牛仔裤，脚蹬网眼透气休闲鞋。人和衣服看上去都很舒意，一种让女人平和的舒意。

麦麦暗自挺直了背，将交叉平放在腿面上的两只手松开，轻轻捏起一个圣女果，放在嘴里。

"枯藤"将小吃碟向麦麦这边挪了挪。他今天话不多，并没有在网上聊天时风趣健谈。一双不大的眼睛，正努力掩藏着内心的兴奋，浓情和蜜意的话似乎全压在了舌根底下。

即使他不说话，麦麦也不觉得尴尬。仿佛一眼泉水和一弯溪流的相遇，无论哗哗响动还是静默无声，品质都是相通的。

他取出皮夹，掏出一张照片，说："这是我女儿，10岁，我独自带她两年多了。"

照片上的女孩高高翘着马尾辫,正站在一簇花丛里,摆了一个金鸡独立的 pose,眼睛是笑的,鼻子是笑的,牙齿是笑的,麦麦感觉手中薄薄的像纸里全是"咯咯"的笑声。小女孩的左边,站着"枯藤",他也看着镜头,嘴角微微上翘,笑得低调、含蓄。

麦麦看了好久,才把照片还给他,没有做任何评价,只是狠狠咽下一大口柠檬水。

冰冻的柠檬水穿肠过肚,她不由打了一个冷颤,忽然想起马尚说过的一个词:沦陷。

两年前,她刚刚装修完房子,马尚和武树领着他们三岁的小儿子来东竹玩,顺便看她。

麦麦选了一家儿童游乐设施最好的公园,请他们一家三口游玩。

那时正是初秋,公园里的花和树叶五彩斑斓。麦麦穿了件蓝底小碎花长裙,和穿着紫色运动衫的马尚走在一起,像两棵亭亭玉立的树。武树的目光,却自始至终没有离开自己的儿子,偶尔看一眼麦麦,便迅速逃开。

那稍纵即逝的目光,落在麦麦身上,像头顶的秋阳,不再跟春水、夏花有关。

午饭后,武树主动请缨,陪儿子在公园玩儿童蹦蹦床。小家伙跳得热火朝天,"咯咯"笑着,完全被花花绿绿的游乐设施俘虏,跌进了一个快乐无比的世界。马尚这才得空,和麦麦坐在公园的长椅上聊天。

"还没有合适的?"

"哪能那么容易呢?茫茫人海,能用来结婚的人,凤毛麟角。"

"可不能要求太高,没多少好年华了。女人'七七'定律,男人'八八'定律,知道不?"

麦麦摇摇头。

"女人七加七,14 岁来月经,七乘七,49 岁更年。男人八加八,16 岁发育,八乘八,64 岁才更年。"

"看来,还是男人占优势。可惜,我错过了最好的年华、最好的人。"麦麦凄然道。

"所以,不要太挑剔了,赶快调整方向,朝二婚男人靠拢,还来得及生孩子。就是当个后妈,也未尝不可。"

"这不是沦落么?"

"先有沦落,才会沦陷……"

很长一段时间,麦麦都没弄明白马尚所说的"沦陷",究竟是什么意思。可是今天,就在刚才,看过"枯藤"和他女儿的照片后,麦麦忽然明白了。

正胡思乱想,菜上来了。盘子很大,每道菜都盛得满满当当,虽然没有星级酒店里的精巧悦目,但麦麦一下子闻到了久违的香味,像一个感冒的病人,刚刚恢复了味觉。

"枯藤"盛了一碗鱼头豆腐汤,递给麦麦,然后才拿起面前的筷子,说:"吃吧,都是家常小菜,委屈你了。"

麦麦用白色的小勺舀了一口汤,送到嘴里,味道有些淡,但感觉不油腻,便在口腔里多停了一下,慢慢咽下,居然品出了食物原汁原味的醇香。鱼的原味,豆腐的原味,还有鱼和豆腐经过文火清炖后,互相渗透的香味,在舌尖缓缓漫开。

她想起一个问题,急忙把目光从盘子移到他脸上:"你为啥不找个年轻的女孩呢?"

"我喜欢成熟知性的女人,有气质、有涵养,就像你这样。"

"真的?"

"真的!"

麦麦看着"枯藤"真诚的眼睛,忽然想起杜拉斯在《情人》里写的一句话:"与你年轻时相比,我更爱你现在饱经风霜的容颜。"现实中,还真有这样的奇葩男人?

她搅着碗里的汤,看着汤汁在洁净的白瓷碗边晕成一圈一圈的漩涡,继续问:

"为什么?"

"不想再折腾了,这样的女子,能给我平静的生活。"

麦麦手一颤,停下舀汤的勺子。

平静的生活,不正是自己想要的么?它到底是爱情的坟墓,还是幸福的密码？

看来，"枯藤"是知道答案的。

刚走出饭店，一辆出租车适时而来，闪着"空车"字样的牌子像深情的眼眸。"枯藤"向司机做了一个"停"的手势，然后抢先上前，给麦麦打开车门，等她坐上去后，又走到司机窗前，递出一张百元钞票说："师傅，先把路费给你，多退少补。"

没有拉手，没有吻别，更没有上床。约会就这样结束了。

麦麦将头伸出车窗外，在灯火阑珊中，久久看着"枯藤"越走越远的背影。

出租车在小区门口停下，麦麦远远就看见物业办的小平房，门口的路灯仿佛比平日明亮，周围的蚊虫围着灯光快乐地飞舞。路灯下，有人在下棋，有人摇着扇子聊天，有人在逗着宠物狗。

经过门口时，她用余光扫了一眼人群，没人注意自己，眼神便随意了些，一转头就看到墙上张贴着几张告示。这里常常会贴告示，通知交物业费啦、检修天然气啦等等。这些通告白纸黑字，盖着红红的印章，异常醒目。

她放慢脚步，习惯性地看上去，一张是交物业费的通知，另一张是出租信息，她不出租也不租房，因此只扫了一眼，继续向前走。忽然，她又莫名其妙地停下脚步，一种冥冥之中的感应，让她又回过头，仔细看了看出租的楼层和房号。物业办门口的灯光很亮，纸上打印的黑体字也清清楚楚：

6号楼1606号业主出租，两室两厅，108平米，有意者请与物业M办联系……

麦麦心里一沉：这不是司丁的家吗？

她像猛然被推进茫茫大海中，一直向下沉，向下沉，将要被淹死的绝望，随着一个又一个浪头，冲击着心房。她机械地迈着步子向前走，向前走……

此刻，小区家家户户的窗户都亮着灯光。一屋一屋的光，像天上闪烁的星星，就在眼前，却是那样的不可捉摸。万家灯火的光芒，在各种花色、各种质地窗帘的过滤下，使城市的夜空更加灿烂而诡秘。

她仰起头，从一排排一模一样的窗户中，一眼就准确找到了那个熟悉的窗口——16层6号。

那个原本一直明亮的、温情脉脉的窗口，成了一个黑漆漆的、无声无息的洞,缥缈遥远,深不可测。

麦麦不想立即回家,便习惯性地向水池边走去。那把木椅静静地立在原地,等着她。麦麦没有坐,而是绕过木椅,径直走到水池边。多日没有注意到的荷居然开花了。挨挨挤挤的叶子中间,零星地点缀着白色花瓣,挺在淤泥和清涟里,不染、不妖、不蔓、不枝。不管有没有人欣赏,有没有蜻蜓眷顾,它只管按照时节生长,该开花就开花,该颓败就颓败,该结籽就结籽。

麦麦在心里叹了一口气,人怎么就不如花呢?

路灯熄灭了。

月亮时而穿出云层,时而隐在云后,撒下清凌凌的银光。麦麦静静地沐浴在一片银光里,任自己变成一团影子。

窗户一盏盏黑下去,数不清的黑洞像一双双塌陷的眼,黯然无光。

麦麦在黑夜中睁大眼睛,想再看一眼那扇窗,却怎么也找不到了。越来越浓,越来越黑的夜,像一张看不见的网,无声无息、肆无忌惮地将麦麦越裹越紧,越裹越紧。

她站了起来,向家走去。尽管浑身没有一丝力气,却不想乘电梯,像一只受伤的蝴蝶,只渴望藏匿草丛。她拐进安全通道,迈着沉重的双腿,用最轻的脚步,一步一步爬着楼梯。这里,没有人会看到她,看到她的眼泪,看到她的落寞和挫败。

楼道上,再也不会有司丁的气息了,不会有拍着皮球、叫她"阿姨"的贝贝了,也不会有那个戴紫色发夹的女人了。

麦麦抬头望去,楼梯上面还是楼梯,无穷无尽的楼梯。她深吸一口气,又缓缓地吐出来,继续一步一步向前爬。

就要到家了。

浑身越来越热,汗液一点一点从毛孔渗出来。脚步声中,楼道的感应灯亮了,又灭了。

灭了,又亮了。

2013年国庆长假完成初稿
2015年3月完成终稿

后　记

《亲爱》是我的长篇处女作。决定写它,本身就是一种探索。

别人大半年就能完成的小说,我却整整用了两年。

两年,700多个日子,小说里的这些人物,一直潜伏在我的脑海里,影影绰绰。在电梯里,在上下班的路上,在熙攘的街头,在每一个凝神的时候,她、他,会突然冒出来,在我的眼前晃动,在我的心房里争吵。他们不甘心守在电脑里,只有过去,没有未来。他们提醒我快点安排他们的生活,改写他们的命运。仿佛我是一个上帝,能主宰一切,尤其是世间的阴差阳错,爱恨情愁。

然而,我却连自己写作的时间也主宰不了。

常常是,有灵感的时候没时间。抑或,有时间的时候没灵感。有时一天写很多字,有时两三个月一字未写。摊子铺开后,时断时续。以至于每次拿笔时都得花很长时间"入戏",重新回顾情节,酝酿情绪和语感。感觉自己像一个不坚持锻炼的人,一跑起来就气喘吁吁。

一次次在小说与现实中进进出出,使我深深感到:写作需要与琐事撇开瓜葛,更需要孤独的质地、需要狂妄地逃避。而自己,摆脱不了俗世的方式。

有次和一个朋友聊天,他说,写小说要一气呵成,放的时间长了,就"断气"了。一语中的,我忽然害怕了,我怕小说里的这些人物蔫了,不理我了,再也不在我的脑海里晃动。那我的内心,将是一片死寂。我害怕这种死寂。

2013年国庆长假,给了我拯救自己的机会——向小说的结局冲刺。七天里,排除一切干扰,在可以高高俯视万家灯火的20楼新居里,好好和小说里的人物谈心、说话、纠缠,让我的内心重新澎湃起来。这七天,世界只剩下一件事:写作,酣畅或曲折地写作。守在一扇门里,一身寂寞,却又一心繁绵。让所有一直悬在半空的人物,尘埃落定,踏踏实实地悲伤他们的悲伤,快乐他们的快乐。

我看到小说的女主人公——黄麦麦,在字数逐渐增加的 Word 白色底板中凸现出来,与我对视,忧郁的眸子,像夜空的星星,闪闪烁烁。

我无意撕开她的伤口,只是想探究她。

我想探究,一个弃婴,一个在缺失亲情的阴影里成长的女孩,有着怎样的成长底片、爱情名片和心灵芯片?弃婴的影子,会不会一直都潜伏在她的人生里?

我想知道,中国实施计划生育走过的 40 年,留下了怎样的烙印。在"优生优育"掩盖下的强健和繁荣中,普通人在情感选择、文化碰撞和利益考验面前,有着怎样的精神痉挛和心灵叩问。

也许,我犯了主题先行的错误。但我必须坚持,我不想讲一个人物大同小异、故事情节雷同的爱情故事。我笔下的人物,必须负重前行,承载一个时代里他们应该承载的。

敲完初稿的最后一个字,我下了楼。走在秋日的阳光里,恍如隔世。木木然沿着小区走出去,站在车水马龙的街头,很快便淹没于沸腾的喧嚣中。风儿穿过纷华,吹动着我的长发,也轻拂着我的心。渐渐苏醒,竟像得了法力,忽有所悟。

原来,这个世界上,爱与被爱、真爱与伪爱,没有对错,只有因果;原来,黄麦麦与司丁的分手,不是失恋,而是失暖;黄麦麦与柳子茂的分离,不是失婚,而是失爱。

太多的失去,让我同情,也让我沮丧。

随遇而爱,还是随欲而爱,往往不由爱作主。

我忽然厌烦我笔下的男女,一群既不前卫也不保守的人,清醒而又浑噩。他们活得不够爱憎分明,他们一边簇拥传统,一边暧昧爱情。明知道纯粹的爱情像影子一样不可捉摸,却还要放逐,却还要侥幸。

想想,又释然了。都是些执著于自我、执著于内心的人。他们的期待和行进,他们的实践和验证,又何尝不是人类从混沌走向清朗的方式呢?

每个人,都笼罩在宿命的影子下,在人生种种偶然性的相加里,不断抵达情感的本质、人性的本源。

麦麦的命运始终逃不开计划生育、重男轻女的阴影。之所以将他置于这个大背景下,缘于有几个在计生局工作的好朋友,也缘于读了莫言计生题材的小说《蛙》。他们向我讲述了太多"生"与"不生"的故事。这些跌宕起伏、波澜壮阔的喜怒哀乐,让我忽然深深意识到,一个生命要来到世上,不但要历经精子们的战斗,等待与卵子的相遇,更要有时运。

而这个时运,早就裹在命运的帐幕里,一幕一幕,顺时上演。找不到编剧和导演,一切都在冥冥之中。

谈情说爱,谈婚论嫁,生儿育女,传宗接代,是人的需要和使命,是社会永恒的焦点,更是国家和民族繁荣的根基。我开始了对生育问题的关注,以及围绕这个主根,旁逸斜出的枝枝桠桠。

我知道,对一个小人物的命运关注、情感传达和透视,必然不会惊天动地、荡气回肠,但我努力追求情感丰沛,情节起伏,情思细腻。老实说,我是个随遇而安的人,没有讲故事的天赋,不擅情节设计,不懂市场风向,就像不会规划我的人生。

所以,我知道自己写得不够好,可能过于平实,过多地依赖了生活,故事的跌宕和精神的超拔都很不够,但我写了,而且坚持写完了。打印出来拿在手里,沉甸甸的,有些难以置信。完稿的时候,恰巧国家刚刚出台了"单独"的政策,心里暗自窃喜,抚摸着厚厚的书稿,对它说:你不完美,但生逢其时。

痛并快乐的创作过程,让我明白一个道理:人生,其实就是理想与现实、高雅与低俗的拔河,正和负,拼的是内心的力量。

这部小说出版后,也许会淹没在茫茫书海,也许会在读者手中短暂停留,也许会被束之高阁,静默在岁月的灰尘里。这是它的命,我不管,我也管不了。

我只知道,在时光的洪流里,独生、双独、单独、失独、丁克,这些关乎生和命的故事一定会随着光阴干瘪。那么,我今天的书写,将是一个有温度、有心跳的标本。

宇宙有白天黑夜,我们的世界便一面阳光,一面阴影;人有生老病死,我们的生命之树便一边落叶,一边开花。

如此而已。

2013 年 10 月 26 日
西安·达成馨苑